Una Sonata
— de —
Verano

Una Sonata de verano

— Belén Martínez —

PUCK

Argentina – Chile – Colombia – España
Estados Unidos – México – Perú – Uruguay

A mis padres, que me regalaron una infancia llena de libros antiguos, música y fines de semana en un lugar en el que todo parecía mágico.

Me bastaba un simple roce o el olor para identificarlo; y si me quedara ciego, podría reconocerlo por el modo en que respiraba o en que pisaba el suelo. Lo reconocería en el fin del mundo, incluso en la muerte.

La canción de Aquiles, Madeline Miller.

Primera Parte

Adagio

Hay familias que nacen y crecen en la oscuridad, como el musgo y los helechos. Y los Vergel pertenecían a esa clase de familia.

Algunos decían que eran los fundadores de Aguablanca porque siempre estuvieron ahí, vigilando, desde lo alto del acantilado. Vivían aislados por las rocas y los pinos, y por un poder que estremecía y fascinaba a partes iguales.

Eran nobles y, aunque ninguno de los habitantes del pueblo estaba seguro de si descendían de condes, o de duques, sabían que cualquier nacido en esa familia estaba empapado de nobleza.

Nadie jamás se atrevió a atacarlos. Eran sagrados. Eso era algo que el tiempo o las personas no habían podido cambiar. Ni siquiera una guerra lo había conseguido.

Era el diecisiete de julio del año mil novecientos treinta y seis, cuando Víctor Vergel sopló las velas de su décimo séptimo cumpleaños, el primer soldado murió a cientos de kilómetros de distancia y Ágata Faus traspasó por primera vez el umbral de la mansión.

La historia pudo haber sido diferente. Los Vergel podrían haber suspendido la fiesta tras haber escuchado los rumores sobre el golpe de Estado, ese soldado que murió pudo haberse rendido, en vez de plantar cara, y Ágata pudo haber dado marcha atrás en el último instante.

Pero, si nada de eso hubiese ocurrido, nunca habría tenido una historia que contar.

Preludio de invierno, Capítulo 1, página 3.
Óscar Salvatierra.

1

Mis padres me llamaron Casio porque creyeron, quizás, que mi albinismo no llamaría lo suficiente la atención. No fue lo peor que pudo haberme pasado. Si hubiera sido una niña, mi nombre habría sido Tetis. No hace falta añadir mucho más. Definitivamente habría sido peor.

La culpa la tuvo mi padre. Pudo elegir entre cientos de nombres tan normales como Miguel o Javier, pero él quería algo diferente, algo que perdurara tanto como esos héroes de la literatura clásica que adora.

Tetis fue la madre de Aquiles. Era una ninfa del mar, en la que los mismísimos Zeus y Poseidón estuvieron interesados. Además, tuvo un papel decisivo en la larga guerra de Troya.

Casio no fue tan importante. De hecho, la historia nunca lo trató muy bien. Fue uno de los conspiradores que asesinó al famoso Julio César, traicionándolo. Cuando mi padre me contó la historia dejándome boquiabierto, se apresuró a añadir que él nunca vio a Casio como un traidor o un simple asesino, sino como un hombre valiente que se había atrevido a finalizar con la tiranía de un dictador.

En broma, añadía que, quizás, algún día yo también sería capaz de lograr una hazaña así.

Es una historia que repite miles de veces, aunque ahora, mientras atravesamos los campos verdes a toda velocidad con nuestro coche, esté relatando la de mi hermana.

Con ella, mis padres fueron más piadosos. Se pensaron mejor lo de Tetis y terminaron por ponerle Helena. Con «H». Como Helena de Troya. Al contrario que a mí, a mi hermana le encanta la leyenda que envuelve a su nombre. Cada vez que la escucha, los ojos le brillan y sonríe sin contenerse. Le gusta llevar el nombre de una mujer que fue considerada una de las más bellas de la historia. Que, por su culpa, miles de personas murieran y decenas de ciudades fueran masacradas, son detalles de poca importancia.

Tiene solo diez años, pero sé que, si quisiera, podría hacer arder el mundo. Ese pelo rubio y esos ojos celestes no son más que un espejo engañoso.

A veces, tengo miedo del momento en que se convierta en una adolescente.

—¿Por qué me estás mirando así? —me pregunta de pronto, hundiendo sus ojos afilados en los míos—. Sabes que el incesto está prohibido, ¿verdad?

Pongo los ojos en blanco y me hundo el sombrero de paja hasta las cejas. Por Dios, es ella la que se tiene que ruborizar con este tipo de cosas, no yo, no su maldito hermano mayor.

—Dime, por favor, que ni siquiera sabes lo que es eso.

—Ana me lo explicó el otro día. Estuvo investigando en una página de internet —contesta ella, sin inmutarse. Sabe que por las ventanas abiertas del coche entra demasiado aire como para que mis padres puedan escucharla—. Encontró un video que decía algo así como «Familias suculentas que...»

—Calla, calla —la interrumpo, lanzándole una mirada asesina—. Tu amiga no debería ver esas cosas.

—¿Y tú sí? —Helena alza la barbilla con tanta dignidad como lo haría una princesa cruel—. Ana me dijo que su hermano las ve continuamente. Y tiene tu edad.

Resoplo y desvío la mirada para fijarla en el exterior. Sé que es mejor no contestar. Esta conversación no llegará a ninguna parte. Se ha repetido demasiadas veces.

—¿El sombrero te cubre bien? —me pregunta de repente mi madre, sobresaltándome.

Dirijo la mirada hacia el retrovisor, desde donde sus ojos castaños me observan, ligeramente fruncidos.

—Sí, claro. Es el más grande que tenían en la tienda —contesto, haciendo una mueca de fastidio—. Lo siguiente era una sombrilla de playa.

—No deberías avergonzarte —interviene mi padre, girando la cabeza para dedicarme un guiño divertido—. Antiguamente, en la época romana, los hombres más importantes del imperio iban a todas partes cubiertos con grandes parasoles que...

Apoyo la frente sobre el cristal a medio bajar del coche y suspiro, haciendo oídos sordos a la explicación de cómo la piel blanca era considerada un signo de estatus y poder en la época de no sé quién. Como si me importara.

Mis ojos se clavan en el paisaje.

Cuanto más avanzamos, el verde que cubre los árboles y los arbustos de la autopista se oscurece, y el aire que me azota la cara, cobra humedad. Las montañas que antes nos rodeaban van desapareciendo hasta convertirse en ligeras lomas, en las que los olivos y las zarzas se acumulan, creando hileras perfectas que forman dibujos en el horizonte.

Con cada inspiración, el aire me sabe diferente. Ya casi no hay rastro de ese olor a tierra mojada y a frío que empapa mi ciudad. Cada vez es más cálido, más salobre.

Creo que veremos el mar de un momento a otro.

—¿Casio?

—¿Eh?

Parpadeo, volviendo a la realidad de golpe. Mis padres se han vuelto desde los asientos delanteros para mirarme, ceñudos. Mi hermana bufa entre dientes, molesta porque seguramente acabo de fastidiar una de las historias de mi padre.

—¿Cuándo llegará Laia? Necesitamos saberlo para colocar la cama supletoria en el dormitorio de Helena.

Me estremezco, y vuelvo a girar la cabeza, para que mis padres no puedan ver mi expresión.

—Supongo que a mitad de agosto —respondo, intentando que mi voz suene lo más normal posible.

—¿Laia? ¿Solo Laia? —me susurra mi hermana, propinándome un codazo—. ¿No van a venir tus otros dos amiguitos? ¿El gigante y el idiota? Además —añade, alzando lo suficiente la voz para que mis padres la escuchen—, yo no quiero que Laia duerma conmigo. Me cae mal.

—Cállate, arpía —le siseo.

—Es una lástima que al final Daniel y Asier no puedan venir —comenta mi madre, que parece no ver el aparatoso corte de mangas que me ha dedicado Helena—. Va a ser el primer verano que no lo pasen juntos.

Retuerzo los dedos inconscientemente y me olvido de mi hermana pequeña, que no deja de hacer gestos con las manos que deberían estar prohibidos para niños de su edad.

Mi madre tiene razón. Será la primera vez que no estemos todos juntos, y no la última, imagino. Puedo contar con los dedos de la mano los días que hemos estado separados en los veranos anteriores. Habrían sido solo horas si no tuviéramos que comer y dormir. A veces, alguno de nosotros cuatro se marchaba una semana fuera, pero siempre contábamos los días para regresar. Nunca estábamos solos en la ciudad, siempre buscábamos algo que hacer, a pesar de que el calor era insoportable y la única forma de tolerarlo era acudir a las piscinas municipales que siempre estaban repletas.

Asier y Laia eran los que más se ausentaban. Tenían familia fuera, así que a veces no tenían más remedio que marcharse. Pero Daniel no. Él siempre estaba a mi lado. Su familia era pequeña, parecida a la mía, no tenía apenas parientes a los que visitar.

Cuando estábamos el uno al lado del otro, sentíamos que no hacía falta nada más, que con nuestra amistad bastaba.

Este verano iba a ser especial. Después de tantas veces rogándo-selo a mis padres, por fin habían aceptado pasar las vacaciones en Aguablanca. Les había hablado tantas veces de ese pueblo a mis ami-gos y a mi familia, que acababan huyendo entre risas y poniendo los ojos en blanco cada vez que empezaba de nuevo.

Tenía preparado recorrer el lugar con ellos, disfrutar las maña-nas en la playa, pasear por las calles empedradas por las tardes, salir por las noches hasta que la madrugada llegase a su fin.

Sí, cuando mis padres me dijeron que habían reservado un chalé cerca de la playa de Aguablanca, no me lo podía creer. Era como un sueño hecho realidad.

Aunque claro, eso fue antes de que yo mandara todo a la mierda.

Ahora no son los puños lo único que aprieto. Los dientes se desli-zan unos sobre otros en el interior de mi boca, y siento cómo crujen, como la gravilla de la autovía que aplastan las ruedas de nuestro coche.

Sé que mi hermana se da cuenta, porque deja de mover las ma-nos y me observa con curiosidad. Parece a punto de volver a la carga, pero entonces, abre la boca de par en par y suelta una exclamación.

Sigo el rumbo de sus ojos y clavo la mirada en la carretera secun-daria que acabamos de tomar. Al final de esta, veo por fin el mar y, como una media luna perfecta, decenas de casas blancas rodeándolo, formando una playa gigantesca en la que se puede ver el arcoíris que forman las sombrillas.

—Es idéntico a la portada, Casio —comenta mi madre, inclinán-dose para ver mejor el paisaje—. Qué preciosidad.

Sujeto la mochila que descansa junto a mis pies y extraigo de ella el libro de páginas amarillentas y manoseadas, medio oculto entre otras novelas que traje.

Ahora que voy a estar tanto tiempo solo, tendré mucho tiempo para leer.

Siento cómo mi cuerpo se relaja cuando mis dedos acarician las solapas, mientras el marcador de tela roja, que viene hilado en el lomo, me hace cosquillas en la piel.

Por centésima vez, leo su título.

Preludio de invierno.

Es mi libro favorito. No puedo decir el número exacto de veces que lo leí, pero desde que lo descubrí en una tienda de libros de segunda mano en la que entré con Daniel, hace un par de años, no lo dejé de hacer. Tiene algo hipnótico en su historia que, cada cierto tiempo, me obliga a releerla a pesar de que me la sé de memoria.

Su portada refleja a la perfección la estampa que estoy viendo en este preciso instante.

El dibujo de Aguablanca es calcado de la realidad. Su larga playa en forma de media luna, sus colinas en el extremo, desde donde varios árboles se inclinan, con parte de sus raíces pendiendo sobre el vacío, sus casas blancas y su gran acantilado, sobre el que una inmensa mansión domina todo el pueblo.

Entrecierro los ojos, balanceando la mirada entre el dibujo y la realidad.

Parecería una foto de no ser porque en la portada del libro, el cielo tiene un color violeta oscuro, preñado de nubes de tormenta, muy alejado del azul brillante de esta mañana. El mar que aparece dibujado, nada tiene que ver con el liso espejo en el que se refleja el perfil del pueblo.

Es por este libro por el que estamos aquí.

Es el motivo por el que estas vacaciones iban a ser tan especiales.

Y también el motivo por el que no llegarán a serlo.

El casero no deja de mirarme.

Desde que salí del coche, con mi sombrero de paja calado hasta los ojos, su mirada se clavó en mí y no pudo despegarse.

Antes me afectaba la forma curiosa con la que los desconocidos me examinaban, deteniéndose demasiado en mi pelo lacio y prácticamente blanco, como el plumón, en mi piel, extremadamente pálida y repleta de pecas, y en mis ojos. En días claros, como este, tienen un tono rosado. En los más oscuros, un azul casi transparente. Intento ignorarlo como puedo, llevando las maletas al interior del chalé, que huele a mar y a limón, mientras mis padres hablan con él. La casa es más grande de lo que esperaba. Tiene dos pisos, una buhardilla gigantesca que será mi dormitorio, y un suelo cubierto de azulejos y piedras grises. Las paredes son tan blancas como la espuma del mar que puede verse desde cualquier ventana, y hay pequeñas caracolas colgando detrás de cada puerta, de forma que, cuando alguna se abre, un ligero tintineo hace eco en toda la estancia.

Alrededor tiene una pequeña parcela de césped oscuro, algo polvoriento por la arena que el viento arrastra de la playa. Los pinos son largos y retorcidos, y uno de ellos se alza lo suficiente como para que sus ramas alcancen una de las ventanas de la buhardilla.

También hay un columpio, construido con un par de tablas de madera, pero mi hermana lo ignora y pasa corriendo por su lado, como si no existiera. Está demasiado ocupada en intentar matar a un par de mariposas que revolotean a su alrededor, huyendo de sus manos.

Como parece que la charla de mis padres con el casero va para largo, y no quiero estar presente cuando Helena les arranque las alas a esos pobres insectos, decido subir a mi habitación a descansar.

Después de madrugar tanto y de las tres horas de camino hasta Aguablanca, no me importaría dormir un rato hasta la hora de la comida.

Si Daniel hubiera estado aquí, habría intentado arrastrarnos a todos a la playa. Me habría llamado «dormilón» y me habría revuelto el pelo, como siempre hacía.

Pero no está. Ni él. Ni Asier. Ni Laia.

De pronto, el sonido de mi teléfono móvil me sobresalta. Trago saliva, con el corazón latiendo atropelladamente, y tardo demasiado en reunir el valor necesario para mirar la pantalla.

A pesar de que hace meses de todo lo que ocurrió, todavía siento pánico cuando estoy a punto de leer un mensaje nuevo. Sé que es estúpido, sobre todo, a estas alturas, cuando solo es una persona la que me escribe.

12:03: ¿Ya llegaste? ¿Es como te lo esperabas? Espero que no te eches a dormir y salgas a dar una vuelta, porque cuando vaya, tendrás que enseñarme hasta el último rincón de ese pueblo. Después de tanto tiempo hablándome de «Preludio de invierno», me lo debes.

Sonrío y no puedo evitar escuchar la voz de Laia haciendo eco en mi cabeza. Casi puedo verla sacudir el dedo arriba y abajo, como una madre quisquillosa.

Estoy a punto de contestarle, cuando recibo otro.

12:04: ¿Quieres que hable con Asier, o con Daniel? Aún no es demasiad tarde.

El aliento se me atraganta y el plástico del teléfono cruje entre mis dedos. Ni siquiera transcurre medio segundo hasta que tecleo mi respuesta.

12:04: No. Déjalo ya. Por favor.

Esta vez la contestación no llega con tanta rapidez. Sé que Laia estará sobre su cama, con el móvil entre las manos, fulminándolo con la mirada, molesta.

Puede que esté tensando demasiado el hilo y que termine por romper nuestra relación, la única que me queda después de todo lo que pasó. Estoy seguro de que sabe que algo ocurrió entre Daniel y yo, que ha influido también en Asier, aunque ninguno tengamos ganas de hablar de eso. Y sé que le frustra, porque no puede dividir su cariño entre los tres. Lleva los últimos meses dando vueltas como una peonza, pasando de uno a otro, intentando sonsacarnos algo sin éxito alguno.

12:10: Como quieras.

Suspiro y dejo el teléfono en la mesita de noche. El sueño que comenzaba a sentir desapareció por completo, así que abandono la idea de dormir hasta el almuerzo. Sé que no dejaré de dar vueltas sobre el colchón, pensando en lo mismo una y otra vez.

Con brusquedad, me levanto de la cama y me asomo por la ventana más próxima, que da al jardín y a la playa.

No hay rastro de mis padres ni del casero, así que imagino que han terminado de hablar. Mi hermana, por el contrario, sigue con su empeño de convertirse en asesina de mariposas.

Apoyo los codos en el marco de madera y saco medio cuerpo, cerrando los ojos e inspirando con profundidad la brisa marina. Me pregunto si Víctor Vergel, el protagonista de *Preludio de invierno*, también se asomaba a su ventana y respiraba el olor del mar, dejando que sus problemas se disolvieran con el aire.

Pero de pronto, una brazada de viento me envuelve con tanta fuerza, que pierdo estabilidad. Me agarro al marco de la ventana, pero mi sombrero de paja se separa de mi cabeza y sale volando, empujado por el viento.

—¡Mierda! —exclamo, intentando alcanzarlo.

Está demasiado lejos. Flota en el aire, dando vueltas sobre sí mismo, y desaparece al otro lado de la parcela.

Ahogando una maldición, salgo corriendo del dormitorio y bajo las escaleras de dos en dos, a punto de atropellar a mi madre, que sube con las toallas de la playa entre los brazos.

—¿Casio? ¿A dónde vas? —Sus ojos se hunden en mi pelo blanco, agitado por la frenética carrera—. ¿Y tu sombrero?

—¡Voy por él!

Salgo de la casa corriendo y casi de inmediato me arrepiento de no haber tomado siquiera las gafas de sol. Con un sombrero de ala ancha que me cubra bien los ojos, puedo soportar la luz, pero sin él, apenas puedo mantener los párpados separados.

Suspirando, hago visera con las manos y comienzo a rodear la parcela.

Hace un calor agradable que invita a pasear, por lo que las calles están llenas. No sé si son turistas o habitantes, pero todos clavan los ojos en mí cuando paso a su lado. Ahora mismo, soy como un copo de nieve rodeado de granos de café.

Por suerte, no tardo en encontrar el maldito sombrero. Ha rodado hasta quedar atrapado en la entrada de una tienda, y oscila de un lado a otro, aún mecido por el viento, que no cede.

Extiendo la mano y me inclino para atraparlo, pero entonces, la puerta se abre con brusquedad y tengo que echarme hacia atrás para que el borde no me golpee en la cara. Esta vez no soy capaz de recuperar el equilibrio y caigo, haciéndome daño en el trasero.

Dejo escapar una maldición entre dientes y me apresuro a incorporarme, hasta que veo la cara del chico que acaba de salir de la tienda y me quedo paralizado.

Conozco a este chico.

Se llama Marc Valls y es la última persona que deseaba encontrar aquí.

2

Conozco a Marc Valls prácticamente desde que iba a preescolar, aunque nunca le he dirigido la palabra.

Los chicos como él no se mezclan con los chicos como yo. Eso lo sabía incluso entonces, cuando lo veía caminar de la mano de una mujer que no parecía su madre, frente a la puerta de mi colegio. En todos estos años, nunca volvió la mirada, a pesar de que todos no podíamos dejar de observarlo hasta que desaparecía de nuestra vista. A él o a cualquiera de sus compañeros.

Siempre nos hemos referido a ellos como «los chicos de la cruz». No es un nombre muy original, porque la academia a la que acuden se llama «Santa Cruz». Es privada, sin chicas y muy religiosa. El uniforme es estricto. En verano, suelen llevar pantalones azules y camisas de manga corta, con un bolsillo sobre el corazón, donde se puede ver bordado el escudo del colegio. En invierno, pantalones grises, jersey negro y corbata roja, a juego con el escudo, que vuelve a aparecer en la camisa, esta vez de manga larga.

Todos los que tienen dinero en la ciudad inscriben allí a sus hijos.

Nosotros nos moríamos de envidia cuando, de pequeños, los veíamos cruzar la calle frente a las herrumbrosas puertas de nuestro colegio, con juguetes o bicicletas con los que solo podíamos soñar. Con el paso de los años, la envidia persistía, y los juguetes se transformaron en relojes caros, motocicletas, e incluso algún coche deportivo para los que habían alcanzado la mayoría de edad.

Pero, aunque parezca uno más de esos chicos que viven rodeados de tanta riqueza, Marc Valls siempre se destacó.

Hay algo en él, tan palpable como invisible, que crea un halo que lo distingue de los demás. Dicen que su familia materna tiene más de un título nobiliario perdido, y que su padre posee tantos hospitales privados que nada tiene que envidiar a las famosas cadenas de comida rápida.

Las chicas de mi clase se mueren por él.

Cuando no llueve, camina por delante de las puertas de mi instituto, arrancando miradas curiosas y risitas tontas. Y cuando hay tormenta, pasa frente a nosotros subido en un amplio Mercedes gris, por el que muchos matarían por conducir.

Algunos de los matones del instituto murmuran entre dientes y lo amenazan, pero jamás se han atrevido a tocarlo. Hasta ellos saben que hay cosas a las que es mejor no acercarse.

A pesar del interés que provoca, jamás se interesa por nosotros, al contrario que alguno de sus compañeros, que más de una vez se han enzarzado a golpes con otros chicos, en la misma calle que une a estos dos colegios tan distintos.

Yo debería haber sido otro anónimo más para él. Y él debería haber permanecido para siempre en ese halo misterioso que desprende.

Pero por desgracia, no fue así.

Todo ocurrió hace más o menos dos meses. Habíamos terminado la clase de educación física hacía ya casi media hora, y yo estaba encogido sobre uno de los bancos de madera del vestuario. Fingía estar entretenido con mi teléfono móvil, pero mis ojos se dirigían esquivos hacia el resto de los chicos de mi clase. Específicamente, hacia Daniel, Aarón y su grupo de palmeros. Acababan de salir de las duchas, y se dedicaban a golpearse con las toallas los unos a los otros, entre risas. Por primera vez en aquel día, los ojos claros de Daniel, no me buscaban.

Sintiéndome parcialmente a salvo, me desnudé con rapidez. Guardé el chándal sudado en la mochila y dejé la ropa limpia doblada sobre el banco. Mientras me dirigía a las duchas, con la toalla envolviendo firmemente mi cuerpo delgado, no pude evitar mirar atrás.

Nadie me prestaba atención, salvo Daniel. Él siempre había sido un hermano para mí. Me faltaban dedos de la mano para contar las veces en las que me había defendido cuando era pequeño mientras los chicos de cursos superiores se metían con mi extraño aspecto. Había dormido tantas veces en mi casa, que, durante meses, mantuve la cama supletoria que él utilizaba al lado de la mía. Junto a él había encontrado *Preludio de invierno*, el libro que marcaría mi vida desde entonces. Sus ojos siempre me habían perseguido allá a donde yo iba, siempre risueños, burlones a veces. La expresión con la que me observaba estaba ahora vacía. Sus ojos no habían cambiado de color, pero ya no parecían los mismos cada vez que me miraban.

Me duché en silencio, maldiciéndome por haberlo estropeado todo. Las risas de Daniel, que llegaban hasta mí, me provocaban ganas de llorar. Sabía que ya nunca estarían destinadas a mí, que ya nunca volvería a tener nada que ver con ellas.

Cuando terminé, volví a cubrirme con la toalla y salí al vestuario, casi vacío.

Casi.

Solo quedaban Daniel y Aarón. Estaban a solo un par de metros de distancia, con mis cosas entre sus brazos. Me observaban con seriedad, sin decir palabra.

—¿Qué... qué están haciendo? —balbucí.

Un escalofrío me recorrió de pies a cabeza. La voz se me había perdido en algún lugar de mi garganta.

—¿Daniel? —conseguí articular.

Pero él no me respondió. Siguió con mi ropa entre sus brazos, mientras Aarón recogía con lentitud calculada el resto. Esperaban que dijera algo, que protestara, pero era incapaz de reaccionar, a pesar de lo que me estaban haciendo.

Sus labios se curvaron con crueldad. Sabían que no me iba a resistir, que tenía demasiado que perder si me atrevía a denunciarlos ante alguien.

Así que me mordí los labios, me tragué las lágrimas y esperé. No quería dar problemas. No quería que Daniel hablara. Estaba seguro de que algo así iba a ocurrir tarde o temprano. Lo estaba esperando, a pesar de que fingía no hacerlo. Hasta Laia y Asier se habían dado cuenta, aunque estuviesen en otra clase.

¿Por qué habían empezado a empujarme por los pasillos? ¿A qué venían esos murmullos por lo bajo? ¿Por qué tenía que pedir prestado los libros? ¿Por qué me desaparecía el estuche todos los días y aparecía en la papelera, enterrado en chicles y pañuelos de papel usados? ¿Por qué no me defendía Daniel? ¿Por qué no me defendía *yo*? ¿Qué había ocurrido?

Me contentaba con encoger los hombros y bajar la mirada. Fingía no entender de lo que estaban hablando.

A pesar de que Daniel y yo habíamos dejado de ser amigos, aún hablaba de vez en cuando con Laia y Asier, que le hacían las mismas preguntas que a mí. Él siempre daba la misma respuesta. Una y otra vez.

—Pregúntenselo a Casio.

Lo decía porque sabía que jamás sería capaz de hablar de ello. Sobre lo que ocurrió. Así que cuando vi cómo se escabullían él y Aarón, con casi todas mis cosas entre sus brazos, me quedé allí quieto, desnudo y empapado, atravesado por los temblores.

Esperé con los dientes clavados en mis labios. Cuando sus pasos se perdieron y no quedó más que mi respiración acelerada, rompiendo el silencio, me asomé por la puerta del vestuario. El polideportivo con el que comunicaba estaba desierto, no había nadie ni nada, excepto un par de prendas que se le habían caído a los chicos mientras se marchaban.

Las recogí, intentando controlar las lágrimas. Unos calzoncillos y la camiseta sudada que había utilizado durante la clase de educación física. No quedaba nada más. Se habían llevado mis zapatos, mi mochila, hasta mi teléfono móvil.

Tenía ganas de dejarme caer allí mismo, cubrirme la cabeza con los brazos y dejar que el tiempo pasara, sin más. Pero sabía que tenía que llegar cuanto antes a casa. Mis padres hoy no almorzaban conmigo, Helena se quedaba en el comedor de su colegio, así que podría fingir que nada había ocurrido.

Como siempre hacía.

En el vestuario, me sequé lo mejor que pude y me puse los calzoncillos y la camiseta húmeda. Así, sintiéndome pequeño e insignificante, salí del vestuario y del polideportivo, con la mirada clavada en mis pies descalzos.

Por suerte o por desgracia, no me tropecé con ningún alumno ni con ningún profesor. Dada la hora que era, la mayoría debía haberse marchado a casa. Hasta el portero no estaba en su puesto cuando pasé apresuradamente junto al vestíbulo de entrada.

En el exterior, llovía con fuerza. Además de medio desnudo, llegaría empapado a casa. Pero ya daba igual. Me dolía todo tanto, que ya no podía ir a más.

En la calle, los pocos peatones que había caminaban apresuradamente. Por suerte, todos se encontraban lejos de mí para prestarme atención. Todavía.

Estuve a punto de echar a correr, pero entonces, mi mirada se tropezó con el contenedor que se encontraba frente a las puertas de hierro del instituto. No lo dudé. Me dirigí hacia él y empujé el tirador, abriendo la tapa frente a mí.

Había pescado que procedía del mercado de al lado, así como fruta que no habían podido vender. El hedor era tan intenso que, cada vez que respiraba, me entraban ganas de vomitar. Pero, en mitad de toda esa basura, estaban mi mochila y mi ropa. De mi teléfono móvil no había ni rastro.

Miré furtivamente a mi alrededor. Un par de paraguas se aproximaban a mí, así que tenía que ser rápido. Cogiendo impulso, introduje medio cuerpo en el interior del contenedor. Manoteé, luchando contra el olor y las náuseas, y mis dedos consiguieron sujetar el asa de la mochila antes de resbalar hacia atrás.

Estuve a punto de caer al suelo de espaldas, pero una mano me sujetó por el cuello de mi camiseta sucia, y me mantuvo en pie.

Volví la cabeza y me quedé paralizado. Junto a mí, con su elegante uniforme y sosteniendo un paraguas negro, estaba Marc Valls.

Los labios se me abrieron y sentí cómo un grito luchaba por salir de mi garganta, arañándola desde lo más profundo.

La forma en la que miró fue mil veces peor que lo que me había hecho Daniel.

Yo retrocedí, deshaciéndome con brusquedad de su mano, todavía prendida al cuello de mi camiseta. Mi respiración, de golpe, se había convertido en jadeos violentos.

Marc Valls observaba mi cuerpo empapado y medio desnudo bajo la lluvia. Sus ojos estaban muy abiertos y los labios, temblorosos y separados por algo que parecía querer decir y que, sin embargo, no era capaz. La piel de su cara, tostada, limpia, sin marcas, completamente diferente a la mía, estaba cubierta por un profundo rubor, tan brillante como su propio pelo. Yo era incapaz de apartar los ojos de él, a pesar de que una parte de mí no quería mirarlo.

Entonces, Marc se movió. Fue un movimiento apenas perceptible, pero que me hizo reaccionar por fin. Su paraguas se inclinó sobre mi cuerpo encogido, protegiéndome durante un instante de la lluvia.

Y entonces, aparté la mirada por fin y eché a correr, dejándolo atrás.

No podía detenerme, sentía que no podría hacerlo jamás. Aunque estaba seguro de que ni siquiera corriendo toda mi vida podría alejarme lo suficiente de esa mirada.

Desde ese día, intenté evitarlo a toda costa. Cada vez que iba al instituto, cada vez que salía de él. Si veía que se acercaba, en coche o andando, yo hacía todo lo posible por esconderme.

El próximo año pasaríamos al Bachillerato, y yo iría a un instituto que se encontraba en la otra punta de la ciudad, lejos de Santa Cruz y sus alumnos.

Pensaba que no volvería a encontrarme nunca más con él.

Hasta ahora.

Trago saliva con dificultad. De pronto, la garganta se me secó y soy incapaz de decir nada. El aliento se me atragantó en algún lugar de mi garganta que no puedo alcanzar.

No puedo dejar de mirarlo. Incluso en un lugar como este, donde todos caminan en sandalias y pantalones cortos, él destaca.

Lleva puesta una camisa celeste, calculadamente remangada hasta los codos, y unos pantalones claros que contrastan con sus zapatillas de deporte, sobre las que se agita mi sombrero de paja, atrapado.

Él también me observa sin parpadear. Ahora que la luz se refleja en sus ojos, puedo distinguir con claridad su color. Aquella tarde de lluvia oscura me pareció que los tenía castaños, pero no podía estar más equivocado. Ahora que la luz del sol se refleja en ellos, puedo ver que tienen un color miel intenso, casi dorado. Parecen los ojos de un felino.

Sé que me reconoce. Lo sé por la forma en la que entorna la mirada.

Es normal. Nadie olvidaría a un chico que camina medio desnudo y empapado bajo la lluvia. Y albino, además.

Con calma, como si acabase de suceder, y no como realmente sucede, ya que llevamos más de un minuto examinándonos el uno al otro, se inclina y recoge el sombrero del suelo. Le echa un vistazo rápido y me lo tiende. Parece a punto de decir algo, pero antes de que llegue a separar los labios, me levanto con rapidez y echo a correr, tal y como hice aquel día de lluvia.

No me llama. Por suerte, no conoce mi nombre.

Doy un pequeño rodeo para volver a casa. Desde la tienda de donde salió, se puede ver perfectamente la parcela y el porche de entrada del chalé, así que, sin dejar de moverme a toda velocidad, salto un pequeño muro de piedra, que está casi derruido, y me interno en una propiedad que parece abandonada.

Respiro hondo y me detengo un instante para recuperar el aliento.

El sol cae con más fuerza sobre mí. Está a punto de traspasar su punto más alto y los rayos abrasan la piel de mis brazos y mis piernas, a pesar de la ropa que los cubre. Sé que debería moverme. Estar bajo tanta radiación sin una protección adecuada no es bueno para nadie, en especial para mí.

Aun así, no puedo dar ni un solo paso.

¿Cómo puedo tener tanta mala suerte? ¿Cómo puedo haberme encontrado en un pueblo perdido de la costa, con la persona que me vio en el episodio más patético de mi vida? Creía que la gente como él veraneaba en el extranjero, buceaba con tiburones o se emborrachaba con margaritas en las playas de Acapulco.

—Mierda —farfullo.

Lo ocurrido en los últimos meses cae como plomo sobre mí y mi espalda se dobla, como si una mano gigante intentase aplastarme. Las miradas de Daniel, mis libros desaparecidos, la exasperación de Asier, la frustración de Laia, el contenedor, y el mensaje… ese mensaje de móvil que comenzó toda esta locura.

Sin aguantarlo más, pateo el suelo con todas mis fuerzas, haciendo que una nube de polvo se alce y me rodee las piernas, manchando parte de mis pantalones blancos.

—¡Eh! —grita de pronto una voz, sobresaltándome— ¡Me estás destrozando el jardín!

Me quedo quieto al momento y levanto la mirada, observando a la anciana que me mira desde el porche del pequeño chalé. Es diminuta, está arrugada como una pasa y tiene el pelo tan blanco como el mío.

No puedo evitar mirar a mi alrededor, confuso. No me ha parecido ver a nadie cuando entré en la propiedad. De hecho, pensaba que estaba abandonada.

—¿Por qué destruyes mis flores? ¿Sabes lo que me ha costado mantenerlas con este maldito calor?

—¿Flores? —repito, levantando el pie.

Debajo de las suelas de mis deportivas, no hay más que malas hierbas y cardos aplastados por mi ataque de furia. No soy un entendido de la jardinería, pero desde luego estoy seguro de que estos hierbajos no pueden considerarse «flores».

—Lo siento —contesto, no obstante, esbozando una sonrisa de disculpa.

—Me tendrás que pagar —dice con un gruñido—. O te denunciaré por daños a la propiedad.

—¿Qué? —exclamo, boquiabierto.

Esta vieja está loca. O tiene mucha cara. O quizás una mezcla de las dos, quién sabe.

—También podrías venir aquí mañana y arreglarme lo que has estropeado.

Ella no se mueve del porche, desde donde me observa, con los brazos cruzados y la mirada desafiante. Jamás había visto a una anciana con tanta energía. Chilla con la misma estridencia que mi hermana.

Estoy a punto de contestar, pero de pronto, escucho la voz de mi padre. Deben estar preocupados; no llevo mucho tiempo fuera, pero sé que mi huida intempestiva puede haberlos asustado.

—Lo siento, señora, tengo que irme.

Me doy la vuelta, pero ella vuelve a hablarme.

—No me llames señora. Te esperaré aquí, mañana, temprano, para que me arregles el desastre que has hecho.

Me vuelvo hacia ella, enojado, pero cuando clavo los ojos en el porche, la anciana ya no está ahí. Ha desaparecido tras la puerta de la casa, que se cierra de un portazo terrible, sobresaltándome.

—Maldita vieja bruja —murmuro, resentido.

—¿Casio?

Doy un respingo. Mi madre acaba de aparecer al otro de lado de la pequeña muralla de piedra, y me observa con los brazos en jarras, curiosa.

—¿Qué estás haciendo? ¿Y tu sombrero?

—Pensé que había caído por aquí, pero no lo encuentro —miento, encogiéndome de hombros.

Ella duda, pero acaba sacudiendo la cabeza. Con un suspiro, me hace un gesto para que me acerque a ella.

—Venga, volvamos. Todavía tenemos que deshacer las maletas.

Asiento y salto por encima del muro, evitando mirar a mi espalda. Estoy seguro de que esa horrible anciana estará observándome tras los visillos de la ventana, vigilando cómo me alejo por fin de su casa.

—Me había parecido escucharte hablar con alguien —comenta mi madre, mirándome con interés.

—Sí, con una mujer muy mayor. Ha entrado en la casa justo antes de que aparecieras —contesto, recordando el gesto arrugado y los gritos.

—Ah, ¿y de qué hablaban?

—De nada, en realidad. Solo me estaba diciendo que...

De pronto, me callo. Acabo de percatarme de algo.

Llamé la atención de la anciana porque supuestamente estaba destrozando su jardín, no por otro motivo. Puede parecer una tontería para cualquiera, pero no para mí, que, con mi pelo blanco y mis ojos pálidos, atraigo tanto la atención como un faro en plena noche.

Es la primera vez en mucho tiempo que alguien se fija realmente en mí por lo que hago, y no por mi apariencia.

3

Me despierto temprano. El sol se cuela por la ventana abierta de mi dormitorio e impacta directamente en mi cuerpo, calentándome.

Ayer me quedé dormido leyendo *Preludio de invierno*, y ahora tengo marcado el lomo del libro en la mejilla. Con un bostezo, lo dejo sobre la mesa de noche y me estiro, haciendo crujir todas y cada una de mis articulaciones.

Al parecer, no fui el primero en despertarme. Cuando bajo a la cocina cambiado, bien embadurnado de crema solar, mis padres y mi hermana ya se encuentran allí, esperándome.

Están haciendo el desayuno, charlando entre ellos, mientras Helena estira uno de sus tirabuzones rubios y mira al infinito. Viéndola así, meneando los pies en el aire, sentada en una silla que no le permite alcanzar el suelo, parece un angelito encantador. Pero por desgracia, eso cambia cuando escucha mis pasos y se vuelve para observarme, con los ojos tan punzantes como espinas.

—Eres el último en levantarte.

—No me había dado cuenta —respondo, con el mismo sarcasmo.

—¿Has dormido bien? —me pregunta mi madre, mientras deja frente a mí una fuente de tostadas y un vaso de leche con chocolate.

—Sí, aunque estuve hasta tarde leyendo —respondo, llevándome el vaso a los labios.

—Esa bebida es de niños pequeños —me sisea mi hermana, por lo bajo—. El hermano de Ana bebe café desde hace ya dos años. Y solo, además.

—Bien por él —contesto, dándole un largo trago a la bebida—. Tú bebes lo mismo que yo.

—Porque tengo solo diez años, idiota. Pero en cuanto pueda, tomaré café. O quizás té, ya veré. El té está más de moda.

Pongo los ojos en blanco y suspiro, observando de soslayo a mis padres. De verdad, ¿no se dan cuenta de que están criando un pequeño monstruo?

—Hoy podríamos ir a la playa y comprarte un sombrero nuevo, Casio. Lo necesitas. —Mi padre se sienta frente a nosotros y da un gran bocado a su tostada con entusiasmo—. Por la tarde podemos visitar las ruinas romanas. Están a las afueras del pueblo, pero he oído que…

Estoy a punto de decir que necesito descansar un poco de sus clases de historia, cuando de pronto, unos golpes secos en la puerta me hacen olvidar lo que iba a decir.

Los cuatro nos erguimos y, a la vez, nos volvemos hacia la puerta, que vuelve a sacudirse por los golpes.

—¿Quién puede ser?

—Quizás sea el casero —dice mi madre, llevándose la taza a los labios—. Puede que se le olvidara comentarnos algo ayer.

—Ya abro yo.

Salto del taburete y me dirijo hacia la puerta de entrada. Sin mirar por la mirilla, apoyo la mano en el picaporte y tiro con algo de rudeza. Tengo lista mi expresión más inmutable, consciente de que el casero me mirará de la misma forma en la que lo hizo ayer, pero cuando la figura que aparece frente a mí levanta los ojos, mi calculada expresión se desarma.

—¿Casio? —Oigo que me llaman desde la cocina—. ¿Es el casero?

No, mamá. No es el casero.

Es Marc Valls. Otra vez.

Antes de que sea consciente de lo que hago, doy un paso al frente y cierro la puerta a mi espalda, con fuerza. No puedo dejar que mis padres lo vean. Siempre hacen demasiadas preguntas y no quiero que sepan que nos conocemos, sobre todo después de ese primer encuentro tan patético y vergonzoso.

—¿Qué haces aquí?

Son las primeras palabras que le dirijo. No son las más amables, pero a él no parecen sentarle mal. Se limita a arquear una de sus cejas rojas y a observarme con cierta curiosidad.

—Quería traerte esto. Es tuyo, ¿no?

Su voz es perfecta para él. No demasiado grave, tampoco demasiado aguda. Y desprende tanta seguridad que asusta un poco.

Sin añadir nada más, alza el brazo que tenía escondido tras su espalda. En la mano, bien agarrado, lleva mi sombrero de paja.

No puedo evitar mirarlo boquiabierto.

—¿Ayer me seguiste?

—En realidad, no —replica él, arqueando la otra ceja que le quedaba por alzar—. Pero te vi entrar en esta casa mientras aún seguía en la tienda. No es complicado. Prácticamente está una enfrente de la otra.

De pronto, escucho unos pasos rápidos a mi espalda. Nervioso y sin pensar realmente en lo que hago, apoyo las manos en los hombros del chico y lo obligo a darse la vuelta.

—Bueno, muchas gracias. Pero tienes que marcharte, ahora.

—¿Y el sombrero? —pregunta, dedicándome una mirada por encima del hombro—. ¿No lo necesitarás?

Con un bufido, se lo arrebato de un tirón y me lo coloco con impaciencia en la cabeza. Le hago un gesto con las manos y atisbo una media sonrisa burlona, como si toda esta situación le estuviese divirtiendo.

Desde luego, le debo parecer ridículo.

Pero de pronto, antes de que llegue a abandonar el porche, la puerta del chalé se abre tras de mí, y mi padre nos observa desde su imponente altura, curioso.

—¿Ocurre algo? —Sus ojos están quietos en mis manos, que siguen empujando los hombros de Marc.

—Marc solo ha venido a devolverme el sombrero —respondo, separándome rápidamente de él—. Pero se tiene que ir.

—¿Marc?

Es mi padre quién lo pregunta, pero el aludido también se vuelve hacia mí, interrogante.

Mierda, mierda y más que mierda. Se supone que no debo saber cómo se llama.

—¿Se conocen?

Le lanzo una mirada suplicante a Marc, que no sé si ve. Mis padres no saben que caminé medio desnudo por la calle, ni lo de Daniel, ni lo del instituto. Y no quiero que se enteren por nada del mundo.

Sé que debo decir algo, lo que sea, pero no se me ocurre nada. Así que intento esbozar una sonrisa de disculpa, que se queda a medio camino.

—Nos hemos visto un par de veces —contesta de pronto Marc, sobresaltándome—. Paso por delante de su instituto todos los días.

—Menuda coincidencia —dice mi padre, sonriente—. ¿No te apetece pasar dentro?

Le lanzo una mirada de advertencia que él no ve, o finge no hacerlo. Marc duda, pero no parece incómodo, como si fuera normal que un completo desconocido lo invitara a desayunar así sin más. Quizás, para la gente como él, las invitaciones son el pan de cada día.

—No, no le apetece pasar dentro. Además, tengo que marcharme. Ahora. —Es lo primero que se me ocurre.

—¿Marcharte? —Mi padre me observa confuso, sin entender absolutamente nada—. ¿A dónde?

—Ayer, mientras buscaba el sombrero, entré en un jardín y aplasté sin querer un par de flores. Le prometí a la dueña que hoy volvería para arreglar el estropicio.

Es una mentira a medias, así que sale con más naturalidad de la que podía esperar.

Mi padre parpadea varias veces, como si no me hubiera escuchado bien. Sabe a qué mujer me refiero, porque le hablé de ella durante la comida de ayer, pero jamás dije nada de volver. Al fin y al cabo, no pensaba hacerlo. Hasta ahora. Es lo mejor que tengo para librarme de esta situación.

—Bueno, hijo, creo que podríamos hablar con ella e intentar solucionar el...

—Se lo prometí —replico, sin dejarlo acabar—. Es acá al lado. No tardaré nada.

—Si no tienes ni idea de jardinería, ¿cómo...?

—Me las arreglaré —insisto, con un entusiasmo que no siento en absoluto—. No tardaré en regresar. Después, iremos juntos a la playa.

Mi padre frunce el ceño, vacilante. Sabe que hay algo que no cuadra, empezando por mi repentina pasión por la jardinería y terminando por el chico que se encuentra a mi lado, esperando con aparente calma, como si tuviera todo el tiempo del mundo.

—En fin, si insistes...

—Nos vemos luego —lo interrumpo, con la sonrisa tan forzada, que me duelen los labios.

Agito la mano ridículamente para despedirme y bajo los tres escalones del porche sin dejar de hacerlo. Mientras me doy la vuelta y me alejo a toda prisa por el estrecho camino que comunica con el límite de la parcela, escucho la voz de mi madre, preguntando qué ocurre. Mi padre le contesta que no tiene ni idea.

Cuando por fin cierro la puerta de hierro a mi espalda, casi puedo respirar con normalidad. Casi, porque Marc Valls sigue a mi lado.

—Tengo que ir en esa dirección —digo, secamente, señalando el camino de la derecha.

—Yo también.

Es él quien echa a andar y yo el que lo sigue. Ni siquiera sé cómo sentirme. Es una situación demasiado extraña como para analizarla.

Marc camina con demasiada lentitud, disfrutando del paseo, mientras yo intento mantenerme lo más alejado que me permiten las estrechas calles de Aguablanca, incómodo.

—Mientes de pena —dice de pronto, sobresaltándome.

—¿Perdón?

—Creo que es la excusa más estúpida que he oído nunca. —Marc sigue mirando al frente, a pesar de que lo estoy fulminando con los ojos—. Hasta un niño pequeño se habría dado cuenta de que mentías.

—Te equivocas, dije la verdad.

Bueno, al menos en parte.

—¿Quién arregla jardines de ancianas desconocidas? —pregunta. Parece a punto de echarse a reír.

—¿Qué problema tienes? —exclamo, enojado—. Yo no... Dios, ni siquiera sé que hago hablando contigo.

Él gira la cabeza y me dedica una mirada burlona que consigue encender mi enfado todavía más. Muchas veces me había preguntado cómo me miraría Marc Valls si, alguna vez, girase la cabeza y me viese, me viese de verdad, reparando en mí, cuando pasara frente a la puerta de mi instituto. Ahora lo sé. De la misma forma en la que lo hace cualquier otro chico de la cruz.

Por suerte, no tengo que soportar mucho más su presencia. Cuando doblamos la siguiente esquina, me encuentro de nuevo frente al jardín de la anciana.

A pesar de la distancia, veo cómo las cortinas del interior de la casa se mueven, como si ella estuviera esperando mi llegada.

—¿Qué haces? —me pregunta, al ver cómo me detengo junto a la valla medio destruida.

—Es aquí.

Marc me observa durante un instante, con los ojos abiertos de par en par, para después desviar la mirada hasta el tejado destrozado.

—Aquí no vive nadie. Este lugar lleva abandonado muchos años.

Echo una ojeada por encima del hombro a la ventana y vuelvo a verlo. El movimiento de las cortinas, y unos ojos claros y arrugados vigilándome tras ellas.

—¿Qué dices? Estoy seguro de que es aquí. Mira, acabo de verla espiándonos por la ventana.

La expresión socarrona de Marc desaparece de pronto. Aprieta los labios y una expresión seria, reservada, se hace dueña poco a poco de sus afiladas facciones.

—Qué extraño —murmura.

Hago rodar los ojos con cierta impaciencia. Quiero que se marche ya. No es que esté loco de entusiasmo por arreglar un jardín sin tener ni idea, pero me siento demasiado incómodo a su lado. Es algo que no puedo evitar, a pesar de que intento mantener la máxima distancia posible, arañándome los gemelos contra las piedras grises del muro.

—¿Es que vas a quedarte aquí? —pregunto por fin, exasperado.

Marc se vuelve hacia mí y su mueca se relaja al instante. De nuevo, me observa con los ojos entrecerrados, con una mezcla de hastío y diversión.

—No, claro que no. Disfruta, jardinero.

Levanta una mano a modo de despedida, pero no se mueve. Parece dudar solo un instante, pero finalmente vuelve a hablar.

—No creo que puedan ir hoy a la playa.

—¿Qué? —Le había dado la espalda, pero me vuelvo hacia él, irritado—. ¿De qué estás hablando?

—Hoy va a llover.

Alzo los ojos hacia el cielo azul intenso que nos cubre, con apenas unas nubes flotando en él, tan blancas como la espuma. Esta vez soy yo el que lo mira como si fuera un idiota, pero su expresión de seguridad no desaparece.

—En Aguablanca hay una especie de microclima, por las montañas.

Con el pulgar, señala la enorme cordillera que se encuentra a su espalda a decenas de kilómetros de distancia, aunque es perfectamente visible desde cualquier parte del pueblo. Con una media sonrisa, añade:

—«Parecía un mundo aparte, rodeado por gigantes de tierra que hacían estallar tormentas y huracanes en mitad de una mañana de primavera».

Daría un paso atrás si no tuviera las piernas clavadas en el muro. He tenido que escuchar mal, porque esa frase que acaba de pronunciar pertenece a *Preludio de invierno*. Estoy seguro, lo he leído más de diez veces. De hecho, aparece en sus primeras páginas.

No me puedo creer que Marc Valls sea también un admirador de Óscar Salvatierra.

—Pareces conocer muy bien este pueblo —comento, entornando la mirada.

—Vengo aquí todos los veranos. Parte de mi familia es de aquí.

—Una de las comisuras de su boca se estira más de la cuenta, transformando su sonrisa en una mueca extraña—. Te sorprende, ¿verdad? Creías que alguien como yo, un chico de la cruz, disfrutaba sus vacaciones emborrachándose en playas paradisíacas y drogándose como un idiota.

—Claro que no. —Pero mi mentira se huele a la legua. Él mismo lo ha dicho. Miento de pena.

Todo rastro de burla y diversión desaparece de sus ojos color miel, sustituyéndose por una frialdad cortante que me provoca un estremecimiento.

—Siempre decís que los chicos de la cruz son todos iguales, pero se equivocan. Son ustedes los que son iguales.

No añade nada más. Se da la vuelta con brusquedad y desaparece calle arriba, con el pelo ardiendo bajo el sol. Parece que lleva un verdadero incendio en la cabeza.

Me quedo quieto, con la respiración contenida, observando el lugar por el que ha desaparecido y con la frase de *Preludio de invierno* todavía haciendo eco en mis oídos.

—Así que al final has venido —dice de pronto una voz, a mi lado.

Doy un respingo, descubriendo a la anciana de ayer al otro lado del pequeño muro, examinándome de arriba abajo con la cara avinagrada y los brazos cruzados.

Dios, no sé cómo no he podido escucharla acercarse.

—Bien, ¿qué vas a hacer? —me pregunta, impaciente—. Entra, o márchate, pero no te quedes en medio.

Tras un largo bufido, me dedica una nueva mirada y se aleja en dirección a su casa. No sé si se está yendo, o si es una señal para que la siga, así que me quedo quieto, dudando, antes de soltar un prolongado suspiro y saltar por encima de la valla.

Cuando caigo sobre el jardín, destrozo sin querer un par de flores amarillas.

4

No sé qué mierda estoy haciendo. Así de claro. Llevo dando vueltas alrededor de las plantas que destrocé ayer al menos cinco minutos. No sé muy bien qué quiere que haga. A mi juicio, están mejor así, aplastadas contra el suelo para que nadie pueda verlas.

Sigo pensando que son bastante horribles.

Además, a pesar de que todavía queda bastante para que el sol se encuentre en su punto más alto en el cielo, el calor comienza a ser asfixiante. Varias nubes han aparecido por el horizonte, densas y grises, creando una cúpula oscura que parece reconcentrar la temperatura.

Al verlas, no pude evitar recordar las palabras de Marc.

—Chico, deberías darte prisa.

Levanto la mirada hacia el porche, desde donde la anciana me observa sentada en una mecedora de madera. Se abanica con fastidio y continúa observándome ceñuda, aunque estoy empezando a sospechar que esa arruga entre sus ojos es permanente.

—Me llamo Casio.

—Oh, así que ahora vamos a presentarnos —contesta ella, esbozando una sonrisa torcida.

Aprieto un poco los labios y me obligo a no contestar. Creo que jamás había conocido a una anciana así, se parece demasiado a esas brujas de los cuentos que mi madre me contaba de pequeño, o a las Moiras de los antiguos griegos, como diría mi padre.

—Tienes un nombre curioso, Casio. Yo me llamo Enea.

—El suyo tampoco es muy corriente —replico.

Creo que no escucha ni una sola palabra. En el momento que comencé a hablar, se levantó de la silla de madera con gesto cansado y desapareció por la parte trasera, murmurando palabras entre dientes. Sin embargo, no pasan más de dos segundos hasta que vuelvo a escuchar su voz.

—¡Eh, chico! ¿Es que no piensas ayudarme?

Esta vez soy yo el que farfulla entre dientes. Sigo su tono rasposo y cortante, y rodeo el lateral de la casa.

Marc tiene razón, aunque no quiera dársela. Este lugar parece abandonado. Las paredes blancas están tan desconchadas, que no sé cómo no hay agujeros que muestren el interior de la casa. Las ventanas están llenas de polvo y una de ellas está rota, como si alguien la hubiese destrozado de una pedrada.

Estoy a punto de asomarme, cuando la voz de Enea vuelve a atravesarme.

—¿Qué estás esperando para venir? No voy a estar aquí todo el maldito día.

Con un bufido, me aparto de la ventana rota y termino de rodear el viejo chalé.

La parte de atrás no está mucho mejor que la de delante. La fachada se encuentra carcomida por enredaderas trepadoras. Habría sido una estampa bonita de no estar las hojas tan polvorientas, o de no haber tantos animales o insectos trepando por ella, medio ocultos por las enormes hojas. De hecho, creo que acabo de ver a una rata.

Enea se encuentra a un par de metros de distancia, señalando a una pequeña caseta que, en tiempos antiguos, debía ser blanca, y ahora está cubierta de vegetación medio podrida. Hay tantas piñas sobre el pequeño tejado, que no sé cómo no se ha derrumbado.

—Aquí dentro tienes lo que necesitas.

En cuanto empujo la puerta para abrirla, ella se aleja rápidamente de mí, regresando al porche.

Me asomo al interior de la caseta. El interior es tan salvaje como el exterior. Una enredadera consiguió meterse por el hueco de un ventanuco que hay al fondo, y se ha enmarañado en torno a un viejo cortacésped, como si quisiera destrozarlo con unos dedos larguísimos y pardos. Desconozco lo que necesito para arreglar el jardín, así que me inclino y tomo lo primero que veo: unos guantes viejos y usados, llenos de tierra seca que se desmenuza en cuanto los toco, y una azada, la única herramienta que reconozco de todas las que hay.

Intento cerrar la puerta de la caseta, pero me es imposible. Está demasiado hinchada por la humedad y temo romperla si sigo insistiendo, así que la encajo lo mejor que puedo y regreso al jardín delantero.

Enea ha vuelto a sentarse sobre su mecedora y me dedica algo parecido a un gruñido cuando paso por delante de ella.

Inseguro, me acerco a las plantas que destrocé ayer. Pienso que Enea se va a levantar y se va a acercar a mí para supervisar el trabajo. Sin embargo, no se mueve cuando me pongo los guantes, que me quedan grandes y tienen la tela rígida por el paso de los años. Ni siquiera hace amago de moverse en el momento en que levanto exageradamente la azada por encima de mi cabeza y la hundo con fuerza en la tierra.

Cuando compruebo que ni siquiera va a levantar la cabeza para ver cómo lo estoy haciendo, me relajo.

Observo los cardos destrozados y decido que la mejor forma de arreglarlos es arrancarlos. No sé si es la solución que le gustará a Enea, pero no sé qué otra cosa hacer.

Con cuidado, clavo la azada en la tierra y la levanto. No sé si la estoy utilizando correctamente, pero consigo lo que quiero, así que insisto hasta que las raíces de la planta quedan al aire. Con fuerza, tiro de ellas y logro arrancar la mala hierba de un tirón.

Extrañamente eufórico, la echo a un lado y comienzo a aplanar la tierra que he levantado.

A pesar del calor que hace, huele a humedad. Es un olor agradable, que me llena las fosas nasales cuando se mezcla con la brisa marina que llega desde la playa. Me recuerda a Víctor Vergel, el protagonista de *Preludio de invierno*. A él también le encantaba cómo olía Aguablanca, con esa mezcla perfecta de tierra y mar.

Desde luego, no tiene nada que ver con el aire cargado y sucio de la ciudad.

Cuando la tierra queda perfectamente lisa bajo mis dedos, me incorporo y echo un vistazo a mi alrededor.

—Si quieres agua puedes sacarla de esa fuente —dice Enea que, desde el porche, estuvo siguiendo mi mirada.

Sigo el rumbo que me marca su dedo arrugado y descubro entre dos árboles retorcidos una fuente de piedra blanca, sucia por los excrementos de las gaviotas. Por suerte, cuando giro la manivela herrumbrosa, brota un agua limpia y fría, que puedo recoger con una pequeña regadera que hay al lado.

No estoy muy seguro de si es lo que tengo que hacer, pero riego la tierra, ahora desnuda, mientras Enea, desde el porche, me observa en silencio.

Aunque termino con las plantas del otro día, me dirijo hacia las campanillas aplastadas que pisoteé hoy sin querer. Por suerte, no están en tan malas condiciones, así que me limito a arrancar los tallos aplastados y a regar con el agua sobrante la tierra.

Cuando me incorporo, sonrío sin darme cuenta en dirección al porche.

Sin embargo, allí no encuentro a nadie.

—No está mal.

Me sobresalto tanto, que estoy a punto de pisotear de nuevo las flores que acabo de arreglar.

Enea está a mi lado, a menos de dos metros de distancia, con sus pequeños ojos escrutando las campanillas.

—La verdad es que no sé nada sobre jardinería —confieso, con el corazón todavía acelerado.

—Bueno, eso se ve a la legua —replica ella, arqueando un poco las cejas—. Pero te has esforzado.

Asiento y me quito los guantes. Se los tiendo, pero ella, aunque los mira, ni siquiera hace amago para tomarlos. Se limita a observarlos fijamente, como si hubiera algo fascinante en la forma en la que los sujeto. La dejo allí, inmóvil, sumida en un denso silencio, mientras yo regreso a la caseta para guardar la azada, los guantes y la vieja regadera. Cuando vuelvo, la encuentro en la misma posición. No parece haberse movido ni un solo centímetro.

—Ahora tengo que irme. —No sé por qué mi voz suena como una disculpa. Ni siquiera tendría que estar aquí, haciendo algo que desconozco por completo y soportando el mal humor de una vieja arpía—. Mis padres me están esperando.

Ella cabecea, de repente meditabunda, y no se mueve cuando salto por encima de las flores y caigo al otro lado del muro, ya sobre un suelo adoquinado y duro.

—Podrías volver —comenta de pronto, antes de que llegue a dar el primer paso.

Me vuelvo, dando un giro completo sobre mí mismo y miro el rostro acongojado de Enea. Ha unido sus manos arrugadas por encima del regazo, y se las sujeta de tal manera, que adivino que lo hace así para que no vea cuánto tiemblan. Sus pequeños ojos están más fruncidos que nunca, pero a pesar de ello puedo distinguir el brillo intenso que desprenden, casi a punto de convertirse en humedad.

—Este jardín está hecho un desastre —continúa, mirando a su alrededor—. Y yo ya no puedo cuidarlo. Le vendría bien que alguien haga algo por sus plantas y las flores.

Frunzo ligeramente el entrecejo, pero no separo los labios. A pesar de que no quiero, siento lástima por ella. Por la forma en la que me mira, por la forma en la que vive. Si Marc me insinuó que esta casa se encuentra abandonada, Enea debe estar realmente sola.

No puedo evitar preguntarme qué ocurrió con su marido, si tuvo hijos, y si conocen las condiciones en las que vive su madre, si tiene nietos a los que le gustaría ver arreglando su jardín, tal y como intenté yo.

Aprieto los dientes y desvío la mirada hacia el muro de piedra, derrotado.

—Bueno, podría pasarme algún día —murmuro, a regañadientes.

No es ninguna promesa, pero a Enea parece bastarle.

Ella cabecea, distraída, con los ojos muy brillantes, y de pronto mira al cielo. Sigo su mirada y abro los ojos de par en par, atónito. Ya no queda nada de ese limpio azul ni de la luz del sol. Ahora, el cielo está tapizado por una red de nubes grises, que corren empujadas con violencia por el viento marino, que cada vez es más intenso.

—No tardes en volver a casa —dice, antes de darme la espalda—. Va a llover.

Asiento, echando a andar con rapidez. Mientras me alejo, miro disimuladamente por encima del hombro, en dirección al chalé. Al contrario que ayer, Enea no ha desaparecido en su interior. Continúa quieta, estirada todo lo que le permite su espalda, con los ojos alzados hacia arriba.

No sé por qué, pero un estremecimiento me recorre de pies a cabeza y acelero el paso.

Apenas unos metros después, la lluvia comienza a caer. No son solo unas gotas. En el transcurso de unos instantes, el goteo se convierte en un verdadero aguacero. Así que, cuando por fin llego hasta la puerta, aporreándola con las dos manos, estoy tan empapado como si acabara de bañarme vestido en el mar.

Mi padre abre y, al verme tan mojado, se apresura a pasarme una de las toallas de playa que están apiladas en la entrada.

—Pasa, pasa. Tu madre y Helena han salido hace un momento, pero después de este diluvio, no tardarán en volver.

Envuelto en la toalla, me apresuro a entrar mientras oigo cómo la puerta se cierra a mi espalda.

—¿Qué tal esa sesión de jardinería? —me pregunta, sonriendo con burla.

Pongo los ojos en blanco y, tras quitarme las empapadas zapatillas de deporte, camino descalzo hasta la ventana más próxima, por la que veo las furiosas gotas de lluvia caer sin piedad. La cortina de agua es tan tupida, que apenas se puede ver a través de ella.

—¿Cómo puede llover tanto de repente? —me pregunto, en voz alta—. Hace una hora no había ni una sola nube en el cielo.

—Vaya, pensaba que tú eras el experto en Aguablanca. —Su sonrisa se pronuncia cuando me vuelvo para fulminarlo con la mirada.

—Tiene un microclima —explico, a regañadientes, recordando *Preludio de invierno* y a Marc Valls—. Por las montañas que lo rodean, creo.

Mi padre deja escapar una pequeña risa y me observa fijamente, con los brazos cruzados, apoyado a medias en una de las paredes del recibidor. Me sacudo, nervioso. No me gusta que me mire así, como si fuera capaz de verme a través de la piel y descubrir todos mis secretos.

Creo que no le gustarían.

—Primero, jardinero; ahora, meteorólogo. Cada día descubro algo nuevo sobre ti.

—Sí, soy una caja de sorpresas —contesto, sarcástico, arrancándole una nueva carcajada.

Me dirijo hacia las escaleras de puntillas, intentando mojar lo menos posible el salón. Sin embargo, antes de pisar el primer peldaño, mi padre vuelve a hablar.

—¿Quién era el chico de antes? —Palidezco abruptamente, así que, por si acaso, me quedo inmóvil en mi posición, sin girar siquiera la cabeza—. No vino a darte problemas, ¿verdad?

Por suerte, esa pregunta consigue que recupere mi color normal. Esta vez sí me vuelvo, francamente confundido. La expresión risueña de mi padre ha desaparecido para dar paso a una seriedad total. Hasta sus brazos cruzados se han tensado.

—¿Problemas? —repito, lentamente.

Él duda, como si supiera algo y no estuviera seguro si revelarlo o no.

El miedo trepa por mis nervios y se extiende por todo mi cuerpo. Entre el agua que me moja y el terror que siento, tengo que hacer uso de toda mi fuerza de voluntad para no echarme a temblar.

Mi padre no puede saber lo que ocurrió hace meses, ¿verdad? Es imposible. No estaba allí cuando sucedió, y sé que Aarón o Daniel no han hablado. Eso haría que toda la diversión terminase para ellos.

Observo a cámara lenta cómo separa los labios, pero antes de que llegue a pronunciar palabra, yo me adelanto, intentando imprimir seguridad en cada palabra que sale despedida de mi boca.

—Él mismo te lo dijo. Pasa por la puerta de mi instituto todos los días, es uno de los chicos de la cruz. —La expresión rígida de mi padre se relaja un poco—. Ayer me vio buscar mi sombrero y hoy ha venido a traérmelo. Nada más.

Como prueba, señalo el empapado sombrero de paja que todavía tengo sobre la cabeza.

—Sí, claro. Solo preguntaba. —Mi padre se encoge de hombros, con timidez. Es demasiado risueño y fantasioso, y el recelo y la frialdad no son para él. Lo incomodan tanto como a mí sufrir la mirada punzante de Daniel—. Porque si ocurriera algo… si *te ocurriera* algo, nos lo contarías, ¿verdad?

No sé por qué de repente tengo ganas de llorar. Recuerdo ese mensaje que recibí en el móvil justo después de que todo comenzara, y esa única palabra que leí me hace sentirme aún peor.

Como puedo, reprimo las lágrimas y esbozo la expresión más impasible que soy capaz.

—Por supuesto.

No añado nada más. Contengo mis pasos, pero subo las escaleras con rapidez, sin dejar de sentir la mirada vigilante de mi padre hasta que no cierro la puerta del dormitorio a mi espalda.

5

La lluvia no da tregua durante todo el día. No hace frío, pero las nubes no dejan de escupir gotas en toda la mañana.

A pesar de ello, mis padres deciden ir a comer fuera. A mí no me importa pasar el día encerrado, leyendo el libro de Óscar Salvatierra, pero mi hermana Helena ya ha rapado a dos de las muñecas que se ha traído, y amenazaba con comenzar con la tercera.

El restaurante que elegimos está prácticamente a pie de playa. Las mesas son de madera clara, arañada por el paso del tiempo y el salitre, y el olor que inunda el lugar es intenso, una mezcla de pescado asado, algas y agua revuelta.

A pesar de que han corrido unas cortinas de plástico, puedo ver a través de ellas las impresionantes olas que se levantan y cómo estas impactan contra el acantilado que domina el pueblo. En su cima, puedo ver una de las fachadas de la única mansión de Aguablanca.

La cara norte del edificio está prácticamente asentada en su borde. Uno de sus balcones, el de la última planta, pende directamente sobre el vacío. Y, a pesar de la altura que lo separa de las rocas y las olas, la espuma llega a veces a alcanzarle.

Por las tejas granates caen cascadas de agua que terminan desembocando en el mar revuelto.

Es la primera vez que veo La Buganvilla Negra con mis propios ojos, aunque ahora que la recorro con la mirada no me parece más que una vieja conocida. La he visto tantas veces en mi cabeza y su descripción en la ficción es tan símil a la realidad, que no encuentro ningún detalle que me sorprenda.

Esta mansión es casi otra protagonista más de *Preludio de invierno*. Recibe ese nombre porque, en invierno y en días nublados como este, las buganvillas que cubren sus muros blancos parecen ennegrecerse, tomando desde la distancia un color mucho más oscuro.

Es increíble estar tan cerca de ella. Me pregunto si, entre sus paredes, se produjeron historias tan fascinantes como la de *Preludio de invierno*, o si alguna vez existió realmente un Víctor Vergel, o una Ágata Faus. Me gustaría saber si en sus habitaciones se escondieron pasadizos secretos y alguna historia imposible, con un final tan triste como el del libro.

—Creo que hay un camino —dice de repente mi madre, sorprendiéndome.

Desvío los ojos y los clavo en ella, que también mira la mansión con cierta intensidad.

—Es un paseo largo, pero creo que lleva hasta allí.

—Me gustaría visitarla —murmuro, clavando de nuevo los ojos en la casa.

Pero sé que es imposible. Nada me gustaría más que recorrer los viejos pasillos y sentarme en uno de los sillones de la enorme biblioteca que se describe en el libro, sin embargo, sé que hay personas viviendo en su interior. Ayer, por la noche, me pareció ver luces en sus ventanas.

Sería interesante averiguar qué tipo de gente vive ahí.

Después de la comida, volvemos a casa y pasamos el resto de la tarde jugando a las cartas y a juegos de mesa. Mi hermana, por supuesto, rapa a otra muñeca más y utilizando rotuladores, convierte su cara en la máscara más grotesca que es capaz, digna de cualquier película de terror.

Por suerte, ese día mi teléfono móvil no suena y puedo mantener la cabeza lejos de Daniel, Asier y Laia, y de aquel horrible momento en que mi mundo se hizo pedazos. Así que, hasta que me duermo, no hago más que pensar en la mansión recortada contra el mar y el acantilado.

Al día siguiente me despierto con un calor insoportable.

Cuando abro los ojos y miro hacia la ventana, los rayos del sol prácticamente me ciegan, así que busco a tientas las gafas oscuras que guardo en el cajón de la mesita de noche.

Bostezando, me las pongo y salto de la cama, asomando medio cuerpo por la ventana abierta.

Todo rastro de nubes ha desaparecido del cielo. No sopla ni una ligera brisa. Está todo tan quieto, que el mar parece un espejo azul y ovalado, en el que se reflejan las gaviotas que vuelan sobre él.

Me dirijo al otro lado de la habitación y miro por la otra ventana, mucho más pequeña, en dirección a las montañas. Cubriéndolas, el cielo sigue azul, sin una sola mota blanca o gris que lo ensucie.

Así que, por la mañana, podemos disfrutar del mar y de la arena.

La playa de Aguablanca es gigantesca y, a pesar de su forma ovalada, se extiende durante varios kilómetros en dirección norte. En un extremo, los acantilados la cortan, pero en el otro, se extiende mucho más allá del pueblo.

Aunque nos encontramos en un pueblo costero en pleno verano, Aguablanca no es demasiado conocida, y aún se puede clavar la sombrilla en la arena sin temer ensartar a alguien. La mayoría parecen habitantes del propio pueblo, que nos siguen con la mirada cuando nos adentramos en la playa, cargados con las toallas, los cestos y la gigantesca sombrilla.

En realidad, su mirada no se clava en toda mi familia. Solo en mí. Con el sol cayendo sin piedad sobre mi cuerpo, la poca piel que permanece a la vista, empalidece todavía más, y mi pelo, medio oculto bajo el sombrero de paja, se vuelve blanco por completo, casi resplandeciente. Es una suerte que lleve puestas las gafas de sol, porque estoy seguro de que el color de mis ojos les asustaría.

Helena siempre me dice que parezco un extraterrestre.

Mis padres están tan acostumbrados a las miradas como yo, así que los ignoran. Mi hermana, sin embargo, se dedica a repartir cortes de mangas y a sacar la lengua a todo el que no corta el contacto visual.

Nos asentamos en el extremo más cercano al acantilado, lejos de donde se apelmaza la gente. Allí, colocamos la sombrilla y me escondo rápidamente bajo ella, armado con mis libros e impregnado en crema solar.

Tumbado en la toalla, medio adormilado por el calor, dejo que el tiempo transcurra, mientras mi madre lee también, a mi lado, y mi padre se dedica a tirar a Helena contra las suaves olas. Mientras lo hace, le cuenta una historia de nereidas y semidioses que he oído por lo menos cien veces.

La mansión de La Buganvilla Negra brilla con sus paredes blancas en lo alto del acantilado. Ahora, bajo el sol, sus flores parecen más deslumbrantes que nunca.

No puedo dejar de mirarla. Aunque no se puede comparar con esas grandes mansiones modernas de los actores de cines o de los cantantes de éxito, posee algo especial, algo que no he visto en ninguna más. Quizás, porque contiene una historia que, aunque no fue real, pudo haberla sido. Da la sensación de que entre sus paredes claras han sucedido muchas cosas oscuras.

Sigo fantaseando, sin despegar mis pupilas de ellas hasta que, de pronto, algo capta mi atención.

Es una figura. No puedo verla bien a causa de la distancia, pero estoy casi seguro de que se trata de una mujer, o de una chica. Camina por el pequeño filo que separa la pared de la mansión del borde del abismo.

Un paso en falso y caerá.

Me yergo con brusquedad, dejando el libro a un lado. Parpadeo varias veces y agudizo todo lo que puedo la mirada.

Sí, no hay duda alguna. Hay una chica ahí, a punto de precipitarse al vacío.

—¿Casio? ¿Ocurre algo? —Oigo que me pregunta mi madre, aunque su voz parece venir desde muy lejos.

Hay algo en ella que me resulta conocido. Es como si la hubiera visto en otra parte, en otro lugar. Lleva el pelo rubio suelto, que se agita con violencia bajo una cofia blanca, a pesar de que no corre una pizca de aire. La cubre un vestido negro que le llega un poco más abajo de las rodillas y ondea con furia contra sus piernas. Parecen las alas de un cuervo negro a punto de echar a volar.

—¿Casio?

—Alguien va a saltar del acantilado —murmuro, incapaz siquiera de respirar.

Mi madre se coloca a mi altura y hace visera con las manos para que el sol no la ciegue. Sin embargo, no parece nerviosa mientras lo escruta con atención.

—Yo no veo a nadie.

La miro durante un instante, confundido. Es imposible que no la vea. Está allí mismo, a mucha distancia, pero perfectamente visible con su vestido negro y su cabello dorado.

—¿No te estarás confundiendo? —me pregunta, volviendo a su lectura.

No le contesto, porque en ese momento, la chica salta. Un grito se me atraganta en la boca y tengo que contenerme para no precipitarme hacia adelante.

El corazón me late errático en el pecho y, a pesar del calor que hace, estoy empapado de un sudor frío.

Acabo de comprender lo que he visto, de darme cuenta de por qué creía conocer esa escena, a esa chica que acaba de saltar. Pertenece a un fragmento de *Preludio de invierno*, es una de sus partes finales, cuando Ágata salta al vacío.

Es la última vez que aparece en la novela.

La única diferencia de lo que acabo de ver, con la ficción, es que no está anocheciendo, y el cielo no está repleto de nubes de tormenta y bombas.

Caigo de espaldas en la toalla, con las manos en la cara, intentando respirar con normalidad y no atraer la atención de mi madre. No sé si lo que acabo de ver es real o una alucinación.

Sé que hay gente que vive ahí, en la mansión, y puede que lo que acabo de presenciar sea un accidente, o un suicidio, no lo sé. Pero algo, muy dentro de mí, me dice que a quien acabo de ver es a Ágata Faus.

Sé que no es un personaje real, pero la conozco demasiado bien, la he visto muchas veces. Aunque siempre haya sido en el interior de mi cabeza.

Dejo escapar un jadeo entrecortado y, con brusquedad, cierro *Preludio de invierno* y lo arrojo al interior de la cesta de la playa.

Basta de lectura por hoy.

6

Después de lo que vi esta mañana, no puedo pensar en otra cosa. Así que, cuando mis padres proponen dar un paseo hasta La Buganvilla Negra, y mi hermana se niega a gritos, veo la oportunidad perfecta.

Helena quiere ir a un parque que vio en uno de los extremos del paseo marítimo, no andar como una completa idiota. Es lo que dice, literalmente.

Sé que a mis padres les apetece un plan más tranquilo. Al contrario que yo, que apenas me he bañado en el mar, escondido con más ropa de la cuenta bajo la enorme sombrilla, ellos no han parado en toda la mañana. Han nadado, jugando con Helena y ahora parecen agotados. Prefieren estar tranquilamente sentados en un café, vigilando a mi hermana jugar, que subir el camino del acantilado.

—Puedo ir solo —digo, encogiéndome de hombros—. No me importa.

Lo prefiero, en realidad. Si voy a comportarme como un maníaco obsesionado con una vieja historia, mejor hacerlo solo.

Ellos aceptan, aunque no parecen del todo convencidos, y miran demasiado hacia atrás cuando por fin arrancan el coche, en dirección al parque de juegos.

Agito la mano y fuerzo una sonrisa hasta que los veo doblar la esquina de la calle.

En el momento en que desaparecen, me hundo el sombrero hasta el borde de los ojos y echo a andar con rapidez. La mochila que llevo repiquetea suavemente contra mi espalda, y el libro de *Preludio de invierno* me golpea con su lomo una y otra vez, alternándose con la pequeña botella de agua y la crema solar.

Para encontrar el camino al acantilado, tengo que pasar frente al hogar de Enea. No sé por qué, pero cuando camino junto al pequeño muro derruido, me siento algo culpable y no puedo evitar mirar hacia la casa.

En la ventana veo a la anciana, mirando con gesto ausente el horizonte. Sus ojos claros se cruzan con los míos y, en un acto reflejo, levanto la mano para saludarla. Su expresión perdida se encuentra, y me dedica una mueca de fastidio antes de menear la cabeza y desaparecer en el interior de la casa.

Sin saber muy bien el porqué, me hace sonreír un poco. Creo que esta mujer me cae bien, a pesar de tener más malas pulgas que un perro rabioso.

Encuentro con facilidad el camino que sube hasta el acantilado. Se trata de un sendero ancho de tierra, en el que están marcadas las ruedas de un todoterreno.

Sin dudar, comienzo a ascender por él.

Los árboles, la mayoría pinos tan altos que cubren el cielo con sus copas, están inclinados hacia el camino. Como consecuencia, algunas de sus ramas más bajas han sido arrancadas por el paso de los vehículos, y ahora están sobre el suelo, aplastadas, cubriendo la tierra de acículas.

No es la única vegetación que hay. A pesar del aire, cargado de salitre, los lindes del camino están plagados de campanillas amarillas, como las que hay en el jardín de Enea, y alguna que otra enredadera de hojas oscuras que, en su intento de cruzar el sendero de extremo a extremo, ha quedado aplastada por las ruedas.

A medida que subo, el camino se desvía hacia la parte más exterior de la colina y me encuentro, de pronto, a mitad del acantilado.

Desde la playa no se puede ver este sendero, medio oculto por la vegetación y las rocas, pero ahora, descubro el balcón de la mansión pendiendo a decenas de metros sobre mi cabeza.

Más cerca todavía, está el borde desde el que vi saltar a la chica esta mañana. Contrario a lo que creía, si alguien se arroja desde ahí, no cae sobre las rocas que rodean el acantilado, sino sobre este camino de tierra. Sería un buen golpe, sí, pero no mortal.

Miro al suelo, e intento buscar algún rastro de la chica, algo que me demuestre que era real y no solo un producto de mi imaginación. Sin embargo, no encuentro nada. Ni gotas de sangre, ni trozos de tela negra. Suspiro, derrotado, y sigo subiendo.

Al cabo de unos minutos, regreso de nuevo a los pinos y a los matorrales de color oscuro, y enfilo lo que parece un camino principal, más ancho que el que acabo de abandonar. Conduce a la pradera que hay en lo alto del acantilado, donde se encuentra la mansión.

Me quedo sin respiración al verla.

No puedo acercarme lo suficiente, porque una amplia verja, con barrotes de hierro forjado, me impide el paso. Sin embargo, estar aquí, a pesar de la distancia de la mansión, es suficiente para mí.

Es idéntica a como me la había imaginado. Si quiero, incluso, puedo transformar en mi cabeza el clima que nos rodea y observar cómo el viento frío y la bruma costera la envuelve hasta convertirla en una casa del terror, como ocurría en *Preludio de invierno*.

Es una mansión de tres pisos, de paredes blancas como la cal y tejas rojo sangre que cubren un tejado a dos aguas. La gran mayoría de ventanales, dan paso a balcones abiertos, en los que se enreda la enorme buganvilla que nace en la puerta de entrada y se extiende por toda la fachada, como si fuera la red colorida de una araña.

La parcela es sencilla, aunque no por ello menos impresionante. El césped es mucho más suave y está más cuidado que el que rodea a nuestro chalé, todos los parterres están repletos de flores abiertas y los pinos se extienden unos sobre otros, creando techos de hojas que impide que el sol llegue al suelo en algunas zonas.

Sin que mis ojos dejen de recorrer la mansión, un fragmento de *Preludio de invierno* aparece en mi cabeza. Las palabras brillan tan nítidamente que me ciegan, y de pronto, ya no soy un chico albino que se refugia bajo un sombrero de paja, no, ahora soy una joven criada, que pisa por primera vez el lugar que cambiará su vida para siempre.

Ágata Faus creyó que caminaba sobre la piel de un animal.

La mansión de La Buganvilla Negra, el hogar de los Vergel, parecía tener vida propia. Sus ventanas eran como ojos que la seguían con celo, y sus paredes parecían respirar, estremeciéndose a cada paso que daba.

Casi no escuchaba a Emma, una de las criadas de la mansión que tenía su misma edad. Le enumeraba la lista de tareas que debería hacer cada día, desde el amanecer hasta el anochecer. Pero ella no podía apartar la mirada de las estanterías, de los suelos alfombrados, que seguían crujiendo bajo sus pies.

Hasta el aire parecía tener vida propia. De vez en cuando, sentía cómo frías corrientes de aire se enroscaban en sus rizos rubios, y tiraba de ellos, o cómo se deslizaban por su cuello, como un pañuelo de seda o el suave nudo de la horca.

—No los mires demasiado —dijo entonces Emma, refiriéndose al cuadro más cercano que Ágata no dejaba de observar—. A veces creo que te devuelven la mirada.

—En el pueblo dicen que esta mansión está embrujada —contestó Ágata, sin amilanarse ante la fría mirada de óleo.

—Aquí tendrás que preocuparte más por los vivos que por los muertos. —Mira furtivamente a un lado y a otro, comprobando que están solas en la galería—. Preferiría mil veces servir a un fantasma atrapado en este mundo, que seguir siendo criada de los Vergel. Créeme, en esta familia se esconde un monstruo.

Estoy tan extasiado observándola, que me sobresalto cuando un golpe seco llama mi atención.

Por uno de los laterales de la mansión veo cómo surge una sombra. Es pequeña y redonda, y se dirige a toda velocidad hacia mí. Cuando la tengo a tan solo unos metros, me doy cuenta de qué se trata. Es una pelota de baloncesto. Rueda sin detenerse, siguiendo la ligera curva que forma el sendero de entrada, y se cuela por debajo de los barrotes, hasta dar con la puntera de mis zapatillas de deporte.

Estoy a punto de inclinarme a recogerla, pero entonces, unos pasos rápidos me detienen y me hacen alzar la mirada de nuevo.

Una figura acaba de aparecer en la esquina de la mansión. Es más alta que yo, más morena, y tiene el pelo rojo sangre.

Al reconocerla, siento cómo mis ojos se abren de par en par. Haber visto de nuevo a Ágata Faus me habría alterado menos, porque el que se acerca corriendo a toda velocidad hacia mí es Marc Valls.

Otra maldita vez.

A medida que lo hace, veo cómo su sorpresa se refleja en la mía. Supongo que a ninguno se nos hubiera ocurrido volver a encontrarnos, al menos, tan pronto.

Cuando se encuentra a un par de metros de distancia, Marc reduce el paso y camina hasta apoyarse en los barrotes de hierro. Enreda los dedos en torno a uno y clava la frente, observándome entre ellos.

Es él quien debía estar jugando al baloncesto. Tiene la camiseta húmeda por el sudor y las mejillas casi tan rojas como su pelo.

—¿Qué haces aquí? —pregunta, con algo de desconfianza.

—Paseaba —contesto, encogiéndome de hombros. No es una mentira, al fin y al cabo—. ¿Y tú?

—Esta es mi casa.

Mis ojos se abren como platos y lo observo como si fuera la primera vez que lo viera. Desde luego, es una maldita casualidad que tenga que ser precisamente él quien viva en La Buganvilla Negra. Pero, por otra parte, no me extraña. Un chico de la cruz no podría pasar las vacaciones en un lugar peor.

—¿Me la devuelves?

—¿Eh?

—La pelota.

Bajo la mirada hacia ella, que sigue apoyada en mis zapatillas, y está demasiado lejos como para que Marc estire los brazos y consiga alcanzarla. Asiento rápidamente y me inclino, consiguiendo que la mochila se deslice por mi espalda y el broche que la mantiene cerrada, ceda.

A pesar de que me incorporo con rapidez, no puedo evitar que el contenido se desparrame por el suelo.

Recojo primero la crema solar y después la botella de agua, cuyo tapón se ha abierto a medias y ha vertido parte de su interior. Una vez que me aseguro de que se encuentra bien cerrada, busco mi libro, pero no lo encuentro. *Preludio de invierno* no está por ninguna parte.

—¿Lo has leído?

Alzo la mirada hacia Marc, que hace girar la novela entre sus manos, observándola con curiosidad.

Verlo sostener el libro así me hace sentir incómodo. Casi me hace querer espetarle que lo suelte, aunque me contengo a tiempo. Tengo que recordarme que es solo una novela, aunque la historia que contiene signifique tanto para mí.

—Es mi libro favorito —contesto. Mierda, ni siquiera sé por qué dije eso. A él no le importa y a mí debería importarme decírselo.

Espero que me mire con burla, como si fuera el extraterrestre que dice mi hermana que soy, o el bicho raro que todos creen cuando me miran. Sin embargo, cuando clava sus ojos en mí, no detecto más que interés.

—¿Leíste otros libros de Óscar Salvatierra?

Lo dijo sin mirar el nombre que está escrito junto al título. Casi se me escapa una sonrisa al escucharlo. Puede que yo no sea el único pirado que siente obsesión por este escritor.

—Todos los que ha publicado —contesto. Desde luego, si me preguntaran cuál sería la conversación que menos esperaría tener con uno de los chicos de la cruz, sería esta—. Aunque ninguno iguala a *Preludio de invierno*.

Marc pasa las yemas de los dedos por la portada, trazando la silueta de Aguablanca, hecha dibujo sobre el cartón.

—Él odia esta historia —murmura.

—¿Qué?

Marc sacude la cabeza y me pasa el libro. Yo me apresuro a meterlo de nuevo en la mochila.

—¿Te gustaría conocerlo? —Al ver mi cara de incomprensión, añade—. A Óscar Salvatierra.

—¿A quién no le gustaría conocer a su escritor favorito? —respondo, poniendo los ojos en blanco—. Me encantaría, pero nadie sabe dónde está, y nunca acude a las presentaciones o a las firmas de sus libros. Ni siquiera tiene redes sociales.

Marc se echa a reír y me observa divertido, con la cara ladeada y apretada contra los barrotes de la valla.

—Claro que no tiene redes sociales, Casio. Tiene noventa años.

No sé si me sorprende más escuchar mi nombre en su boca, o que conozca la edad de Óscar Salvatierra. Entorno la mirada, dando un paso hacia él, con el balón todavía rozando mis pies. Aquí hay algo que no encaja.

—¿Cómo lo sabes?

—Es mi abuelo. —Marc se ríe ante mi mirada desorbitada. Con el pulgar, señala la mansión que se encuentra a su espalda—. No he sido sincero del todo. No es mi casa, es *su* casa. Paso en ella la mitad del verano.

—Dime que es una broma —murmuro, retrocediendo el paso que acabo de dar.

La sonrisa de Marc crece un poco más. Debo parecerle ridículo, estoy temblando tanto como un niño en la víspera de los Reyes Magos.

—Entonces, ¿te gustaría conocerlo? —insiste—. Podría presentártelo hoy, pero está en el médico, con mis padres. No sé cuánto tardará en volver.

—Yo... —Sacudo la cabeza, obligándome a reaccionar—. Sí, claro que sí. Si a él no le importa...

—Qué va. Le encantará. —Extiende las manos, atravesando los barrotes, y señala el balón—. ¿Me lo devuelves ahora?

—Ss... sí, por supuesto.

Esta vez no me importa que mi mochila vuelva a abrirse y el libro caiga de nuevo sobre el césped. Tomo el balón de baloncesto con manos inseguras y lo paso por encima de la verja. Marc lo atrapa de un salto.

—¿Está bien pasado mañana? ¿A esta hora? Mañana es imposible. —Sus ojos se entrecierran y el tono de su voz se enfría un poco—. Ya sabes, cosas de familias ricas y chicos de la cruz.

Cabeceo, todavía perdido en una nube, y comprendo que la conversación ha terminado. Estoy a punto de darle la espalda, cuando me detengo de pronto al recordar lo que creí ver esta mañana.

La chica del acantilado.

—¿Tienes una hermana? —pregunto.

Marc hace una mueca y me observa con una ceja arqueada, entre intrigado y receloso.

—No, un hermano mayor. ¿Por qué?

—Vi hoy a alguien desde la playa. Una chica. —Me encojo de hombros, restándole importancia, aunque por la forma en la que punzan sus ojos, adivino que no se traga mi intento de trivializar el asunto—. Caminaba por el borde del acantilado.

No confieso que la vi caer. Si alguien hubiera muerto o desaparecido en el mar, a estas alturas, ya lo sabría. Y si fuera alguien que viviese en La Buganvilla Negra, estoy seguro de que Marc estaría haciendo otras cosas y no hablando con un chico al que conoció empapado y medio desnudo en mitad de la calle.

—Debes estar confundido. Las únicas mujeres que hay aquí son mi madre y las asistentas de la mansión. Pero créeme, hace mucho que dejaron de ser chicas.

Cabeceo, obligándome a esbozar una débil sonrisa. Esta vez sí le doy la espalda y alzo un poco la mano, a modo de despedida. No me

vuelvo para comprobar si me devuelve el gesto, así que continúo caminando, sin levantar la mirada del suelo hasta que los pinos cubren
la visión de La Buganvilla Negra.

Cuando por fin vuelvo los ojos hacia atrás y no veo más que una
pequeña sombra blanca, perdida entre las acículas, tengo la certeza
de que Marc no se ha movido, y de que sigue observándome a pesar
de la distancia.

Cuando regreso al chalé, tengo la sensación de que estoy sumido en un sueño pesado y denso, del que no puedo olvidarme al despertar.

Aún dudo de si lo que acabo de vivir es real. No puedo creer que Marc Valls, el chico de la cruz, el mismo que me encontró desnudo y empapado en mitad de la calle, sea el nieto de mi escritor favorito, del creador de una historia que me obsesiona.

Así que, cuando mis padres me preguntan qué tal el paseo, apenas acierto a contestar algo coherente. Creo que llegan a entenderme, más o menos, porque se emocionan cuando les digo que quizás pueda conocer a Óscar Salvatierra.

No los escucho cuando me contestan. Estoy distraído, encerrado en mi propio mundo; aunque no sé por qué, una sensación extraña no ha dejado de estremecerme desde el momento en que Marc me tendió la mano, pidiéndome que le devolviera su balón de baloncesto.

Ahora que rememoro la escena, no solo veo unos brazos de piel dorada extenderse hacia mí, sino mucho más. Veo cómo la mansión respira, cómo las verjas se abren de par en par y las ventanas se entrecierran como ojos humanos, deseosos de observarme.

Tengo la sensación de que hice mucho más que aceptar una invitación.

Quizás La Buganvilla Negra tenga tanta magia y misterio en su interior como reza la novela. O puede que, simplemente, me esté volviendo rematadamente loco.

No dejo de pensar en ella, en la chica que vi saltar del acantilado y en las manos abiertas de Marc, ni siquiera cuando me acuesto, ni cuando compruebo que tengo tres llamadas perdidas de Laia.

Cuando por fin cierro los ojos y consigo conciliar el sueño, es bien entrada la madrugada, y la luna y las estrellas se han hecho dueñas del mar y del cielo.

Por la mañana, consigo escabullirme tras el desayuno. Les digo a mis padres que quiero aprovechar las primeras horas para poder disfrutar bien de la playa. Cuando el sol comienza a subir en el cielo, tengo que esconderme bajo la sombrilla y no estar más de cinco minutos sumergido en el agua, así que no ponen ninguna objeción.

Quedamos en encontrarnos al mediodía en el chalé.

Salgo de la casa vestido con el bañador, unas mallas debajo que me cubren las piernas, una camiseta de manga larga que me queda algo grande y una toalla sobre los hombros. Como siempre, mi sombrero de paja no se separa de mi cabeza.

Por si acaso, miro por encima del hombro, vigilando que mis padres no estén observándome. No tengo por qué preocuparme, porque están demasiados entretenidos con Helena, que ha bajado de su dormitorio, como si nada, con la cara más maquillada que algunas de mis compañeras de clases. Lo cual es mucho decir.

Tomo el camino contrario que me lleva al paseo marítimo y me dirijo al chalé de Enea. Como imaginaba, ella se encuentra allí, sentada en el porche, observando a su alrededor, malhumorada.

Cuando me ve, su expresión solo se acentúa.

A pesar de su mueca poco amistosa, salto por encima del muro, con cuidado de no pisar nada de lo que tenga que arrepentirme, y camino hasta llegar a ella.

—¿Otra vez tú?

—Era usted la que quería que regresara —replico, cruzándome de brazos.

—Para que me arreglaras el jardín, no para que me llevaras de paseo a la playa. —Enea arruga los labios y señala con un dedo estirado mi bañador y mis chanclas azules.

—Solo era una excusa para salir de casa.

—¿Has mentido a tus padres para visitar a una vieja que quiere que arregles su jardín? —La anciana alza una de sus cejas blancas y me observa con cierta incredulidad—. No sé si tu generación está perdida o si no eres más que un bicho raro.

Puede que tenga razón en las dos cosas, pero me guardo mi respuesta y resoplo, impaciente, antes de dar otro paso más hacia ella.

—¿Quiere que arregle su jardín, o no?

Ella pone los ojos en blanco y asiente a regañadientes. Por Dios, es casi peor que mi hermana Helena. Espera que me ponga en movimiento, pero yo permanezco frente a ella, con los brazos cruzados, sin dejar de mirarla.

—¿Qué esperas?

—Estoy pensando que no es justo que haga un trabajo sin obtener alguna recompensa.

Una mezcla de sorpresa y diversión hacen chispear sus ojos claros. Suelta una carcajada entre dientes y se recuesta sobre su mecedora, observándome de arriba abajo.

—Me alegra comprobar que hay algo de sesera dentro de esa cabeza blanca que tienes. Bien, ¿qué es lo que quieres? Desde luego, no dinero. Si tuviera algo, lo utilizaría para arreglar esta ruina de chalé, no para pagar a un mocoso que se zambulle en mi jardín.

—¿Qué le parece información?

—¿Información?

Enea entorna la mirada, pero con un gesto, me pide que continúe.

—¿Conoce algo sobre la historia de Aguablanca?

—¿Estás de broma, chico? Nací en este pueblo, nunca he salido de él, y por el camino que llevo, estaré aquí hasta que desaparezca. Conozco todos los secretos, todo lo que ha ocurrido desde hace muchos años. Así que mi respuesta es afirmativa. Conozco *algo* sobre la historia de Aguablanca.

Sonrío, contento de no haberme equivocado.

—Entonces conocerá La Buganvilla Negra, la mansión de los Salvatierra.

Su expresión divertida y curiosa desaparece, y parece plegarse sobre sí misma, escondiéndose en su interior. Durante un momento, la observo con pánico, temiendo que acabe de sufrir un ataque o algún tipo de ausencia. Es como si de repente, la vida hubiese desaparecido de su cuerpo.

—¿Enea? —musito, asustado, alzando una mano para tocarla.

—Comienza a trabajar —me contesta ella, sobresaltándome. No ha recuperado el color de su piel, pero se ha movido con el mejor de los reflejos para esquivar mis dedos—. Mi información no es gratis.

Cabeceo, conforme, y me dirijo hacia la vieja caseta que se encuentra detrás del chalé para tomar la azada, la regadera y los guantes que utilicé la última vez. Cargado, me dirijo a la pequeña valla de piedra. Creo que es buena idea comenzar por aquí. Está tan plagada de malas hierbas, que cada vez que salto por encima de ella, las hojas y sus tallos me arañan las piernas.

Al igual que sucedió la vez anterior, Enea no se acerca para vigilar mi trabajo. Permanece en su porche, con los ojos perdidos en algún punto, aunque sin parpadear ni una sola vez.

Creo que se ha olvidado de nuestro trato, cuando de repente se yergue sobre su mecedora y hunde la mirada en mí.

—Bien, ¿qué es lo que quieres saber?

—Si lleva tantos años viviendo en Aguablanca, debe conocer bien a la familia que vive en lo alto del acantilado. Los Salvatierra. ¿Sabe cómo son?

—Como son los Salvatierra. —Sus palabras suenan como una afirmación—. Como cualquier familia malditamente rica. Ambiciosos. Repletos de secretos. Con la estúpida creencia de que son superiores a los demás.

—No parecen caerle muy bien —comento, tirando con fuerza de un arbusto que ha comenzado a adentrar sus raíces en las piedras del muro.

—La mayoría del pueblo los odia. O los odiaba, más bien. Cuando vivía, Leonor Salvatierra era la peor bruja que podías encontrarte. —Sus labios se tuercen en una mueca divertida—. Peor que yo, incluso.

—¿Leonor? —repito, jamás he escuchado ese nombre. Ni siquiera lo he visto escrito en ninguna novela de Óscar Salvatierra, ni en las dedicatorias o agradecimientos que siempre suelen acompañar a los libros.

—Murió hace muchos años, después de la guerra. Creyó que, apostando por el caballo ganador, seguiría teniendo una vida llena de esplendor y riquezas. Y la muy idiota murió joven, su propia rabia la consumió. Aunque los Salvatierra nunca lo confirmaron, los rumores dicen que se suicidó.

Un escalofrío me sacude. Recuerdo inconscientemente a la chica del acantilado, vestida de negro, y me sube una arcada que me deja a punto de devolver el desayuno.

—¿Cómo lo hizo? —pregunto, con un hilo de voz.

—Nadie lo sabe con seguridad. —Enea se encoge de hombros, aunque sus labios están torcidos en una sonrisa amplia mientras habla—. Se la encontraron en su cama las criadas cuando fueron a despertarla. Veneno, dicen algunos.

Respiro más tranquilo y vuelvo a las plantas. Arranco un par más antes de girarme de nuevo hacia ella.

—¿Conoce los libros de Óscar Salvatierra? —Su mueca perversa y feliz desaparece de un plumazo. Palidece un poco, pero cabecea con rapidez para darme a entender que sí—. ¿Cree que lo que narran es verdad? Muchos están ambientados aquí, en Aguablanca. Y uno de ellos, incluso, en la propia mansión de los Salvatierra.

—Me gustaría contestarte, pero no sé leer. —Tuerce la boca con hastío y suspira—. Hace años la educación no era tan importante como el trabajo. Los chicos ricos, como los Salvatierra, tenían tutores privados. Las chicas como yo, pobres, ni siquiera podían permitirse la escuela.

Aprieto los labios, algo decepcionado, y vuelvo a concentrar mi atención en las plantas.

Mientras trabajo en silencio, descubro uno de los motivos por el que la tapia se está derrumbando. Es por culpa de las malas hierbas, que no dejan de querer atravesarla, insertando sus raíces a la fuerza. Así que, casi sin darme cuenta, recorro gran parte del muro, con las rodillas desnudas clavadas en el césped, limpiando y recortando todos los arbustos que se encuentran demasiado cerca del linde de la parcela.

—¿Por qué me haces tantas preguntas sobre los Salvatierra? —pregunta de pronto Enea, atrayendo de nuevo mi atención—. El otro día caminabas con uno de ellos.

—¿Conoce a Marc? —pregunto, sorprendido.

—Ya te lo he dicho, llevo toda la vida en este pueblo diminuto. Conozco a todos y a cada uno de sus habitantes.

—Él no es de aquí —replico, apartándome las gotas de sudor que me resbalan por la frente.

—Como si lo fuera. Lo he visto crecer. Su familia lleva viniendo aquí prácticamente desde que nació. —Suelta una murmuración entre dientes que no llego a escuchar, y resopla—. Cuando era un niño, me saludaba siempre que pasaba por delante de mi casa. Pero con el paso del tiempo, dejó de hacerlo. Se convirtió en un Salvatierra más, aunque su primer apellido sea el de su padre. Y como ya habrás averiguado, los Salvatierra jamás miran a quienes creen que están por debajo de ellos.

No puedo replicarle. A pesar de la invitación de Marc la tarde anterior, no puedo olvidar las veces que pasaba por delante del instituto, sin ni siquiera echar la vista a un lado para ver cómo los chicos se comían con los ojos su bicicleta nueva o el reloj que brillaba en su muñeca.

—No has contestado a mi pregunta. ¿A qué viene tanto interés por los Salvatierra si eres amigo de uno de ellos?

—No soy su amigo —me apresuro a replicar—. Solo lo conozco por casualidad.

—Las casualidades no existen.

—En este caso, sí.

Aprieto los labios y vuelvo al trabajo. Llevo tantas malas hierbas arrancadas, que los dedos me duelen cada vez que los flexiono.

De repente, la miro con otros ojos. Ella es una anciana enclaustrada en una casa en ruinas. ¿Cuántos años puede tener? Más de setenta, seguro, aunque todavía tenga la lengua tan afilada como mi hermana Helena. Ella jamás irá a mi ciudad, jamás conocerá a mis compañeros de instituto. Si le cuento algo, morirá con ella. Estoy seguro.

—Nos conocimos porque me encontró medio desnudo al salir del instituto —digo con lentitud, masticando bien las palabras—. Unos compañeros me quitaron la ropa y la tiraron a un contenedor. Cuando intentaba recuperarla, me lo encontré de pronto. Se quedó paralizado al verme.

Al igual que yo, añado mentalmente.

Enea alza una ceja, observándome con interés. Tarda tanto en contestar, que vuelvo a centrar mi atención en el jardín.

—¿Por qué te hicieron algo así? —pregunta. No hay lástima en su voz, solo curiosidad. Algo que, para mi sorpresa, me alivia.

—Porque hice algo que no les gustó.

Ella asiente, pero no pregunta el qué, lo que agradezco en silencio. Jamás había pensado que volver a hablar del tema, así, con alguien, sería tan fácil. No sé si es por la forma en la que me mira, o porque no me siento juzgado o víctima de la lástima más exagerada.

Sigo trabajando unos minutos más, hasta que su voz regresa.

—No deberías tener tanto interés en ellos, ni en ese chico.

—Yo no tengo ninguna clase de interés en...

—Claro que lo tienes. Soy vieja, pero tengo ojos en la cara y no estoy sorda. —Me mira, acusadora, y yo tengo que esconder la cara tras un par de matorrales para que no vea que mis mejillas se han sonrojado un poco—. La fascinación es buena, pero no cuando conduce a ellos. Los Salvatierra son una gran familia, es cierto. Pero las grandes familias son siempre las peores. Son las que más ganan, pero las que siempre tienen mucho más que perder.

Estoy a punto de contestar, pero ella se levanta con una agilidad asombrosa de su mecedora, y camina por el jardín hasta llegar a mi lado.

—Tira las malas hierbas y márchate. Es tarde. —Alza los ojos al cielo, examinándolo con atención—. El sol está muy alto, y te quemarás.

Levanto la mirada y compruebo, boquiabierto, que tiene razón. Según el reloj de pulsera que llevo, falta poco para el mediodía. Llevo aquí mucho más tiempo del que creía.

El muro tiene mucho mejor aspecto. Aunque sigue medio destruido y parte de las piedras que lo forman están desparramadas por todas partes, no parece tan en ruinas ahora que aparté las malas hierbas y las plantas que se estaban metiendo a la fuerza en él, destrozándolo poco a poco.

Me recoloco el sombrero y me inclino para recoger los arbustos. Mientras camino en dirección a un pequeño cubo que hay en un rincón del jardín, siento los ojos de Enea sobre mí.

—¿Volverás?

—Creo que sí —contesto, antes de que pueda pensármelo mejor.

Ella esboza algo parecido a una sonrisa y, con renuencia, como si no le apeteciera hacerlo, alza la mano para despedirse. Sin embargo, cuando parece a punto de dirigirse de nuevo hacia su mecedora, se detiene y me mira.

—¿Cómo son? —Ante mi cara de confusión, añade—. Las historias de Óscar Salvatierra.

—Increíbles —contesto, sin dudar ni un instante—. Aunque casi nadie ha oído hablar de él. Su novela, *Preludio de invierno*, es... mágica. La he leído más de diez veces.

—¿Y de qué trata?

—En la sinopsis dice que relata la vida de la familia Vergel durante la guerra, pero yo no estoy de acuerdo. Es más bien una historia de amor. Complicada. Prohibida. —Callo de pronto, sintiéndome de pronto sin aliento. Es lo que siempre me ocurre cuando hablo del libro—. No sé muy bien cómo explicárselo. Está más relacionado con las sensaciones que provoca que con la historia que relata la novela.

Enea suspira, y su cara se convierte en una máscara de silencio y tristeza. Sacude la cabeza y esta vez sí se aleja de mí, arrastrando los pies y renqueando un poco.

—Leer debe ser algo fascinante —murmura, aunque apenas alcanzo a entenderla.

—Sí —contesto, aunque no sé si me escucha.

Ha entrado en la casa y ha cerrado de un portazo que ha estremecido cada una de las plantas que hay en el jardín.

—Lo es.

Todo comenzó a torcerse a la hora de la comida.

Me sentía tranquilo, de verdad. Después de pasar la mañana en el jardín de Enea me encontraba exhausto, demasiado cansado como para angustiarme por la cita de esta tarde. Sin embargo, mis padres parecían empeñarse precisamente en lo contrario. Al final, consiguieron ponerme nervioso.

Mientras comíamos, empezaron a interrogarme sobre qué clase de preguntas tenía preparadas para mi encuentro con Óscar Salvatierra y, cuando les contesté que ninguna, se horrorizaron y comenzaron a formular decenas de cuestiones, a cada cual más extraña.

No estuvieron de acuerdo con la ropa que había elegido y prácticamente me obligaron a llevar una camisa de mi padre, que me quedaba ridículamente grande, y un cinturón de cuero, al que tuvieron que hacer otro agujero y dar un par de vueltas sobre mi estrecha cadera. Fue una suerte que mi padre no se hubiese traído una corbata o una pajarita, porque si no, me habrían obligado a ponérmela también.

Tampoco me dejaron ir con zapatillas de deporte. Me había traído por casualidad unos zapatos marrones que odiaba, pero que eran quizás los más elegantes que tenía. No atendieron a razones cuando les dije que subir el acantilado con ese calzado iba a ser una tortura.

A pesar de que les aseguré que conocía bien el camino, que no sería la primera vez que iría, decidieron acompañarme. Helena también lo hizo, a regañadientes, y, durante todo el camino, no dejó de decirme que parecía un payaso y que Óscar Salvatierra se reiría en mi cara.

Por desgracia, no pude replicarle. Estaba de acuerdo con ella, aunque pensaba que quien se reiría más sería Marc.

Ahora, después de alcanzar por fin la pradera donde está construida La Buganvilla Negra, mis padres dan la vuelta. Les dejo mi sombrero de paja, porque el sol no calentará mucho más, y espero estar en la mansión el tiempo suficiente como para que, cuando regrese, ya haya anochecido.

Así que, solo, con la novela entre las manos, me acerco a la verja de hierro, dubitativo.

No hay ningún timbre al que llamar, pero sí un cerrojo sin candado. Tras dudar unos segundos, oteando el interior como un idiota, meto la mano entre los barrotes y lo descorro, entrando en la propiedad.

Cuando piso el ancho camino de piedra que conduce a la mansión, tengo la misma sensación de hace un par de días, cuando Marc Valls extendió los brazos y, con él, me pareció que la propia casa me ofrecía unas manos invisibles, deseando que las estrechara.

Óscar Salvatierra tiene razón en *Preludio de Invierno*. Este lugar tiene vida propia.

Avanzo con extrema lentitud, mirando a un lado y a otro, rogando encontrarme con Marc. Sin embargo, no lo veo por ningún lado. El lugar está tan silencioso, que hasta temo respirar y enturbiar este mutismo extraño.

El jardín es gigantesco, y está repleto de pinos y almendros que, en algunos lugares, están tan juntos que impide que la luz llegue al suelo. Evito mirar las sombras que se forman entre ellos, como si temiera que la chica del vestido negro apareciese de nuevo, y sigo avanzando hasta la mansión.

Una vez que me encuentro en su puerta, de madera oscura y acabada con remaches dorados, alzo la mano para tocar el timbre. Sin embargo, antes de llegar a rozarlo siquiera con la yema de los dedos, la puerta se abre con brusquedad, y una figura sale atropelladamente del interior. Está a punto de darse de bruces conmigo, pero se detiene al verme, a solo unos centímetros de distancia.

—Vaya —comenta Marc, retrocediendo al instante—. Un encuentro así me trae recuerdos.

Sé a qué se refiere, así que carraspeo con timidez y siento cómo mis mejillas, que se han acalorado un poco ante su súbita cercanía, enrojecen un poco más.

—Iba a salir a esperarte fuera, pero... —Se detiene de pronto, arquea las cejas y me mira de arriba abajo, deteniéndose demasiado tiempo en la camisa, que me he tenido que remangar para que no me cubra las manos. Ahora parecen más bien las mangas abullonadas de un vestido antiguo—. ¿Por qué vas vestido como si fueras a una comunión?

—No preguntes.

Marc deja escapar una risita por lo bajo y se hace a un lado para que pueda entrar.

Aún cabizbajo, esperando que mi sonrojo no sea demasiado evidente, paso por su lado y me adentro en la oscuridad de la mansión, que me recibe con un ambiente fresco. Inconscientemente, inspiro profundamente, oliendo a madera encerada y flores demasiado dulzonas.

El recibidor en el que me encuentro es inmenso. Mucho mayor que mi propio dormitorio. Es rectangular y desemboca en un largo y ancho corredor que, a su vez, comunica con una gran escalera de madera, cubierta por una alfombra verde musgo.

La imagen me recuerda a las decoraciones recargadas de las novelas victorianas. Pero, a diferencia de ellas, en vez de cuadros de óleo, son fotografías en blanco y negro las que cuelgan de sus paredes.

—¿Has vuelto a perder tu sombrero? —me pregunta Marc, echando a andar.

Yo lo sigo, mirando con curiosidad los retazos bicolores que me rodean.

—Si lo hubiera traído, estaría todavía más ridículo de lo que estoy.

Poco a poco, el tiempo corre por las fotografías. Las faldas dejan de ser tan opulentas y los chaqués se sustituyen por simples trajes de chaqueta. No puedo evitar preguntarme si alguno de los chicos u hombres que me miran, atrapado en un tiempo anterior, es Óscar Salvatierra. Apenas hay fotografías de él en internet; es un hombre que, según los rumores, ha pasado la mayor parte de su vida recluido, sin mucho contacto con el exterior.

—No estás ridículo. Simplemente estás... —Marc me mira de pies a cabeza. Aunque sé perfectamente que no lo hace con una segunda intención, no puedo evitar que un pequeño rescoldo me encienda por dentro—. Peculiar.

—Genial —suspiro, alzando los ojos al techo—. No sé qué es peor.

Desde arriba, unas figuras aladas de madera, mimetizadas con los travesaños de escayola, parecen reírse también de mí, enseñándome unos dientes tan largos como mis dedos.

Marc deja escapar una risa suave y me coloca una mano en el hombro para hacerme girar en la próxima esquina.

La siguiente sala en la que entramos es claramente un comedor. Hay una mesa enorme en mitad de la estancia, rodeada de varias sillas. No hay candelabros sobre ella, pero sí un sinfín de jarrones blancos repletos de flores rosas. Desprenden un olor tan intenso, que hasta marea.

En un extremo, hay una puerta abierta que comunica con una estancia que debe ser la biblioteca. La sala no es tan grande como el comedor, pero dobla el tamaño de la cutre biblioteca de mi colegio.

Las estanterías, de madera clara, llegan del techo al suelo, dejando apenas espacio para las ventanas que, al contrario que el resto de la mansión, son pequeñas y estrechas. Es por esa razón, quizás, por la que hay una penumbra intensa dominando lugares en los que, ni siquiera las lámparas encendidas, consiguen aplacar.

No me doy cuenta de que Marc sigue con su mano apoyada en mi hombro hasta que no tira ligeramente de él, obligándome a detenerme.

Estuve tan fascinado observando a mi alrededor, que no me di cuenta del hombre que reposa en el sillón más alejado, parapetado bajo la luz dorada de una lámpara, leyendo con calma. Ni siquiera parece haberse dado cuenta de nuestra presencia.

Me envaro, apretando sin querer el lomo de la novela que llevo sujeta entre las manos.

No puedo creerlo. Es él. Es Óscar Salvatierra. Y está a menos tres metros de distancia de mí.

Es un hombre mayor, con el pelo cano, y una barba que, inclinado como está, le llega a rozar el pecho. Sus ojos oscuros están velados tras unas gafas doradas, de montura fina, que han resbalado hasta la punta de su nariz. Parece absorto en la lectura, aunque de pronto parece sentir mi escrutinio, porque levanta la mirada de golpe, y me mira.

—Abuelo, este es el chico del que te hablé ayer.

A pesar de que Marc está a mi lado, suena como si estuviera en el otro extremo de la mansión. Ni siquiera lo miro cuando habla, tengo los ojos hundidos en los negros de Óscar Salvatierra.

Él parece a punto de separar los labios, pero antes de que llegue a pronunciar la primera palabra, me adelanto. Y entonces, ya no soy capaz de parar.

—Es… es un placer conocerle, señor. No… no tiene ni idea de lo importante que es para mí estar frente a usted. Llevo leyendo sus libros desde hace años, y… perdón, ni siquiera me he presentado. Me llamo Casio Oliver, tengo dieciséis años y… bueno, como decía, llevo leyendo sus libros desde hace mucho. No soy capaz de decirle cuánto me gustan. Sobre todo, *Preludio de invierno*, su primer libro. Lo he releído como diez veces. Es el motivo por el que estoy aquí, en Aguablanca.

Callo, no porque no tenga más que decir, sino porque me he quedado sin oxígeno.

Óscar Salvatierra me observa, parpadeando, y ladea la cabeza en dirección a su nieto.

—¿Qué diablos acaba de decir?

Ni aunque me sumergiera en una piscina repleta de agua helada y cubitos de hielo flotando en ella, mi sonrojo desaparecería. Debo tener la cara aún más roja que el pelo de Marc.

Y cuando él se echa a reír, es mil veces peor.

—Tranquilo, tranquilo. No es lo que crees —me dice, apartándose las lágrimas de risa que se le escapan de los ojos—. Mi abuelo no puede escucharte. Es sordo.

—¿Sordo? —repito, sorprendido.

No sabía nada al respecto, a pesar de que releí decenas de veces la poca información que encontré sobre él en internet.

—Puede leer los labios, pero para eso tendrías que hablar lentamente. —Marc se encoge de hombros y se coloca frente al anciano, con los brazos levantados—. Aunque esta es la mejor forma de que te entienda.

Comienza a mover los dedos y a retorcer las manos, acompañándolas de muecas en la cara, que me hacen comprender de pronto. Conoce el lenguaje de signos.

A medida que habla con las manos, la expresión perpleja de Óscar Salvatierra se va transformando en una media sonrisa.

Yo aguardo, en tenso silencio. Solo espero que le esté haciendo un resumen de todo lo que dije y omita las tonterías.

—Para mí también es un placer, Casio —dice Óscar Salvatierra, cuando Marc deja caer las manos a ambos lados de su costado—. Hacía tiempo que nadie me hablaba de *Preludio de invierno*. Creo que eres el primero al que oigo que le gusta tanto. —Su pequeña sonrisa se tuerce, convirtiéndose en una mueca amarga—. Muchos lo odiaron cuando lo publicaron. Apenas se vendieron ejemplares y, a estas alturas, francamente, pensé que estaba descatalogado.

Lo está, aunque no se lo digo. Encontré *Preludio de invierno* por casualidad, en una tienda de segunda mano que había visitado con Daniel. Se había caído tras la estantería, y por la cantidad de polvo que cubría su portada, debía llevar mucho tiempo allí perdido.

—Debes pensar que soy un escritor horrible. —Niego tan apasionadamente con la cabeza, que Marc se lleva la mano a los labios para cubrir su risa—. Pero jamás escribí para ser famoso, o incluso conocido. Yo nunca quise vivir de esto. Créeme, gestionar los negocios de mi familia y mis tierras, es trabajo más que suficiente.

—¿Entonces? ¿Por qué escribió esas historias?

A su nieto no le hace falta traducir mis palabras. Por la cara de Óscar, sé que me ha entendido perfectamente.

—¿Nunca has tenido recuerdos horribles que has querido borrar? ¿Momentos en los que te hubiera gustado actuar de otra manera?

No está hablando de un examen que suspendiste por no estudiar, o de una discusión con alguien en la que dijiste algo que no debías. No, se refiere a algo más. Y yo lo comprendo. En mi cabeza, brillan como soles la cara de Daniel, la figura de Aarón, recortada contra la luz del pasillo, y la única palabra que destellaba en la pantalla de mi móvil. Recordar cómo ese mensaje de móvil destrozó el vínculo que pensé que siempre me uniría a mi mejor amigo, es como sufrir un terremoto que parte el mundo en dos.

No me muevo, ni siquiera parpadeo, pero parece que los ojos negros del cabeza de los Salvatierra parecen atravesarme.

—Escribir fue la única forma que encontré para hacer desaparecer esos recuerdos. Enfrentarme a ellos una última vez y alejarlos para siempre de mí. Por eso jamás hice ninguna presentación o acudí a una firma de libros.

Óscar suspira y se restriega la frente con unos dedos temblorosos y arrugados. La mirada, de pronto, se le ha perdido en algo que no soy capaz de ver.

—Todas mis historias sucedieron en la vida real. Todos los personajes que aparecen en mis libros son gente que conocí. Lo único que hice fue cambiarles los nombres.

Entreabro los labios por la sorpresa, fascinado. Mis dedos aprietan todavía más la novela que sujeto, y casi siento cómo sus personajes se retuercen entre sus páginas.

—¿Entonces Ágata Faus existió? —pregunto, con un hilo de voz —¿Conoció a Víctor Vergel?

—Querido muchacho —susurra el anciano, con la mirada rota por el recuerdo—. Víctor Vergel soy yo.

El repiqueteo de unos tacones me hace volverme con brusquedad, antes de que mi cabeza sea capaz de digerir lo que acabo de escuchar.

Marc me imita, y su expresión divertida se apaga un poco cuando observa a las dos personas que acaban de entrar en la estancia. Una de ellas es una mujer que debe tener la edad de mi madre, aunque lleva más maquillaje encima del que le he visto a ella en toda mi vida. Tiene una espesa melena rubia y unos ojos claros, afilados, que de inmediato se incrustan en mí.

La otra persona es un anciano de una edad similar a la de Óscar. Está sentado en una silla de ruedas y, a pesar del calor que hace, lleva una pequeña manta sobre sus piernas delgadas. Aunque la sonrisa que estira sus labios finos es afable, su expresión está consumida, y sus ojos grises, parecen tan helados como dos bloques de hielo.

—¿Qué está ocurriendo? —pregunta la mujer autoritariamente, sin despegar su mirada de mí. Parece hacer un esfuerzo titánico por no arquear las cejas al observar la camisa, cuatro tallas más grandes, que me hace arrugas por todo el cuerpo.

—Absolutamente nada —contesta Marc, con calma—. Este es Casio. El chico del que te hablé ayer.

—Ah, cierto. Lo había olvidado.

Con un par de pasos se coloca frente a mí, desafiándome desde su altura. No solo es alta, sino que, con esos demenciales tacones que deben medir más de doce centímetros, parece una estatua de mármol, perfecta y helada. Extiende una mano profesional que yo me apresuro a estrechar.

Si fuera mi madre una completa desconocida y me conociera por primera vez, me pellizcaría las mejillas y me revolvería el pelo hasta dejármelo como un campo de espino. Lo hizo cuando Daniel y Asier vinieron a casa la primera vez.

Quizás, este simple gesto, es el que marca con tanta claridad la diferencia abismal que existe entre la familia Salvatierra y la mía.

—Es un placer, Carlos.

—Igualmente —respondo, obligándome a forzar una sonrisa—. Aunque me llamo Casio.

Su expresión se enfría todavía más y yo me pregunto si de un momento a otro se convertirá en una estatua de hielo.

—Tranquilo, gruñe mucho pero no muerde. La pequeña Mónica siempre ha sido así —interviene el hombre de la silla de ruedas, estrechándome las manos con más calidez—. Yo soy Blai Salvatierra, el hermano menor de ese viejo zorro que está ahí.

Sorprendentemente, el aludido le contesta con un corte de mangas.

—Otra vez no, por favor. Eres peor que los niños pequeños.

Mónica Salvatierra pone los ojos en blanco y da la sensación de que está a punto de darse la vuelta para marcharse. Pero de pronto, su mirada se cruza con la mía, mirándome como si fuera la primera vez que lo hiciera.

—Si quieres, puedes quedarte a cenar. En esta familia seguimos el horario europeo, así que pronto nos sentaremos a la mesa.

Dudo, en primer lugar, porque no entiendo muy bien qué quiere decir eso del «horario europeo», y en segundo, porque leo con claridad en sus ojos que quiere que rechace una invitación que me ha hecho por pura educación. Estoy a punto de hacerlo, pero de pronto recuerdo que estoy al lado de Óscar Salvatierra, mi escritor preferido, al que todavía me quedan demasiadas preguntas por hacerle. No puedo marcharme ahora, no después de descubrir que todo lo que hay en sus libros es real.

—Me… me encantaría. Muchas gracias —contesto, intentando que mi sonrisa no tiemble ante sus ojos relampagueantes.

Ella asiente, sin variar la expresión, y se vuelve con severidad hacia su hijo.

—Espero que hayas sido un buen anfitrión y le hayas enseñado la casa, Marc.

—Me temo que no, pero lo haré enseguida.

Balanceo la mirada de uno a otro. Parece que estoy sumergido en las páginas de *Preludio de invierno*, escuchando la conversación de Víctor Vergel y su madre, Ariadne. Me siento peor que un extranjero en un país lejano. Parece como si hablaran en un idioma distinto, que soy incapaz de comprender por mucho que me esfuerce.

Marc me hace un gesto con la cabeza y yo miro con pánico a Óscar Salvatierra. No quiero marcharme todavía. Tengo demasiadas preguntas agolpadas en mi cabeza que necesitan ser contestadas.

¿Qué ocurrió con Ágata? ¿Por qué saltó del acantilado? ¿Por qué Víctor no intentó buscarla? ¿Qué sucedió con los Vergel tras el fin de la guerra?

Él parece atisbar algo en mi mirada, porque carraspea y detiene los pasos de Marc. Con un suspiro, extiende una mano repleta de manchas y arrugas hacia mí.

—Déjame el libro, te lo firmaré.

Antes de que termine la frase ya le entregué la novela. Ahora que me fijo bien en ella, me arrepiento de no haberle pasado siquiera un simple paño por encima. No es que esté llena de polvo, pero tiene demasiadas marcas de dedos sobre la cubierta y la sobrecubierta, y si le da por releer algunas páginas, encontrará alguna que otra mancha de cacao y tomate.

—Estoy desentrenado, así que quizás tarde un poco —dice, esbozando una pequeña sonrisa de disculpa.

—No se preocupe —contesto, articulando las palabras lentamente para que él pueda comprenderme—. Esperaré todo el tiempo del mundo.

Aunque la sonrisa de Óscar se pronuncia, escucho cómo su hija bufa con fastidio a mi espalda y repiquetea con nerviosismo los tacones. Resignado, no tengo más remedio que despedirme con un pequeño cabeceo y seguir a Marc, que acelera el paso demasiado como para que Mónica y su tío abuelo puedan alcanzarnos.

Sorprendentemente, no subimos las escaleras como había esperado, sino que doblamos por un pequeño recodo que nos llevó directamente a uno de los laterales de la mansión.

En él, hay una pequeña sala repleta de cuadros antiguos y espejos. En su mismo centro, apoyado en una silla de madera y terciopelo, hay un enorme violonchelo, o un contrabajo, no estoy seguro. En el extremo izquierdo veo apoyado contra la pared un enorme piano de color caoba, y en el otro, una puerta de cristal que comunica con el jardín. Todo en esta estancia resplandece, pero nada me atrae más que el instrumento que permanece en pie, casi tan alto como yo.

—¿Sabes tocar? —me pregunta Marc, siguiendo mi mirada.

—No, qué va —respondo. La madera brilla tanto en sus curvas, que temo que, si alzo la mano y la toco, la ensuciaré—. Pero nunca había visto uno tan de cerca. ¿Es un contrabajo?

—Un violonchelo. Los contrabajos son mucho más grandes. Era lo que verdaderamente quería tocar, pero mi madre prefería que tocara el violín o la viola. Al final, optamos por el plan intermedio.

—¿Y el piano?

—Es de mi hermano Yago, aunque nunca ha tocado ni una tecla.

Lo miro sin saber si sentir envidia o fascinación. Así que sabe tocar el violonchelo. No puedo decir que no le pegue y no solo porque es un chico de la cruz. Me es fácil imaginarlo apoyado en esa silla, paseando el arco por las cuerdas, con los ojos cerrados.

—Si mi madre estuviera aquí, me obligaría a tocarte alguna estúpida obra del compositor con el nombre más complicado de pronunciar, solo para impresionarte. —Esboza una sonrisa traviesa y me da un pequeño empujón, haciéndome andar de nuevo—. Pero como no lo está, tenemos que aprovechar.

Salimos a un pequeño patio lateral. En un extremo, hay una verja de hierro negro que delimita el fin de la parcela y da paso al abismo, donde vi a la chica del vestido negro. En el otro, hay una canasta de baloncesto. No puedo evitar que los ojos se me iluminen al verla.

—¿Quieres jugar? Aún tenemos unos minutos antes de que nos llamen para cenar.

Asiento, con una sonrisa. Marc se remanga la camisa hasta los codos y se agacha para alcanzar el balón que descansa en una de las esquinas del patio. Es el mismo que hace días rodó hasta mis pies.

No dudo ni un momento en colocarme frente a él, en posición de defensa.

—Intentaré ser benévolo —dice, comenzando a rebotarlo.

Hasta sus palabras apestan a viejo. Lo miro, burlón, con una risita escapándose de mis labios. Por supuesto, no sabe que soy el mejor de mi clase.

—Juego desde los ocho en el equipo del instituto —añade, como disculpándose.

Vaya. Qué sorpresa.

Echa a correr sin dar ninguna señal. Sin embargo, yo me muevo a la vez, interceptándolo. Me da la espalda e intenta esquivarme, girando sobre sí mismo. Aun así, no consigue dejarme atrás y, cuando tira a canasta, salto lo suficientemente alto como para interceptarlo.

El balón choca de lleno contra el aro y golpea contra la improvisada cancha, antes de que mis manos lo encuentren.

Marc se abalanza contra mí, quizás con demasiada rudeza, porque su pecho impacta contra mi espalda y me hace trastabillar. Sin embargo, mantengo el equilibrio y tiro de espaldas, encestando limpiamente.

—¿Cómo has hecho eso? —me pregunta, algo ofendido.

—Soy bueno —contesto, encogiéndome de hombros.

Mido un metro y sesenta centímetros. Una ridiculez para ser un chico. Muchas de las chicas de mi clase son más altas que yo y, por supuesto, todos los chicos me sacan como mínimo una cabeza. Asier, con sus casi dos metros de altura, parece un gigante a mi lado.

Sin embargo, el baloncesto es algo que siempre se me ha dado bien. Cuando jugamos en educación física, siempre me eligen en primer lugar. Puede que no sea alto, pero soy muy rápido y demasiado escurridizo como para dejarme atrapar.

Hay muchos que no lo entienden, como Marc, que me observa frustrado mientras rebota el balón con la mano derecha.

Intenta apartarme, pero de nuevo, no lo consigue. Leo con facilidad sus movimientos y, cuando da un paso, yo lo imito, sin recortar ni ampliar la distancia que nos separa. Exasperado, suelta un gruñido por lo bajo e intenta encestar. Pero la trayectoria es mala, y esta vez, el balón golpea contra la canasta y sale rebotado hacia mí, que lo recojo. Esta vez no puedo encestar con tanta facilidad, porque Marc se abalanza sobre mí, intentando obstaculizar el tiro.

En el momento en que el balón se separa de mis manos, chocamos los dos en el aire y caemos al suelo, uno sobre otro. Sin separarnos, no tenemos ojos más que para la pelota que, a pesar de oscilar en el aro de la canasta, termina entrando.

—¡Mierda! —exclama, estrellando su puño en el suelo, a pocos centímetros de donde se encuentra mi mejilla.

Creo que está tan frustrado consigo mismo que no se da cuenta de que está encima de mí. Literalmente, además. Puedo sentir cada una de sus costillas apoyadas en el hueco de las mías y sus pulmones, expandirse, al tiempo que los míos se contraen.

Estoy a punto de hablar, a pesar de que no me siento demasiado seguro de si mi voz funcionará. No obstante, antes de que sea capaz de balbucear la primera palabra, la puerta de cristal se abre y un hombre adulto, vestido con chaleco y camisa, sale al exterior.

No sé si es otro miembro de la familia Salvatierra, aunque por la forma y los gestos, encajaría a la perfección.

Me quedo helado, a pesar de que es lava lo que corre ahora por mis venas.

—Marc, su madre me ha pedido que lo avise —anuncia, con una voz completamente átona—. La cena estará servida en cinco minutos.

Y dicho esto, da media vuelta y desaparece en el interior de la mansión. Sin decir nada, sin dedicarnos ni siquiera una mirada ceñuda. Como si encontrarte a dos adolescentes, uno sobre otro, en el suelo, fuera lo más normal del mundo.

Quizás ha visto cosas peores en esta casa, quién sabe.

Marc suspira y se aparta por fin de mí, incorporándose con un salto ágil. No parece ser consciente de mi timidez, porque tira de mi muñeca con impaciencia cuando ve que sigo paralizado, solo erguido por los codos.

—Disculpa lo de antes.

No sé si se refiere al empujón que me ha tirado al suelo, al puñetazo que ha estado a punto de darme, o al interminable minuto que ha estado sobre mí.

—No estoy acostumbrado a perder.

Me obligo a forzar una sonrisa para que mi expresión deje de ser tan ridícula.

—No siempre se puede ganar.

—Yo sí.

Lo miro, con las cejas arqueadas, esperando que añada algo más, pero no lo hace. Pongo los ojos en blanco. No puede estar hablando en serio.

—¿Nunca has perdido?

—Siempre que juego a lo que sea, gano. También ocurre con los certámenes del conservatorio. La única vez que no gané el premio fue hace un par de años, cuando no pude presentarme porque estaba enfermo de gripe.

—¿Y los exámenes? Alguna vez has tenido que suspender.

—Nunca. —Se encoge de hombros, como si estuviera diciendo algo obvio—. Soy el primero de mi clase.

Si viviésemos en esas épocas que tanto adora mi padre, Marc sería una especie de héroe bendecido por los dioses. Otro Aquiles, otro Áyax u otro Hércules.

—¿Por qué tienes que ganar siempre? —pregunto, entornando los ojos con extrañeza.

—Porque no puedo permitirme no hacerlo.

Se inclina para recoger el balón y, esta vez, encesta cuando lanza. Sin moverse, observa cómo este se escurre por el terreno hasta llegar al césped, donde rueda un par de veces hasta quedar completamente inmóvil.

—¿Y ahora? —Marc se vuelve en mi dirección, con una mirada interrogativa—. ¿Qué se siente al perder por primera vez?

Una sonrisa se extiende lentamente por sus labios.

—No es tan horrible como pensaba.

10

—¿Quién es? —Marc se detiene, con la mano apoyada en el picaporte, y me mira—. Ya sabes, el hombre que nos ha avisado de la cena.

—Nuestro mayordomo. —No entiendo cómo esa palabra puede sonar como si fuera lo más normal del mundo.

—Tienes que estar de broma. Los mayordomos ya no existen —replico, sacudiendo la cabeza con incredulidad—. Estamos en el siglo XXI.

—En esta familia continúan existiendo.

Parece que esta vez sí va a abrir la puerta, pero se detiene de nuevo, vacilando antes de hablar. Sin embargo, cuando lo hace, no me mira. Mantiene los ojos clavados en su mano.

—No tomes en serio a mi madre. Es demasiado… estricta, y tiene la mala costumbre de serlo también con los demás.

No me deja que responda nada, porque tira del picaporte y entra en la sala de música, obligándome a seguirlo con rapidez.

En el comedor que se encuentra adyacente, Mónica Salvatierra ya está sentada a la mesa; charla con su tío, que nos dedica un guiño amistoso cuando nos ve entrar. Al otro lado, se encuentra un hombre al que no he visto hasta ahora. Tiene el mismo pelo rojo de Marc, aunque menos abundante, y unas gafas metálicas que apenas cubren unos ojos grises, centrados en la pantalla del teléfono móvil que tiene entre las manos. Ni siquiera los levanta cuando arrastramos la silla y nos sentamos.

—Ya sabes que no me gusta que cenes con ese aspecto tan desaliñado —comenta de pronto Mónica, volviendo momentáneamente la mirada hacia su hijo—. La próxima vez, cámbiate de ropa.

—Disculpa, no volverá a ocurrir.

Tengo que hacer un esfuerzo titánico por no poner los ojos en blanco. Soy yo el que tiene parches húmedos en las axilas por culpa del ejercicio y el pelo pegado a la frente por el sudor.

—Oh, Albert. —La madre de Marc le toca con delicadeza el brazo al hombre que está a su lado y que aún no ha levantado la mirada del teléfono móvil—. No te he presentado a Carlos, es un... amigo de Marc.

No es mi nombre, no soy su amigo y ella lo sabe, pero ninguno levanta la voz para corregirla. El hombre, quien ahora presupongo que es el padre de Marc, alza los ojos por fin y me examina a fondo. Durante un instante, parece sorprendido por mi pelo casi blanco y mis ojos extremadamente pálidos, pero al cabo de dos segundos, parece perder el interés por completo. Lo que sea que esté leyendo es mucho más interesante que el chico albino que tiene delante.

—Encantado, Marco. —Es lo único que dice.

Lo corrijo con una pequeña sonrisa, pero Albert Valls ni me ve ni me escucha. Está demasiado inmerso en otras cosas.

Suspiro, sintiéndome más incómodo a cada segundo que transcurre, y clavo la mirada en mis rodillas. De repente, me doy cuenta de que tengo una silla vacía a mi izquierda.

—¿Estamos esperando a tu abuelo? —pregunto, recuperando la ilusión.

—No, él siempre come solo. Lo siento —añade Marc, al ver mi cara de decepción—. Así tendrás una excusa para volver.

Lo dice como si nada, aunque me mira de reojo, haciendo que esté a punto de atragantarme con el agua que bebo. Dejo con demasiada brusquedad el vaso sobre la mesa y miro de nuevo hacia la silla vacía. Así no tengo que enfrentar sus ojos dorados.

—Es el sitio de Yago, mi hermano. —Marc esboza una pequeña sonrisa, como si disfrutara de una broma privada—. Siempre llega tarde.

En ese momento, una de las puertas que comunica con el comedor se abre, y por ella entra una mujer mayor, que empuja un carrito móvil, con tanta comida que mis ojos se abren de par en par. No sé si es la asistenta, o la cocinera, porque estoy seguro de que la familia de Marc dispone de esos puestos. La mujer no lleva uniforme, aunque la cubre un delantal blanco, impoluto, ribeteado en los bordes.

Comienza a servir algo que parece una mezcla entre puré y sopa. Cuando observo con horror la cantidad de cubiertos y vasos que me rodean, me doy cuenta, además, de que me serví el agua en la copa equivocada, porque de donde yo bebo, los adultos beben vino.

Estoy a punto de preguntarle a Marc cuál de las tres cucharas es la indicada, cuando la puerta vuelve a abrirse, esta vez con más violencia, y dos personas entran por ella.

La conversación que mantenían Mónica Salvatierra y su tío, Blai, desaparece de golpe cuando clavan los ojos en los recién llegados.

Uno de ellos es un hombre joven, con el cabello anaranjado y los ojos de un gris idéntico a los de la mujer que, en este momento, lo fulmina sin piedad. Su acompañante es una chica, que enrojece a la velocidad del rayo cuando es consciente del tipo de miradas que le dedican. Creo que está más fuera de lugar incluso que yo. Es alta y esbelta, y tiene el pelo repleto de trenzas diminutas. Su camiseta de tirantes y sus pantalones cortos son perfectamente normales, pero llaman demasiado la atención aquí dentro.

A pesar de la tensión que de pronto se hace dueña de la escena, Albert Valls sigue sin levantar la mirada de su teléfono.

—Yago, llegas tarde. Como siempre —pronuncia Mónica lentamente, con frialdad—. Y acompañado. Podrías haber avisado para que tuviéramos la mesa correctamente preparada.

La chica parece a punto de salir corriendo, pero el aludido se limita a encogerse de hombros y a acercar uno de los sillones que se hallan en la esquina del comedor. Las patas chirrían contra el suelo de forma estridente, pero él parece disfrutar del efecto que está produciendo en su madre. Tarda diez interminables segundos en llevarlo hasta la mesa.

—Si el problema es añadir una silla más, acabo de solucionarlo. —Toma de la mano a la chica y la acompaña hasta el sillón—. Esta es Valeria, una amiga.

Y acto seguido, comienza a comer.

Parece que un huracán está a punto de tocar tierra. Miro a uno y a otro, examinando sus tensas expresiones. Los únicos que no parecen preocupados son Albert Valls, que continúa con la mirada hundida en la pantalla, y Marc, que aprieta los labios con fuerza para no echarse a reír. El resto está a punto de comenzar una guerra.

Sin embargo, tras unos segundos que duran tanto como horas, Mónica Salvatierra toma también la cuchara y la hunde en el plato.

Su tío suspira y menea la cabeza, como si fuera una situación habitual, y Albert Valls deja por fin su teléfono a un lado, sin levantar en ningún momento la mirada. Creo que ni se dio cuenta de que tiene a Valeria sentada frente a él.

Marc me da un pequeño puntapié por debajo de la mesa y comienzo a comer, intentando no mirar más a ninguno de los que me rodean.

Llevo ya cinco cucharadas cuando Yago se vuelve hacia mí y abre los ojos de par en par. Como suele ser habitual, su mirada se detiene demasiado en mi pelo y en mis ojos.

—¿Y tú quién eres?

—Casio Oliver —contesto, apellido incluido. Por si acaso.

—¿Y qué haces aquí?

—Viene conmigo —responde Marc, asomando la cabeza tras de mí—. Quería conocer al abuelo. Ha leído todos sus libros.

—Me dejas impresionado. —A pesar de que tiene la boca torcida en una mueca sarcástica, parece hablar con sinceridad—. Yo no he sido capaz de terminar una página escrita por ese vejestorio. Pero

—añade, cuando abro inmediatamente la boca para protestar— es normal. No puede esperarse otra cosa de mí. Soy el mayor desastre de los Valls.

—Yago —sisea Mónica, en tono de advertencia.

—¿Qué? ¿He dicho algo que no haya oído antes? —Él bate las pestañas con inocencia antes de volverse de nuevo hacia mí—. Dime, ¿ya has oído esos rumores sobre nuestra hermosa familia? Oh, bueno, si has leído los libros del abuelo nos conocerás bien. Creo que hacemos justicia a los Dollanger en *Flores en el ático*. ¿Has escuchado eso, querida madre? Acabo de hacer una referencia literaria, ¿no te sientes orgullosa?

Ella lo ignora, aunque desde mi sitio, puedo ver cómo sus nudillos tiemblan, blancos, mientras sujeta la cuchara con demasiada fuerza.

—Déjame darte un consejo, chico de nombre y aspecto pintoresco. —Yago sonríe a medias, con la rabia tatuada en sus labios estirados—. Aléjate todo lo que puedas de esta familia, es tóxica. Yo lo haría si pudiera. Pero ya sabes, los lazos de sangre son demasiado complicados y hay una herencia que me gustaría recibir.

No tengo ni idea de qué contestar a eso, así que vuelvo la mirada hacia mi plato y no la despego en lo que queda de la cena.

La chica que acompaña a Yago se levanta en cuanto termina el postre. Da las gracias con voz temblorosa y desaparece, casi corriendo, en dirección a la salida. El hermano de Marc la sigue sin decir nada a su familia, que lo observa en silencio mientras sale con una lentitud calculada por la puerta.

Con su marcha parece que la tensión se disuelve y yo puedo volver a respirar con normalidad. Más o menos.

Me muero de ganas por ver de nuevo a Óscar Salvatierra y poder preguntarle más por sus libros, pero ahora que se han ido Yago y Valeria, vuelvo a tener los severos ojos de Mónica sobre mí. Y me da la sensación de que me están diciendo que la visita ha terminado.

—Debería irme a casa —digo en voz baja, inclinándome hacia Marc—. Se está haciendo tarde.

Claramente miento. No es tarde, aunque ya ha anochecido. De hecho, estoy seguro de que, en el chalé, mis padres apenas habrán empezado a preparar la cena. Marc, no obstante, asiente y se levanta de la mesa.

Yo lo imito, con más ruido y torpeza.

—Muchas gracias por todo —digo, con una voz ridícula y temblorosa—. Me lo he pasado muy bien.

Blai Salvatierra tiene que esconder media cara tras la servilleta para que su sonrisa no sea demasiado evidente, parece sumamente divertido por la escena. El padre de Marc ni siquiera se inmuta, ha vuelto a su teléfono móvil, y Mónica me dedica una mirada sarcástica que me hace enrojecer.

—Voy a acompañarlo —dice Marc, alejándose en dirección al pasillo—. Iré a buscar un par de linternas. Si no, no podrás ver el camino de vuelta a casa.

—No hace falta —me apresuro a decir—. Con mi teléfono móvil...

Demasiado tarde. Oigo sus pasos que suben la escalera y desaparecen en ella.

—Ven. —Mónica suspira y se levanta con lentitud—. Te llevaré hasta la puerta.

A ella no me apetece replicarle, así que, tras despedirme de nuevo de todos, con la voz aún más débil, la sigo por la ancha galería plagada de fotografías, deshaciendo el camino que realicé por primera vez hace un par de horas.

Cuando llegamos a la entrada, abre la puerta y yo no tengo más remedio que salir al exterior.

Marc tiene razón. No hay ninguna farola en el camino del acantilado y la negrura que nos rodea es tan espesa, que tengo la sensación de que si extiendo la mano tocaré algo sólido.

—Mi padre me ha pedido que te devuelva esto.

Parpadeo cuando veo la novela *Preludio de invierno* entre sus manos. Abro la boca de par en par, sorprendido, y no puedo evitar desplegar una ancha sonrisa.

—Muchísimas gracias. Es muy importante para mí tener... —El gesto se me congela cuando intento coger el libro, pero la mujer no lo suelta.

Confuso, levanto la mirada hacia ella.

—¿De veras has disfrutado de la velada? Porque, francamente, parecías querer morir hace unos minutos. —Jamás escuché un tono tan gélido en toda mi vida—. Casi me has dado pena. Eras como un pobre pececito fuera del agua.

Hay algo más que frialdad en su tono, que resulta peor que esos comentarios violentos que me dedicaban Aarón y Daniel, frente a la mirada de mis compañeros de clase. Desprecio. Sí, muchísimo desprecio. Jamás había escuchado algo que sonara tan mal.

—No entiendo...

—Sí, claro que lo entiendes. —Mónica Salvatierra se inclina sobre mí y apoya su fría mano sobre mi mejilla—. No sé quién eres. Marc jamás me ha hablado de ti, pero no quiero volver a verte. ¿De acuerdo?

Un ramalazo de orgullo me obliga a apartarme. Consigo arrancar el libro de la mano de la mujer y apartarme de sus dedos que, todavía helados, me rozan la cara.

—Creo que no hice nada para haberla ofendido.

—No se trata de lo que haces, sino de lo que eres.

Me quedo paralizado, con los ojos tan abiertos que su imagen esbelta se emborrona. Tengo que haber escuchado mal, mi mente debe haberme hecho una mala jugada. Mónica Salvatierra no puede mirarme de la misma forma en la que lo hacen Daniel y Aarón.

Ella no puede saber lo que ocurrió. Es imposible.

—Ahora márchate, por favor.

—Pero Marc... las linternas...

—Tú mismo lo has dicho. Puedes utilizar el teléfono móvil, ¿no?

Aprieto con rabia *Preludio de invierno* entre mis dedos y, con la otra mano, busco en el bolsillo trasero de mis pantalones. En el momento en que encuentro el teléfono, la puerta de La Buganvilla Negra se cierra ante mí y me deja solo en el más completo silencio.

Sé que puedo quedarme un poco más, esperar a que Marc regrese con las linternas… si es que realmente lo hace. Sacudo la cabeza, con rabia, y le doy la espalda a la mansión, internándome en la oscuridad.

No me detengo hasta que abandono la pradera y comienzo a descender por el camino. No escuché ninguna puerta abrirse, ni vi ninguna luz que no provenga de mi propio teléfono, así que no espero que nadie venga hacia mí.

Sin embargo, no puedo dar un paso más sin comprobar la primera página de la novela. Con torpeza, coloco el móvil en el hueco de mi axila y abro con cuidado el libro.

Espero encontrarme la página en blanco. Después de lo que vi y escuché, no me hubiese sorprendido que la dedicatoria prometida no estuviese ahí.

Sin embargo, me equivoco.

Para Casio.

Que disfrutó de los secretos de la familia Vergel y aprendió a amar a sus componentes, a pesar de sus sombras y sus escasas luces. Los Vergel siempre fueron mi familia, y todo aquel que los quiso y los detestó tanto como yo serán siempre bienvenidos a La Buganvilla Negra.

Puedes regresar cuando quieras. Estaré encantado de contarte la verdad tras la historia.

Óscar Salvatierra.

11

A pesar de la dedicatoria y de mis ganas de saber más, no regreso a la mansión de los Salvatierra. Ni al día siguiente, ni durante el resto de la semana.

Mis padres están enterados de lo que ocurrió. Y aunque mi madre se enojó y estuvo a punto de correr colina arriba para poner en su sitio a esa «zorra engreída», mi padre la calmó y me contó una de sus historias. Para consolarme, supongo. O para que no me lo tomara demasiado a pecho. O porque simplemente tenía ganas de hablar de ello.

—No le des demasiadas vueltas. Tetis odiaba a Patroclo, lo amenazaba, hacía todo lo posible por separarlo de su hijo. Pero Aquiles nunca se dejó llevar por su madre y continuó siendo su mejor amigo. O algo más, la historia no lo deja muy claro.

—Papá, Marc y yo ni siquiera somos amigos. Y Mónica Salvatierra no es ninguna semidiosa. —*Solo una mujer que da mucho miedo*, añado para mí mismo.

—Por lo menos conseguiste lo que querías. Ya tienes tu dedicatoria.

Tiene razón. Desde esa noche, no he dejado de releerla, a pesar de que me trae recuerdos agridulces.

No he sabido nada de Marc, aunque no es que esperase algo, tampoco. Yo mismo se lo dije a mi padre. En dos ocasiones, además. No somos amigos. Y, ni mucho menos, ese «algo más» que unía a Patroclo y a Aquiles. Tal y como estamos, estamos bien.

Las mañanas siguientes a la cena con los Salvatierra, las paso con Enea, que me agradece la compañía a pesar de que ponga empeño en demostrar lo contrario. Por las tardes, voy a la playa con mi familia o paseamos por el pueblo. Así transcurren los días hasta que llega el diez de agosto y, durante la hora del almuerzo, la televisión nos recuerda que esta noche, el cielo se llenará de estrellas fugaces.

Jamás he visto las Perseidas. En Madrid hay demasiada luz y demasiada contaminación. Las pocas veces que he podido ver el cielo estrellado fue durante algún apagón.

De pronto, el teléfono móvil vibra en mi bolsillo. Cuando lo miro y compruebo que se trata de un mensaje de Laia, no puedo evitar que mi corazón se encoja un poco. Hacía varios días que no sabía nada de ella, así que esperaba que sucediera de un momento a otro.

15:06: Es la noche de las estrellas fugaces. ¿Te acuerdas? Prometimos que iríamos a verlas todos juntos.

Me muerdo los labios y la comida que he tragado se retuerce en mi estómago. Es cierto. Cuando les dije que iríamos a Aguablanca a pasar el último mes de verano, acordamos pasar esa noche juntos en la playa y pedir todos los deseos que pudiéramos.

En broma, Asier me decía que, por cada Perseida que viera, pediría que yo creciera un centímetro más. Recuerdo que en aquel momento comencé una pelea de almohadas con él, mientras Laia se quejaba de lo ruidosos que éramos y Daniel se retorcía de risa en el suelo. Ahora, no solo no me atrevo a darle con una almohada en la cara. Ni siquiera soy capaz de mirarlo a los ojos.

15:08: Quizás el año que viene.

Creo que es la peor respuesta que podría haberle dado. Si han pasado tantas cosas en tres meses, ¿qué no puede ocurrir en un año entero?

Ya ha quedado claro cómo una amistad de hace diez años, en la que Daniel y yo nos sentíamos tan unidos como hermanos, puede reducirse a nada en tan solo un segundo.

Estoy seguro de que no me contestará, pero, sorprendentemente, mi teléfono vuelve a sonar.

> 15:09: ¿Vas a verlas esta noche? Yo he quedado con Asier y Daniel, aunque no creo que vayamos a ver nada.

> 15:09: Sí, iremos a la playa.

Ni siquiera hago mención a la segunda parte de su mensaje. No quiero dar pie a que empiece una nueva discusión sobre Daniel y Asier, y sobre por qué no nos hablamos desde hace meses.

> 15:11: ¿Y has conocido a alguien interesante? ¿Alguna chica? ¿Algún amigo?

Respiro hondo y los ojos dorados de Marc Valls brillan en el interior de mi cabeza. Sin embargo, cuando la sacudo, intentando olvidarlos, la imagen se sustituye por otra, en la que él está sobre mí, a centímetros de mi cara, maldiciendo haber fallado una última canasta.

—¿Por qué estás tan rojo?

La voz de Helena me devuelve a la realidad con tanta brusquedad, que el móvil se resbala de mis manos y cae al suelo.

—No estoy rojo —replico, inclinándome para recogerlo.

Ella me observa ceñuda, increíblemente digna con la barbilla manchada del tomate de los espaguetis.

—¿Estás pensando en guarradas? —Arquea las cejas, como si fuera una entendida del tema—. Guarradas… sexuales.

—¿Qué? ¡No!

—¿Entonces, por qué estás cada vez más rojo? Ana me ha dicho que cuando los chicos se ponen rojos, es porque piensan en guarradas.

Les lanzo una mirada exasperada a mis padres, que, para nada escandalizados, nos observan risueños.

—Deberían controlar sus amistades —digo, mirándolos de reojo—. Esa tal Ana es un peligro.

Meneo la cabeza y vuelvo a concentrarme en los espaguetis, que se me han quedado fríos. Estoy a punto de metérmelos en la boca cuando el móvil vuelve a sonar.

Es Laia de nuevo.

15:17: ¿Este silencio significa un sí?

Ahogo un gruñido entre dientes y aparto el plato con hastío. Tengo la cara ardiendo y se me han quitado las ganas de comer.

Es una tradición en Aguablanca cenar en la playa mientras las Perseidas surcan el cielo, así que no me sorprendo cuando escucho a mi madre quejarse, diciendo que apenas queda un hueco de arena libre.

Lo encontramos en uno de los extremos de la playa, muy pegado al inicio del acantilado. A pesar de que, desde aquí, puedo ver la mansión de los Salvatierra con solo levantar la mirada, evito hacerlo, y concentro toda la atención en juntar bien las toallas.

En la playa hay de todo, desde familias como nosotros, a parejas demasiado entretenidas entre sí como para que les importe quienes los rodean, y grupos de amigos, que empezaron la fiesta hace mucho.

Los más cercanos a nosotros, una multitud de chicos y chicas que suman unos quince, no dejan de cantar y gritar, algunos con más alcohol que sangre corriendo por sus venas. Muchos parecen de mi edad, otros son mucho mayores.

Si Asier, Daniel y Laia estuvieran aquí, estaríamos haciendo lo mismo.

Mi madre tuerce la boca cada vez que su mirada se tropieza con ellos, mientras Helena los observa fascinada. Mi padre, como siempre, se limita a comentar que este tipo de fiestas en las que el alcohol es el protagonista no son nuevas, como los adultos se empeñan en señalar, sino que existen desde la antigua Grecia. Al parecer, se llamaban «bacanales». Y al final, se hacía mucho más que beber y bailar.

—¿Y qué es lo que se hacía en las orgías? —pregunta Helena, al escuchar la última palabra que acaba de pronunciar mi padre.

Con esa cuestión, el tema finaliza.

Han apagado la mayoría de las luces del paseo marítimo y los locales más cercanos a la playa han reducido al mínimo la iluminación, por lo que apenas podemos vernos entre nosotros, a pesar de estar a poca distancia unos de otros.

Cenar es tarea complicada, aunque se trate de simples bocadillos. Lo bueno es que veo decenas de estrellas fugaces. Es increíble, jamás vi nada igual. Son tan rápidas, que en apenas un parpadeo cruzan el cielo negro y se pierden en el horizonte.

Mientras las contemplo, me pregunto si Asier verá alguna desde la terraza de Laia y si pedirá verdaderamente ese centímetro más de altura para mí.

Pido muchos deseos, pero no el que más me importa en mi fuero interno. Me gustaría suplicarles a las estrellas que los últimos meses desaparecieran, que mis compañeros dejaran de molestarme en clase y en los pasillos, que borrase ese estúpido momento en el que me equivoqué con Daniel, y que él, Asier y Laia volvamos a ser lo que siempre fuimos. Amigos.

Pero esto no es *Preludio de invierno*. En la realidad, la magia no se esconde por las esquinas y los susurros de una mansión antigua no te hablan al oído para indicarte qué hacer.

Entre los cuatro hay demasiado cariño, demasiada tensión, demasiado resentimiento como para que todo se arregle con un deseo a una estrella fugaz.

Sin que me dé cuenta, con la mirada aún perdida en el cielo, el tiempo transcurre. Cuando llega la medianoche, la mayoría de las familias se marchan para dejar la madrugada a los chicos y chicas que se apelmazan en la playa, bebiendo y escuchando música.

—Casio, vamos a regresar al chalé —dice de pronto mi madre, sobresaltándome ligeramente.

Con la cabeza, señala a Helena, que se ha hecho un ovillo en la toalla y se ha quedado dormida, a pesar del intenso ruido que están haciendo los de al lado.

—¿Quieres quedarte un poco más?

Dudo durante un momento, pero finalmente asiento en dirección a mi padre. Esta noche me dejé el móvil en la casa, y estoy seguro de que, cuando regrese, encontraré más mensajes de Laia. Sé que estar con Asier y Daniel esta noche le traerá recuerdos de cuando estábamos los cuatro juntos. Insistirá sobre el tema, tratando de hacerme hablar. Y aún no tengo fuerzas para enfrentarme a ello.

—No llegues muy tarde —me dice mi madre, mientras recoge todas las toallas, excepto la mía—. Y no bebas —añade, lanzándole una mirada rápida a los chicos que están a nuestro lado.

Sé que no es ingenua y que sabe de sobra que ya tuve mi primera borrachera. Pero, de todas formas, cabeceo con una media sonrisa. Desde luego, lo que menos me apetece esta noche es empaparme en alcohol.

Sé que podría hacer muchas tonterías.

Como la que hice con Daniel, por ejemplo.

Los despido con la mano mientras los tres se alejan sorteando las personas que aún siguen en la playa. Cuando se pierden entre la multitud, me dejo caer de nuevo en la toalla, con los ojos cerrados.

Permanezco un rato así, en un silencio interno, a pesar de que el escándalo crece a mi alrededor a cada segundo que transcurre. Tengo suerte de que sea de noche. La oscuridad siempre ensombrece mi piel y mi pelo, y eso me hace parecer medio normal incluso a la luz de una farola. De no ser así, estoy seguro de que el grupo de chicos y chicas que tengo al lado ya me habría dedicado más de una mirada. Y, dado el nivel de alcohol que parecen llevar en la sangre, más que simples palabras. Así que disfruto del anonimato que la noche me proporciona. Por la mañana puede que sea un chico albino de pelo blanco y ojos transparentes, pero en la oscuridad, no soy más que un rubio de piel pálida.

Por lo menos, eso es lo que creo hasta que siento cómo unos pies se detienen junto a mí.

Abro un solo ojo y observo la sonrisa retorcida de Yago Valls.

—Ya decía yo que te conocía —dice, dejándose caer a mi lado.

Me incorporo de súbito, con el corazón latiendo a mil. No sé de dónde salió, pero no sé si quiero tenerlo cerca, no después de lo que ocurrió en esa cena de hace días.

A pesar de que está sentado, se balancea de lado a lado, como una peonza, y tiene los ojos tan brillantes, que parecen faros en mitad de su cara. A juzgar por el olor que desprende, debe haberse bebido una destilería entera.

—Estaba dudando, porque con tanta os... oscuridad, pareces hasta normal. —Tiene que concentrarse para no trabarse.

Con la mano que no sujeta un vaso de plástico, me revuelve el pelo hasta que yo me aparto, incómodo.

—¿Dónde está tu bebida? —me pregunta, sorprendido.

—No bebo —digo, con renuencia—. Al menos esta noche.

—Eso está bien. El alcohol te obliga a hacer muchas estupideces —comenta, dando un trago al vaso—. Y tú no pareces un chico que haga muchas.

Dios. Si él supiera.

Se queda unos segundos examinándome profundamente, hasta que su sonrisa se ensancha y me mira parpadeando, como si fuera la primera vez que reparara en mí.

—Lo cierto es que me vienes de perlas.

Retrocedo un poco, alerta, sin entender del todo a qué viene esa expresión.

—¿Qué?

Yago no me escucha. Se desliza sobre sus rodillas para dirigirse al grupo que tenemos al lado. Cuando lo hace, derrama la mitad de su bebida sobre mi toalla.

—¡Eh, chicos! Acabo de encontrar a alguien que cuidará de Marc.

Abro la boca de par en par. ¿Qué acaba de decir? Estoy a punto de hablar, protestar, lo que sea, pero entonces, la docena de chicos que tengo al lado se ponen en pie, a vitorear y a aplaudir.

—Son mis primos —me explica Yago, como si fuera algo que me importara—. Siempre pasamos la noche de las Perseidas juntos, es una especie de tradición familiar.

—Oye, espera —digo, deteniéndolo por el brazo cuando hace amago de dirigirse hacia el grupo, que no deja de gritar y silbar—. ¿A qué te refieres con *cuidar*?

El chico esboza una sonrisa divertida y sacude la cabeza en dirección a sus primos, que se han separado un poco unos de otros para que una figura se abra paso, tambaleante e insegura sobre unas piernas que no dejan de doblarse.

Marc, con la cabeza gacha, apenas puede dirigirme una mirada cuerda. Parece a un paso de la inconsciencia.

—No, no, no. —Niego repetidamente con la cabeza, alterado, cuando veo cómo Yago ayuda a su hermano a sentarse en mi toalla. Aunque lo que realmente hace es caer sobre ella y hundir la cara en la arena—. No pueden hacer esto.

—¿Por qué no? ¿No eres su amigo? —Estoy a punto de estallar y preguntar por qué diablos todos nos consideran amigos, cuando él me interrumpe—. Vamos, puedes seguir aquí, tumbado. Él no te molestará. Ni siquiera vomitará, ya lo ha hecho demasiado. No puede quedarle nada en el estómago.

—¿Qué? —exclamo, con la boca muy abierta.

—Te lo agradecemos mucho, ¿verdad, chicos? —Todos vuelven a gritar como respuesta—. Queríamos seguir la fiesta en una de las discotecas, pero no creo que Marc pueda seguir nuestro ritmo.

Miro al aludido, con las cejas arqueadas. No, Marc no puede seguir en este momento ningún ritmo.

Estoy a punto de protestar de nuevo, pero los vítores del grupo ahogan mi intento. No puedo hacer nada contra ellos. Son por lo menos quince y yo solo uno. Así que me quedo quieto, sobre un pequeño trozo de toalla, mientras veo cómo uno a uno se levantan, recogen sus botellas y sus copas, y desaparecen en dirección al paseo marítimo. Yago Valls, enganchado en los brazos de una chica diferente a la que vi en la cena.

Suelto todo el aire de golpe y miro de reojo a Marc, que sigue boca abajo, con la cara hundida en la arena, tan inmóvil como las valvas que nos rodean.

—Joder —musito, apoyando la cabeza en las rodillas.

Soy el campeón de los ingenuos.

12

Ahora lamento no haber traído el teléfono móvil. Podría preguntarle a Laia qué debo hacer en casos de sospecha de coma etílico o de muerte inminente, porque Marc Valls parece más cerca del otro mundo, que de este.

He intentado despertarlo por todos los medios, pero ni siquiera se ha inmutado cuando lo puse boca arriba de un violento empujón. Algunos de los que están tumbados sobre sus toallas, cerca de nosotros, nos miran de reojo. Hasta la pareja que no dejaba de toquetearse ha decidido dejar los besos para más tarde, para observarnos con atención.

—¿Marc? ¡Marc!

Lo sacudo del hombro, pero nada. Sigue sumido todavía en ese estado entre la consciencia y la inconsciencia, del que parece incapaz de despertar. Tiene los ojos abiertos, con las pupilas tan dilatadas, que sus iris se han convertido en coronas doradas.

Me aparto, sacudiendo la cabeza, con el corazón latiendo nervioso, aunque no por la expectación que estamos causando.

—Ahora sí que eres el cliché perfecto de un chico de la cruz —farfullo, entre dientes.

Tomo la botella de plástico que tenía conmigo y, desenroscando el tapón, la vuelco directamente sobre su cara, arrancándole un gemido gutural que parece hacer eco por toda la playa.

—¿Qué...? ¿Quién...?

Marc se pasa una mano por la cara, llenándosela sin darse cuenta de arena. Ahoga una palabrota entre dientes y se incorpora a medias, aunque sus brazos tiemblan y cae otra vez de bruces. Parpadea varias veces, intentando enfocar la mirada, y echa un vistazo a su alrededor, topándose de golpe conmigo. Ladea la cabeza, frunce el ceño y vuelve a pestañear.

—¿Casio?

—Buenos días.

—¿Qué... qué haces tú aquí? —pregunta, confuso, sin dejar de mirar a todos lados—. ¿Dónde están todos? ¿Y mi hermano?

—Yago te dejó conmigo. Supongo que quería seguir la fiesta y tú... no podías seguir el ritmo —contesto, citando sus palabras.

—Joder. Maldito bastardo —gruñe, con voz gangosa—. Lo voy a matar.

Marc toma tanto impulso, que no solo se yergue, sino que esta vez cae hacia adelante, hundiendo media cabeza en la arena. Yo me apresuro a ayudarlo y, tirando de sus brazos, consigo mantenerlo más o menos sentado, aunque él no deja de balancearse adelante y atrás.

—Creo que has perdido de nuevo.

—¿Mm...?

—Contra el alcohol. —Marc hace un intento de poner los ojos en blanco, pero lo único que consigue es bizquear—. ¿Cuánto has bebido?

—Poco, pero mi tolerancia da pena. —Se lleva las manos al pelo y se lo sacude con fuerza, suspirando con frustración—. Dios, mi madre me va a matar.

—¿Crees que podrás volver a casa?

—Por supuesto.

Yo no lo veo tan claro, así que sigo sosteniéndolo cuando prueba a levantarse. Como había supuesto, pierde el equilibrio en cuanto se apoya en sus dos pies y se precipita hacia adelante. No cae de nuevo porque hago contrapeso, tirando hacia el otro lado.

—Vamos, te ayudaré.

Le hago pasar su brazo por mis hombros y lo aseguro lo mejor que puedo, intentando ignorar lo cerca que se mece su rostro de mi propia cara. No sé cómo consigo dar dos pasos, porque prácticamente tengo que arrastrarlo.

Esto me recuerda demasiado a la noche en la que probé el alcohol por primera vez. En esa ocasión no me emborraché. Laia y yo dejamos el vaso de plástico a un lado, asqueados por el sabor, mientras Asier y Daniel bebían uno detrás de otro, como si llevaran una vida sedientos. Les habíamos dicho a nuestros padres que íbamos a ir a la última sesión del cine, pero en realidad, Asier, que siempre había aparentado más edad de la que tenía, había comprado una botella de alcohol que le había costado unos pocos euros y una botella de refresco, y nos habíamos parapetado bajo un portal, protegidos por la oscuridad.

Había sido una mala idea. Lo supe en cuanto los dos comenzaron a vomitar y las arcadas comenzaron a atraer la mirada de más de un vecino, que se asomó por la ventana. Cuando escuchamos cómo una mujer nos advertía que iba a llamar a la policía, Laia tiró con fuerza de Asier, que al menos era capaz de caminar, y yo hice lo propio con Daniel, a pesar de que casi no podía con él.

Mientras lo arrastraba calle abajo, a salvo de las miradas, él se echó a reír.

—¿Qué te hace tanta gracia?

—Tú. Nosotros. No sé —contestó, con la voz gangosa—. Otros se habrían marchado corriendo.

—Laia y yo no los vamos a dejar aquí —repliqué, poniendo los ojos en blanco—. No seas idiota.

—¿Quién habla de Laia? Estoy hablando de ti.

Recuerdo que estuve a punto de tropezarme por la sorpresa y que, durante el instante que miré hacia atrás, hacia sus ojos que me miraban ahogados en el sopor del alcohol, me quedé con la mente en blanco.

—Somos como los personajes de esas novelas que tanto te gusta leer. Tú nunca me abandonarías, aunque estuviésemos en el fin del mundo. —Sus pestañas cayeron un poco, y sus ojos azules me parecieron más fascinantes de lo habitual—. Y yo nunca te abandonaría a ti.

Aparté la mirada y me concentré en la larga calle, que se me hacía infinita con el pecho de Daniel sobre mi espalda.

—Estás borracho —murmuré, con una voz que no parecía mía.

—Ya lo sé. Pero los niños y los borrachos siempre dicen la verdad.

Daniel siempre había sido un buen mentiroso. Y en esa ocasión me había mentido, aunque estuviera tan borracho como el chico que llevo ahora entre mis brazos.

Estamos dando un espectáculo penoso, lo sé, pero me obligo a seguir adelante, a pesar de que Marc pesa más que yo y me saca media cabeza. Cuando por fin alcanzamos el paseo marítimo, estoy empapado en sudor.

—Déjame aquí —dice, a duras penas, arrastrando tanto las palabras, que apenas puedo entenderlo—. Solo necesito dormir un poco. Luego estaré mejor.

Pongo los ojos en blanco y meneo la cabeza, antes de obligarlo a andar de nuevo. Sin embargo, cuando apenas llevamos diez minutos de camino, comprendo que mi tarea es imposible. Marc pesa demasiado para mí y no colabora en absoluto. Parece más dormido que despierto, y apenas acierta a colocar un pie delante de otro.

Jadeando por el esfuerzo, nos detenemos a la altura del chalé de Enea, y me dejo caer sobre el pequeño muro de piedras. Marc resbala y termina con el trasero en el suelo.

Me aparto el flequillo de los ojos y miro por encima del hombro el camino que comienza unos metros más adelante y sube por el acantilado hasta llegar a la mansión de los Salvatierra. Veinte minutos de subida empinada es imposible con más de sesenta kilos en la espalda.

Dios, ahora mismo no sé qué diablos hacer.

—No entiendo por qué no me dejas aquí —oigo que susurra Marc, con las palabras entremezcladas—. Si alguien me encuentra, no me hará nada. Como mucho me vaciará la cartera, pero eso no es problema. En casa tengo más con lo que rellenarla.

—Típico de un chico de la cruz —comento, suspirando. De un impulso, me pongo en pie y le tiendo las manos—. Ven, no puedes quedarte ahí tirado.

Consigo erguirlo a medias, y logro que me siga, deshaciendo el camino que acabamos de recorrer hace apenas unos minutos. Aunque está muy borracho, Marc se da cuenta de que nos alejamos del camino que conduce a su casa.

—Haces bien en dejarme en la playa —murmura, cerca de mi oído.

—No voy a dejarte en ningún sitio —replico, consciente de lo cerca que estaríamos si solo volviera un poco la cara—. Vamos a mi casa.

Es un gran error, lo sé, pero es la mejor opción. Si llamo a la policía o a una ambulancia, no le estaré haciendo ningún favor. Lo único que necesita es dormir, la resaca ya llegará después.

Intentando hacer el menor ruido posible, me aproximo al porche de entrada, con Marc prácticamente echado sobre mi espalda. Introduzco la llave en la cerradura y la giro, abriendo la puerta que produce solo un ligero crujido.

—Intenta no tropezarte con nada —murmuro, aunque nadie me contesta—. ¿Marc?

Me vuelvo en el instante en que él se precipita hacia adelante. No sé si está dormido o si el alcohol alcanzó el punto álgido en su sangre, así que, farfullando toda palabra malsonante que se me pasa por la cabeza, consigo que se eche sobre mi espalda y lo sujeto por las piernas, impidiendo que sus pies rocen el suelo.

Así, encorvado, paso a paso, voy avanzando.

No puedo evitar pensar en Daniel, el Daniel de antes, que se dejaría caer con los ojos cerrados porque sabría que yo lo atraparía antes de que llegase a tocar el suelo. El Daniel de ahora, junto a Aarón, disfrutarían cruelmente viendo este espectáculo.

No sé cómo soy capaz de subir la escalera con Marc a cuestas, controlando mis jadeos de esfuerzo, medio a ciegas, sin derrumbarme. Pero por fin, me encuentro a solo unos pasos de la puerta de mi cuarto. Tanteando, extiendo la mano y toco el picaporte, entrando por fin en el dormitorio.

Con los pies, aparto la ropa que he dejado tirada esta mañana en el suelo y sorteo con sumo cuidado la columna de libros que hay junto a la cama. Haciendo uso de mis últimas fuerzas, me inclino y siento cómo Marc resbala por mi espalda hasta caer sobre el colchón de mala manera. Esta vez, el golpe brusco lo espabila.

Mira a su alrededor, confundido, antes de fijar sus ojos en mí.

—¿Dónde estoy? —murmura, con la voz aún más gangosa que antes—. ¿Me has secuestrado para sacarle dinero a mi familia? Déjame decirte que no lo conseguirás. Mi madre quiere más a los billetes y a su estatus, que a sus propios hijos.

Me dejo caer en el suelo, con la espalda apoyada en la mesita de noche. Tengo la camiseta adherida al cuerpo, húmeda de sudor. Cuando hablo, el aliento acelerado entrecorta mis palabras.

—¿Por qué te iba a secuestrar?

Marc esboza una media sonrisa y se encoge de hombros.

—Porque te caigo mal.

Arqueo las cejas y me giro un poco para verlo mejor. No puedo evitar observarlo sorprendido. Aunque sigue con los ojos cerrados, algo en su cara me dice que está más despierto que unos minutos atrás.

—No me caes mal —consigo decir, con renuencia—. Si fuera así, te habría dejado en la calle tirado y no te hubiera traído a mi habitación.

—¿Tu habitación? Ah, ya decía que este lugar olía un poco a ti. —Aparto la mirada de inmediato, sintiendo cómo mi cara prácticamente se incendia—. Entonces, ¿por qué no regresaste? Me hubiera gustado echar otro partido. —Estoy a punto de responderle, pero esta vez se yergue sobre sus manos y se gira hacia mí, encarándome—. Ni siquiera me esperaste cuando te pedí que lo hicieras.

Los ojos fríos grises de Mónica Salvatierra aparecen en mi cabeza, resplandecientes por el desprecio.

—Bueno, a tu madre le pareció mejor que volviera solo.

Marc abre los ojos de golpe y sus rasgos se contraen con ira. Parece que va a empezar a gritar de un momento a otro, pero entonces, su expresión se rompe con un suspiro desgarrado y vuelve a dejar caer los párpados.

—Ya te lo dije. No deberías tener en cuenta lo que diga —continúa, antes de que pueda replicar—. Siempre hace lo mismo. Siempre que sospecha.

—¿Siempre que sospecha? —repito, confundido.

Se gira de forma que su cabeza cuelga boca abajo, en el borde de la cama. Su flequillo, rojo sangre a la luz de la luna, cae en dirección al suelo, dejando completamente libre su mirada.

Yo no soy capaz de mirarlo más que de soslayo.

—¿Conoces la historia de Aquiles y Patroclo?

Al instante siento cómo mi estómago se contrae dolorosamente. No me muevo, no parpadeo, ni siquiera respiro.

—No —contesto, con un hilo de voz.

No puedo volverme y mirarlo, porque si lo hago, sabrá que miento. Ahora mismo, me encantaría tener mi sombrero a mano para cubrirme la cara con él.

—¿De… de qué trata esa historia? —pregunto, porque si no digo algo, él oirá los latidos de mi corazón. Está muy cerca de mí y parecen hacer eco por toda la habitación.

Marc suspira y a duras penas consigue colocarse bien en la cama, bocarriba. Se lleva un brazo a la frente y respira hondo.

—Es muy larga y muy complicada. Quizás otro día.

Se acurruca un poco, y escucho cómo, poco a poco, su respiración se va regulando. Como no pronuncia ni una palabra más, me atrevo a mirarlo de frente. Se ha quedado profundamente dormido. La mano que todavía tiene apoyada en la frente crea largas sombras sobre su rostro, sumergiendo la mitad en la oscuridad.

Con cuidado de no despertarlo, me levanto y me dejo caer en el pequeño sillón de al lado. Coloco los pies en el borde de la cama, teniendo la precaución de no tocarlo. Con la misma toalla que utilicé en la playa, y que ahora apesta a alcohol, me cubro las piernas.

No es la mejor forma de dormir, pero no pienso acostarme con él.

A pesar de todo lo que ocurrió, y de que sé que tendré que explicar a mis padres por qué Marc Valls está durmiendo aquí, el cansancio cae sobre mí como una cascada, ahogándome sin que yo pueda resistirme.

Me sumo en un sueño profundo, denso y pegajoso, del que creo despertar a medias, cuando escucho un susurro a mi lado. No sé si llego a abrir los ojos, o si es un sueño, o si simplemente me lo imagino, pero veo a Marc a mi lado, colocándome bien la toalla que se me ha resbalado de las piernas, intentando cubrirme todo lo posible con ella. Siento el roce de sus dedos en mi barbilla, pero todo es tan confuso que no sé si lo que sentí fue real o no.

Intento decir algo, pero el sueño vuelve a ganarme y me quedo profundamente dormido.

13

Mi teléfono móvil suena de una forma tan horrible, que lo tomo sin pensar, simplemente para que la melodía termine.

Parpadeo y me vuelvo de costado en la cama. Solo que no estoy en la cama, si no en un sillón que se balancea sobre sus patas laterales y me hace caer de bruces contra el suelo, con los pies apoyados en la cama.

—¿Laia? —pregunto, aún adormilado como para comprender qué hago durmiendo en un sillón y no en el colchón—. Aún estoy dormido, ¿puedo llamarte más…?

—¿Qué te hace pensar que sea Laia?

El impacto no ha sido capaz de hacerme despertar, pero esa voz sí.

Abro los ojos de golpe y la realidad toma un nuevo cariz para mí. La voz es ronca y suena con un contrapunto enfadado que no desaparece ni aunque esté riéndose a carcajadas. La conozco desde hace muchos años, y no, no es la de Laia.

—Asier —murmuro, con un hilo de voz.

Me levanto torpemente, con el corazón disparado en mi pecho. La cama está hecha, ¿por qué? Lo recuerdo de pronto. Marc. Marc ha dormido en mi cama esta noche, pero ahora no lo veo por ningún lado. ¿Dónde está? ¿Se ha marchado?

Me separo un momento del teléfono para ver el nombre que brilla en mitad de la pantalla, acelerando mi pulso y mi respiración cada vez más. ¿Por qué me llama Asier? Nos peleamos el último día de curso y me había prometido a gritos que jamás volvería a hablar conmigo, que me dejaría en paz, como yo parecía desear. Así que no entiendo absolutamente nada cuando me coloco el móvil en la oreja y vuelvo a escuchar su voz.

—¿Cómo estás?

—Bibi… bien —contesto, balbuceante—. ¿Y tú?

—Bien. —No dice nada más durante tanto tiempo, que pienso que se lo ha pensado mejor y ha cortado la comunicación—. Ayer estuvimos en la terraza de Laia, intentando ver alguna maldita estrella.

—Sí, lo sé. Habló conmigo ayer. —Una parte de mí grita de dolor al imaginarlos a los tres juntos, comiendo patatas fritas y bebiendo refrescos hasta que el estómago no pudiese más—. ¿Vieron alguna?

—Te echamos de menos —contesta él, sobresaltándome.

Pasa demasiado tiempo hasta que consigo contestar.

—Ya veo.

—¡¿Ya veo?! —repite él, alzando la voz de súbito—. ¿Eso es todo lo que tienes que decir?

No es todo lo que tengo que decir, pero sí lo único que puedo decir. Me gustaría preguntarle si Daniel también me echó de menos, si no torció la boca en una mueca de asco cuando alguno me mencionó. Porque estoy seguro de que fue así.

—No te entiendo. Te juro que lo intento con todas mis fuerzas… pero no comprendo qué diablos te pasa. —El vozarrón de Asier me desuella los oídos y no por el volumen, sino por el dolor que encuentro en él—. Han pasado varios meses, pero sigo sin comprender nada. ¡Nada! ¿A qué viene este súbito distanciamiento? ¿Qué te hicimos? Mira, si fue por culpa de algún comentario, de algo que haya podido molestarte, yo…

—No es culpa tuya —lo interrumpo.

No sé cómo puedo hablar con tanta calma, sobre todo cuando el corazón parece a punto de destrozarme el pecho.

—¿Entonces? ¿Qué es lo que ocurrió? Somos amigos desde… no sé, ¿desde los seis años? No puedes dejarnos de lado por las buenas, sin explicación, sin que nada haya ocurrido. —Aprieto los dientes y escucho cómo Asier resopla al otro lado de la línea—. Puedes decidir no hablar, pero estoy seguro de que algo ocurrió y de que Daniel lo sabe. Lo que no entiendo es por qué no me lo cuentas, por qué no confías en mí. En vez de intentar hablar, te alejas más y más de mí.

Me siento peor que una alimaña, pero no puedo contarle la verdad, no puedo decirle qué fue lo que sucedió para que todo cambiara.

—Soy tu amigo, diablos. Me da igual qué mierda ocurrió, qué secreto intentas guardar, pero lo soportaré. Nada va a cambiar entre tú y yo. Nada.

Me gustaría creerle, pero no puedo. Daniel me repitió lo mismo durante todos esos años en los que fuimos amigos. Él no lo soportó y todo cambió. No puedo arriesgarme a que también pase con Asier o con Laia. Prefiero que me odien y se enfaden por lo que hago, no por lo que soy.

Sé que los terminaré perdiendo tarde o temprano. Primero ha sido Daniel. Después, será Asier. Él no tiene la paciencia de Laia, su persistencia, llegará un momento en que se rendirá conmigo.

Como creo que está a punto de hacer.

—Lo siento —musito.

—¿Lo siento? ¿Eso es lo único que se te ocurre? —Asier suena más desesperado que nunca—. ¿Después de tres meses evitándonos, rehuyéndonos, escondiéndote de nosotros, eso es lo único que eres capaz de decir?

No contesto, pero para él el silencio resulta la peor de las respuestas.

—Casio, el año que viene no estaremos en el mismo instituto. Si no arreglamos esto ahora…

Sé lo que quiere decir. No volveremos a ser amigos, dejaremos de existir el uno para el otro. Sé que la amistad que construimos los cuatro era especial; creímos que duraría toda la vida, que ni los cambios de instituto, ni la universidad, en un futuro, podrían separarnos. Y, sin embargo, un solo momento, unos pocos segundos, tiraron todo por la borda, aunque no lo sepan Asier ni Laia. Los únicos que conocemos la verdad somos Daniel y yo.

—Lo siento —me limito a repetir, intentando que las lágrimas no sean demasiado evidentes en mi voz.

Esta vez Asier no contesta. Cuelga el teléfono y el repetitivo tono al otro lado de la línea es la única respuesta que recibo.

Con la mano temblorosa, me lo aparto de la oreja y lo miro fijamente, leyendo «Llamada finalizada» en la pantalla. Aprieto los dientes y, dejando escapar un largo grito, lo arrojo al otro extremo de la habitación.

Estoy llorando. Maldita sea, estoy llorando. Y no puedo controlarlo. Las lágrimas se me desbordan y ni siquiera puedo respirar con normalidad. El aliento se me entrecorta, mis pulmones no pueden expandirse por completo, es como si unas manos de hierro aplastaran mi pecho, deseando partirlo.

Y entonces, comienzan a aparecer los recuerdos.

Sacudo la cabeza, me obligo a pensar en otra cosa, pero las lágrimas me lo impiden. Vuelvo a estar en la fiesta, borracho, riéndome, observando a lo lejos cómo Laia y Asier coquetean, como siempre han querido, pero nunca se han atrevido, y siento la mirada de Daniel, sobre mí.

Son unos ojos bonitos, brillantes y cautivadores. Demasiado.

Y en mis recuerdos, soy incapaz de resistirme.

Segunda Parte

Allegro

Víctor Vergel tenía un problema. Escribía mucho y todas eran cosas equivocadas.

Por el momento, era un problema que su madre podía controlar.

Ariadne Vergel ordenaba a una criada entrar en la habitación de su hijo todos los días, hallar las hojas garabateadas y tirarlas al fuego para que se convirtieran en cenizas.

Era Emma la que usualmente hacía ese trabajo, pero desde que Ágata había llegado, le habían encargado limpiar la habitación del heredero de los Salvatierra, mientras él asistía a las clases privadas con su tutor, en la biblioteca.

Era una orden simple. Solo tenía que encontrar los folios, arrugarlos y tirarlos a las llamas que crepitaban en la chimenea.

Sin embargo, cuando los halló escondidos entre un par de libros de la estantería, cometió el error de mirarlos.

No supo por qué, pero se quedó paralizada, incapaz siquiera de parpadear. Ella no sabía leer, así que no entendía qué era lo que ponía en las hojas que sujetaba con las manos temblorosas. Sin embargo, había algo en ellas que le produjo una fascinación peligrosa.

En esos folios, las palabras parecían formar un paisaje que ella era capaz de avistar, pero no de comprender.

—¿Vas a tirarlos al fuego? —susurró de pronto una voz tras ella.

Ágata se volvió con brusquedad, observando con las pupilas dilatadas a Víctor Vergel. Él la contemplaba a su vez desde el marco de la puerta, con los ojos entornados.

No parecía tener intención de detenerla. Víctor conocía tan bien como Ágata lo que ocurría en su dormitorio mientras recibía las interminables clases en la biblioteca. Más de una vez había visto por el ojo de la cerradura cómo Emma no dudaba en arrojar a la chimenea los papeles que había escrito la noche anterior. Incluso, en alguna ocasión lo había hecho delante de él.

Ágata, no obstante, no se movió. Solo tenía que alargar los brazos y dejar que las hojas cayeran en el interior de la chimenea. Era una orden y tenía que obedecerla.

Sin embargo, se acercó a él y apretó los folios contra su pecho, estremeciéndole.

Durante un instante ínfimo, sus manos se encontraron.

—No se lo cuentes a tu madre —susurró, antes de internarse en el pasillo.

Ágata se alejó de él, pero desde ese instante, no dejó de sentir sus ojos negros persiguiéndola allá a donde fuera.

Preludio de invierno, Capítulo 3, página 38
Óscar Salvatierra.

14

Esta mañana no salgo de casa.

A pesar del buen día que hace y de que mis padres insisten, prefiero quedarme en el porche, leyendo a salvo de los rayos del sol.

Para mi sorpresa, mi hermana también decide dejarme en paz y consigue convencer a mis padres para que también lo hagan. Quizás adivinó que había estado llorando cuando me vio bajar las escaleras. O puede que solo quiera librarse de mí por un rato. Quién sabe, es Helena. La niña que rapa a las muñecas.

Sin embargo, ni siquiera *Preludio de invierno* consigue distraerme esta vez. Casi puedo sentir las miradas tristes de Víctor y Ágata, observándome a través de las páginas, preguntándome qué ocurre.

Aunque no rompí el teléfono móvil, este sigue desmontado en piezas, en el suelo de mi dormitorio. Sé que Asier no insistirá, pero estoy seguro de que en cuanto colgó, llamó a Laia y le contó lo que había ocurrido. En este momento, tengo que tener decenas de mensajes esperando y muchas llamadas perdidas. Pero ahora no me siento con fuerza para enfrentarme a ellas.

No podré huir cuando Laia venga el día quince para quedarse durante el fin de semana. Sé que hará todo lo posible para averiguar lo que ocurrió y que insistirá hasta conseguirlo. Siempre ha sido una cabezota.

Permanezco con la mirada hundida en el libro, durante mucho tiempo, a pesar de que no soy capaz de leer ni una sola línea, hasta que el sonido de un balón al rebotar contra el suelo llama mi atención.

Levanto la cabeza por puro instinto y fijo la mirada en una de las esquinas de la calle, de donde proviene el sonido. Espero, con el corazón en un puño, hasta que una cabellera roja como el fuego aparece tras ella.

Suelto el aire de golpe y siento de pronto unas ganas intensas de esconderme tras la silla de mimbre sobre la que estoy sentado. Es Marc Valls. Y trae un balón de baloncesto entre las manos.

Pienso que quizás sea casualidad, pero cuando veo cómo levanta la mano al cruzarse nuestras miradas, me doy cuenta de que estoy equivocado. Ha venido a verme, aunque eso no tenga ni pies ni cabeza.

—¡Hola! —exclama, abriendo la pequeña puerta de hierro que delimita la parcela del chalé.

Ni siquiera agito la mano. Tengo los músculos tan engarrotados, que me limito a lanzarle una sonrisa acalambrada.

Nadie diría que hace unas horas estaba medio inconsciente, apestando a alcohol, farfullando palabras sin mucho sentido. La única vez que acabé como él, estuve vomitando y con dolor de cabeza hasta la noche del día siguiente.

Quizás para los chicos de la cruz, las resacas no existen.

—No puedo creer que haya tenido la suerte de encontrarte —dice, deteniéndose a un par de metros de mí—. Pensé que volvería a casa sin haber dado contigo.

Asiento, pero de nuevo, soy incapaz de contestar. No sé qué mierda me ocurre, pero es intenso, y me está haciendo parecer un estúpido. Me obligo a reaccionar y carraspeo un poco antes de hablar.

—¿Estás mejor?

—Como nuevo. —Él se encoge de hombros y su sonrisa se pronuncia todavía más—. Ya te lo dije, no bebí mucho. Pero mi tolerancia es nula. Una cerveza y ya estoy medio borracho.

—Así que recuerdas lo de ayer —murmuro, con la boca un poco seca.

Marc aparta la mirada con rapidez, clavándola en la buganvilla rojiza que cubre el techo del porche. Cuando habla, no despega los ojos de ella.

—No tenías por qué hacerlo —susurra.

A pesar de la distancia que nos separa, la suave brisa marina parece traerme sus palabras y hacerme cosquillas en el oído.

—No podía dejarte ahí tirado.

Esta vez sí me mira y, cuando su sonrisa desaparece, soy yo el que tengo que levantar la vista hasta las flores.

—Claro que podías. Pero no quisiste.

Trago saliva, pero no separo los labios. Si pienso en la noche anterior, recuerdo con demasiada precisión el roce de la mejilla de Marc contra mi espalda cuando lo cargaba, o la forma en la que oscilaba su cara, muy cerca de la mía, cuando lo sacaba de la playa a rastras. Recordarlo es tan incómodo como fascinante.

—Ayer... —digo, con lentitud, intentando que mi voz no suene tan ridículamente temblorosa—. Me preguntaste si conocía una historia. La de... Aquiles y... ¿Padrono? —Me equivoco apropósito. Si mi padre estuviera delante, me mataría.

—Patroclo. La historia de Aquiles y Patroclo. —Él cabecea, pero de nuevo aparta la mirada—. Sí, quizás te la cuente algún día, pero no vine por eso. —Con mano diestra, hace rodar el balón sobre su dedo índice durante un par de segundos—. ¿Te apetece jugar un poco?

Estoy a punto de asentir, pero entonces recuerdo la fría mirada despectiva de Mónica Salvatierra, y sus palabras hacen eco en mis oídos.

—No creo que sea buena idea.

—No hablo de ir a casa, hay una cancha cerca del paseo marítimo —replica, con rapidez—. Podemos ver si está libre.

—Claro, por qué no —digo, con la voz más entrecortada de lo normal—. Espera un momento.

Entro en casa y busco mi sombrero hasta que lo encuentro sobre una de las sillas del salón. Aunque el sol no brilla ya con fuerza, aún queda un buen rato para que anochezca, y no quiero arriesgarme.

—¿Vas a ir con eso? —me pregunta Marc, cuando salgo de nuevo al porche, señalando el sombrero de paja que me acabo de poner—. No vas a poder ver bien. Ni siquiera sé cómo puedes andar con eso sin tropezarte, es enorme.

—Puedo darte una paliza igualmente.

—Ya veremos.

Recorremos el camino hasta el paseo marítimo en completo silencio. Mientras andamos, lo miro de reojo. Él parece relajado, al contrario que yo, que tengo el corazón completamente loco y no acierto a encontrar palabras para las que valga la pena separar los labios. Sin embargo, cuando alcanzamos a ver la playa, Marc comienza a hablar, y yo descubro que es más sencillo contestarle de lo que había creído en un principio. Me habla de su instituto, de sus infinitas clases particulares, de los amigos que tiene. Pocos, por cierto, casi tan pocos como los que tengo yo. O los que tenía.

—No lo entiendo —comento, sorprendido—. Eres… bueno, eres muy popular. Casi todo mi instituto conoce tu nombre y eso que lo único que haces es pasar frente a la puerta.

—Siempre tengo mucha gente a mi alrededor, pero eso no significa nada —replica, botando el balón con demasiado impulso—. No creo que conozcas a nadie que se sienta tan solo como yo.

Ceñudo, observo cómo su sonrisa se tuerce y termina por desaparecer de sus labios. No entiendo por qué, pero siento la imperiosa necesidad de decir cualquier cosa, cualquier tontería que le borre esa expresión tan triste y devastada.

—Olvidas que a mí me hicieron caminar medio desnudo por la calle.

Me doy cuenta demasiado tarde de lo que acabo de decir. Giro la cabeza, incómodo, clavando la mirada en el mar, y no añado nada más.

Siento cómo me mira y trago saliva, esperando la pregunta. Esta, sin embargo, no llega, a pesar de que espero con el corazón en un puño y el aliento atragantado.

—Mira, hemos tenido suerte.

Alzo la mirada con miedo, pero suspiro, aliviado, cuando veo que Marc señala la cancha de baloncesto del final del paseo marítimo. Está vacía y las dos canastas viejas, sin ni siquiera red, crean largas sombras en el campo de cemento, algo resquebrajado por el paso del tiempo.

—El que llegue antes comienza sacando —dice, dedicándome una mirada rápida antes de echar a correr.

—Mierda —susurro, con una sonrisa contenida, antes de seguirle.

Los dos corremos como alma que lleva el diablo, esquivando cochecitos de bebés, ancianos que pasean del brazo y parejas jóvenes que nos observan enojados. Cuando nos internamos en la playa, la arena sale despedida de nuestros pies y crea estelas en el aire que parecen rodearnos, como halos, antes de caer a nuestro alrededor, a veces salpicando a los bañistas más tardíos.

Escuchamos algunos gritos, pero eso no hace más que provocarnos unas risas, que se atragantan con nuestro aliento, jadeante por la carrera.

A pesar de que llego a la cancha de baloncesto sudando y sin resuello, Marc me gana por pocos metros. Me observa inclinado sobre sí mismo, con la mano que tiene libre, apoyada en las rodillas, y la otra, sujetando el balón.

—Gané —dice, entre jadeos.

Como respuesta, extiendo la mano y golpeo con la palma abierta el balón, que se escapa de sus brazos, a pesar de que intenta alcanzarlo. Antes de que lo consiga, la atrapo y tiro a canasta. Sin embargo, la el balón rebota contra el aro y cae de nuevo sobre la cancha. Estoy a punto de tomarlo cuando sus manos me sujetan de la camiseta y tiran de mí hacia atrás, haciéndome perder el equilibrio. Dejo de ver la canasta para que el cielo me encuentre. Se funde en color negro cuando cierro los ojos y pierdo el equilibrio, cayendo sobre algo duro y blando al mismo tiempo.

—Eres un tramposo.

Aparto los párpados de golpe y de pronto me encuentro con los ojos dorados de Marc.

He caído sobre él y estoy prácticamente a horcajadas sobre su cuerpo. Tengo los brazos estirados, cruzados con los suyos. Sus manos reposan a ambos lados de mis rodillas y su cara está demasiado cerca de la mía.

Solo tengo que bajar un poco la cabeza para que mi flequillo roce su frente. Pero no lo hago. Estoy demasiado paralizado. Ni siquiera soy capaz de estirar los labios para responder a su sonrisa.

Poco a poco, la suya propia se va desvaneciendo y una expresión extraña se instala en sus rasgos. Está tan inmóvil como yo, a muy poca distancia, pero no hace amago de acercarse, ni de alejarse.

¿En qué momento el interés se convierte en fascinación? ¿En qué instante la fascinación se convierte en algo que no puede describirse con palabras, y que, sin embargo, sientes muy adentro, retorciéndose en tus huesos?

Creo que acabo de descubrir la respuesta. Justo ahora. Mientras miro los ojos de Marc Valls.

Pero de pronto, cuando parpadea, el color de su iris se sustituye por otro igual de claro, pero de una tonalidad diferente. Azul, como los ojos de Daniel. Y de pronto, ya no estoy sobre una cancha de baloncesto junto a la playa, si no en una fiesta, y ese pelo que podría tocar no es rojo, es un rubio apagado. Sus pupilas están dilatadas y tiene los labios entreabiertos, como si intentara decir algo y no acertara a pronunciarlo. O como si estuviera a punto de besarme.

Me aparto con rapidez de Marc y me pongo en pie, con la cara ardiendo y sin ser capaz de mirarlo de frente.

—Voy por el balón —digo, con una voz ronca que no parece mía.

Antes de que conteste, le doy la espalda y me dirijo corriendo a la otra esquina del campo, a donde fue a parar el balón tras rebotar contra el aro de la canasta.

Mientras lo hago, me llevo una mano al corazón.

No sé qué acaba de ocurrir. O bueno, sí lo sé, a pesar de que me juré a mí mismo que nada así volvería a suceder. Es como si regresara de nuevo a esa noche y estuviera temblando de nuevo, en la oscuridad de mi dormitorio, con el móvil saltando entre las manos por culpa de mis estremecimientos, y ese mensaje brillando en la pantalla, con una única palabra que deshizo mi mundo a pedazos.

Con extrema lentitud, recojo el balón y me dirijo de nuevo hacia donde está Marc. Tiene la cara torcida en una expresión que es difícil de interpretar. Estoy a punto de pedirle que lo dejemos, a pesar de que hemos llegado hace apenas unos minutos, cuando él habla.

—El fin de semana que viene es el cumpleaños de mi hermano y hará una fiesta en casa. —Le paso el balón y él tira a canasta, encestando limpiamente—. Me pidió que te invite.

Recojo el balón y lo hago botar entre mis dos manos. Por suerte, no tengo que pensar en ninguna mentira.

—Esos días estaré con una amiga que viene de visita. No estaría bien dejarla sola.

—¿Amiga? —repite él, con una sonrisa medio socarrona.

—Sí, sí. Solo es una amiga. Nada más —explico, con tanta energía y vehemencia, que debo parecer ridículo.

—Podría venir también. A Yago no le importará y, si es una chica, aún menos. —Cuando ve que estoy a punto de replicar, me dedica una mirada rápida que me parece un espejismo—. Si te preocupa mi madre, no estará. Ella odia esas… frivolidades. Y si la fiesta te aburre, puedes entrar en casa y buscar a mi abuelo. Sé que le gustaría volver a verte.

—Lo pensaré.

Aprieto los dientes con fuerza y, sin colocarme demasiado bien, tiro a canasta. Fallo, por supuesto, y el balón regresa dando golpes secos contra el suelo, hasta que las manos de Marc lo atrapan.

Parece que va a tirar, pero se queda congelado, con el balón bien sujeto, sin temblar ni un ápice. A pesar de que está vuelto hacia la canasta, parece que sus pupilas están clavadas en mí.

—También quería decirte que... bueno, mis padres no estarán mañana —comenta, con excesiva lentitud—. No habrá nadie en casa, en realidad.

De pronto, parece que el tiempo se detiene. La tensión aprieta mi cuerpo desde todos los ángulos posibles.

—Ah, ¿no? —No entiendo cómo me puede costar tanto pronunciar solo dos monosílabos.

—No.

El balón sale despedido de sus manos y, al contrario que yo, encesta. Se escurre entre nosotros dos, pasando por el espacio existente entre nuestras piernas, pero esta vez, ninguno de los dos hacemos amago de ir a por él.

—Podría pasarme. —Es como si unas uñas me arañasen la garganta y unos dedos tratasen de hacer un nudo con mi lengua.

—Podrías.

No sé qué diablos estoy haciendo. Creo que me estoy asomando a la entrada de un laberinto del que será imposible escapar.

No hablamos más. Nos limitamos a jugar uno contra otro, yo intentando por todos los medios evitar el contacto físico, a pesar de que Marc me bloquea cuando intento encestar. Cada vez que me toca, que me roza por casualidad, siento como si estuviera a punto de entrar en combustión espontánea.

Jugamos hasta que el sol se esconde y la fresca brisa nocturna consigue arrancar un par de escalofríos a mi piel húmeda de sudor y caliente por el ejercicio. Y como la cancha no cuenta con farolas cercanas, tenemos que dejarlo cuando, a causa de la oscuridad, le propino sin querer un balonazo a Marc en plena cara.

Al regresar caminando por el paseo marítimo, él con dirección a La Buganvilla Negra, y yo de camino al chalé, Marc me habla sobre las conquistas de su hermano y de cómo una vez, entró en su dormitorio y se lo encontró durmiendo con tres chicas en ropa interior. Al parecer, eran hermanas.

Es una historia que a Helena le hubiese encantado.

Cuando llegamos al chalé, las luces del interior ya están encendidas, y a través de las ventanas observo a mis padres cocinando, mientras mi hermana, inclinada sobre la mesa de la cocina, pinta muy concentrada la cara de una de sus muñecas.

Estoy a punto de entrar cuando la voz de Marc me detiene.

No se ha movido de la verja que separa la calle de la parcela, a pesar de que yo casi estoy dentro del porche. Ha tenido tiempo de sobra para desaparecer calle abajo.

—Eh, Casio. En serio, deberías venir. Mañana —dice. Habla tan rápido, que apenas lo entiendo—. Te estaré esperando.

No deja que le conteste. Hunde las manos en los bolsillos de los pantalones y desaparece entre las sombras que la luz de las farolas no alcanza a aclarar.

15

Durante la mañana siguiente, desayuno con mis padres y mi hermana en unos de los chiringuitos que se encuentran a pie de playa. Después paso un rato en el jardín de Enea, quitando las pocas hierbas que todavía quedan.

Apenas me habla. Creo que está enfadada porque hace dos días que no la visito, aunque no termina de admitirlo. Su orgullo es tan obstinado como infantil.

Un par de horas después, cuando llego a casa, tengo el valor de arreglar el teléfono móvil y encenderlo. Como esperaba, la pantalla no deja de pitar como loca indicando que tengo diez llamadas perdidas y siete mensajes.

11:09: ¿Qué mierda pasó? Asier me ha llamado hace cinco minutos y parecía un loco.

11:10: Te estoy llamando. Toma el maldito teléfono.

11:15: Sé que no estás dormido. Esto no te importa tan poco como para que decidas ignorar el enfado de Asier. Toma el teléfono.

11:22: ¿A qué estás jugando? ¿Es que tienes un desajuste hormonal o es que te volviste loco? Necesito hablar contigo. Estás estropeándolo todo.

11:30: Casio, toma el puto teléfono. Esto es importante. Y lo sabes.

11:45: No creo en lo que dice Asier. Sé que no te importamos tan
poco como pareces empeñado en hacernos creer. Pero me
tienes que ayudar a entenderlo, así que toma el teléfono, por
favor.

11:51: Si estás intentando que me rinda, te equivocas. Yo no
soy Asier, ni Daniel, así que tu silencio no va a conseguir
nada.

Después de este mensaje, Laia no ha insistido, lo que agradezco y
me aterroriza a la vez. Ni siquiera ha mencionado la posibilidad de
cancelar su viaje a Aguablanca, así que temo nuestro encuentro en
apenas un par de días. Sé que durante el fin de semana que estará
aquí, hará todo lo posible por sonsacarme la verdad sobre lo que
comenzó toda esta guerra.

Quizás ir al cumpleaños de Yago Valls no sea tan mala idea, al
fin y al cabo. Cuanta más distracción haya a nuestro alrededor, menos posibilidad tendrá de descubrirla.

Después de comer, les digo a mis padres que quedé con Marc
para jugar al baloncesto en su casa. A medida que hablo, intentando sonar lo más desinteresado posible, los dos se miran, intriga-
dos, pero no dicen nada ni intentan impedirme que vaya. Helena,
aunque no separa los labios, me observa ceñuda mientras se termina el postre.

Cuando el sol se apaga un poco, me dirijo al camino que lleva al
acantilado. Al pasar frente al chalé en ruinas de Enea, la veo junto
al muro, observando las casas más cercanas del pueblo.

La saludo con la mano, sin detenerme, mientras ella me dedica
un gruñido animal.

—¿Otra vez vas a ver a los Salvatierra? —Oigo que me pregunta,
malhumorada—. Te estás metiendo en la boca del lobo, chico.

A pesar de que estoy de acuerdo con ella, muevo la mano, como
quitándole importancia, y acelero el paso, intentando desaparecer de
su vista lo antes posible.

Subo el camino cuesta arriba en menos tiempo de lo normal y no me doy cuenta, hasta que llego arriba, de que lo he hecho casi corriendo. Estoy sin aliento, así que me apoyo en uno de los últimos árboles que hay, antes de dar paso a la pradera, y clavo la mirada en la mansión.

Y de pronto, la veo.

La chica del vestido negro.

Está apoyada en la valla herrumbrosa de la casa, con la cabeza entre dos barrotes, y los ojos clavados en mí.

Parpadeo y me froto los ojos, pero ella no desaparece.

—Esto es una locura —murmuro, en voz alta.

El viento se alza a mi alrededor, balanceando con violencia la hierba que piso, empujándome por la espalda, como si me estuviera animando a acercarme.

Doy un paso con recelo, después dos, pero la chica no desaparece ni se mueve de donde se encuentra.

Me acerco a la valla de entrada y, cuando estoy a punto de tocar los barrotes de hierro, la chica me da la espalda y se aleja con una rapidez extraña para los pasos que da. No sé si es un fantasma, o si es una ilusión, pero sus pies se deslizan sobre el césped oscuro a demasiada velocidad como para ser natural.

Con el corazón latiéndome descontrolado en el pecho y la respiración desbocada, echo un vistazo a la puerta de entrada de La Buganvilla Negra antes de seguir a la chica hacia uno de los laterales de la parcela.

Mientras camino, ruego que Marc no se haya equivocado y la casa esté realmente desierta. Si cualquier miembro de la familia Salvatierra me ve ahora, entrando de esta manera en su jardín, me confundirá con un allanador, o con un ladrón.

Paso junto a la pequeña cancha de baloncesto y escucho el sonido de una melodía insinuante, ronca y grave; que se escapa por la puerta entreabierta de cristal. No soy ningún entendido, pero creo que la música la produce ese violonchelo que vi junto a la biblioteca.

La melodía es hipnotizadora, atrayente, y la mera idea de que sea Marc quien esté tocándola la hace todavía más fascinante, pero mis pies siguen automáticamente a la chica del vestido negro hasta la parte trasera de la mansión.

Allí, la valla de hierro corta mi paso, impidiendo que me adentre en el abismo. No obstante, la chica la ha atravesado y, en este momento, me observa desde el mismo borde, con la espalda apoyada en la pared norte de la casa y las puntas de sus viejos zapatos flotando sobre el vacío.

Un solo paso al frente y caerá.

Me quedo helado, con los ojos extremadamente abiertos, mientras ella me devuelve la mirada, sin inmutarse.

No hay duda. A pesar de que solo la vi en mi cabeza, sé quién es la dueña de ese pelo rubio ceniza, de esa piel curtida por el sol y de esos ojos que brillan como solo dos piedras preciosas pueden hacerlo.

—¿Á... Ágata? —jadeo, con la boca seca.

Ella no puede ser real. Es el personaje de un libro. Y, aunque Óscar Salvatierra afirmó que todo lo que había narrado había sucedido en la vida real, estoy seguro de que, fuera quién fuera la persona en quien se basó para construir el personaje de Ágata, debe ser ya muy anciana, o estar muerta.

La miro, temblando y empapado en un sudor frío que me hiela aún más. Ella suspira y levanta la mirada hacia el cielo, azul oscuro por la cercanía del anochecer.

—Deberías marcharte, se acerca una tormenta. Aquí, en La Buganvilla Negra, son terribles. —Sus ojos son como los describía Víctor Vergel. Violetas. Brillantes. Extraños—. Y tú estás en el centro de ella.

Separo los labios, pero de mi garganta solo brota un sonido ininteligible. Ágata, si de verdad es ella, ladea la cabeza y vuelve a clavar su mirada en mí.

—Ya viene —susurra.

—¡Eh! —exclama de pronto una voz cascada, sobresaltándome—. ¿Quién anda ahí?

Me vuelvo un instante para ver cómo Blai Salvatierra se acerca en su silla de ruedas por el pequeño camino de baldosas, empujado por Alonso, el mayordomo.

Me giro con rapidez hacia el filo del acantilado, pero la chica ha desaparecido.

Con el corazón latiéndome todavía descontrolado, me vuelvo hacia el anciano, que ha arqueado las cejas al reconocerme.

—Oh, eres tú... ¿Galio?

—Casio —corrijo, dirigiéndome hacia él.

—Es verdad. El chico particular con el nombre peculiar. —El hermano de Óscar Salvatierra guiña los ojos, divertido, aunque su sonrisa se congela un poco al observar más detenidamente mi expresión—. ¿Qué haces aquí? La puerta de entrada está en el extremo opuesto.

—Siento haber entrado sin permiso —me apresuro a decir, conteniendo las ganas de mirar de nuevo hacia el borde del acantilado—. Creí... creí ver a alguien.

—Quizás fuera un fantasma —contesta el anciano, encogiéndose de hombros—. ¿Por qué me miras así? Esta casa es vieja. Muy vieja, en realidad. Debe haber decenas de ellos.

Esbozo una sonrisa débil, pero él no cambia su expresión. Parece hablar completamente en serio.

—¿Has venido a ver a Marc? —Asiento, todavía demasiado pálido y tembloroso como para articular palabra—. Está en el salón de música. Sígueme.

El salón de música, repito mentalmente, con los ojos en blanco. Emocionante.

Vuelvo a cabecear y, sin poder controlar que mi mirada se desvíe de vez en cuando para observar el acantilado, recorro el camino de vuelta, siguiendo el cuerpo tambaleante de Blai Salvatierra en su silla de ruedas.

Atravesamos la pequeña cancha de baloncesto y nos detenemos junto a la puerta de cristal, que se encuentra entreabierta y de la que escapa esa melodía hipnotizadora.

Ahora no hay duda alguna. Es Marc el que está tocando el violonchelo.

No es como en las películas, no tiene los ojos cerrados y no se encuentra inclinado hacia atrás, con el rostro demudado por el éxtasis. Al contrario, tiene los ojos entornados, medio ocultos bajo sus cejas fruncidas. El arco que sujetan sus dedos no deja de moverse, balanceándose con una cadencia que embruja los oídos.

Mientras escucho la música y lo observo sin parpadear, olvido a la chica del vestido negro, su advertencia, y esa loca teoría de que se trata de Ágata Faus.

No puedo hacer otra cosa más que mirarlo.

Pero de pronto, esa burbuja densa que me envuelve se rompe violentamente cuando la rueda de la silla de Blai Salvatierra golpea contra la puerta, haciéndola temblar. Marc deja caer la mano que sostiene el arco y yo me estremezco cuando sus ojos me encuentran.

—Vaya, has estropeado el momento, Alonso —suspira el anciano, mirando al mayordomo.

—Lo siento mucho, señor.

No puedo evitar fruncir un poco el ceño cuando veo cómo una de las nudosas manos de Blai regresa a su regazo con rapidez. No estoy seguro, pero creo que no ha sido el mayordomo quién ha movido la silla de ruedas.

—¿Casio? —Escucho que pregunta Marc, sorprendido, desde el interior del salón.

—Los dejo solos, chicos. —El anciano hace un gesto a Alonso, que de inmediato empuja la silla para ponerla en movimiento—. Disfruten.

Aunque esboza una sonrisa simpática, tiene la mirada congelada.

—¿Casio? —repite Marc, abriendo la puerta del todo—. ¿Qué haces ahí? ¿Me estabas espiando?

Sonríe, burlón, y me apoya la punta del arco en el centro del pecho. Tragar saliva jamás había sido tan difícil.

—¿No decías que lo odiabas? —pregunto, señalando al instrumento, con la voz ridículamente aguda—. Eres más esnob de lo que crees.

—Vete a la mierda —me contesta, riéndose—. ¿Sabías lo que estaba tocando?

—No.

—Mejor. Así no tengo que contarte ninguna historia sobre compositores cascarrabias y sordos.

—¿Más leyendas? —pregunto. Esta vez soy yo el que lo mira con burla—. Te pareces demasiado a mi padre. Es profesor de historia, y siempre está hablando sobre dioses y héroes griegos que…

Me detengo a pesar de que sé que es demasiado tarde. Acabo de meter la pata, tan hondo, que con los dedos de los pies estoy rozando las llamas del infierno. ¿Cómo puedo ser tan estúpido? Hace días ni siquiera pronuncié bien el nombre de Patroclo, pero ahora le confieso esto. Cualquiera que conozca algo sobre los héroes griegos, la famosa guerra de Troya, de la Ilíada, ha escuchado su historia y la relación que lo unía a Aquiles.

Mi mentira se desmorona y yo veo los pedazos caer como fragmentos de papel ardiendo.

Se hace un silencio denso, pegajoso, que intento hacer desaparecer con lo primero que se me viene a la cabeza.

—Me mentiste —digo de pronto, con una voz que no parece mía.

De acuerdo. Si Marc Valls decide darme un puñetazo, me lo merezco.

—¿Te mentí? —repite él, arqueando las cejas.

Siento el picor del sudor al deslizarse por mi espalda, y tengo que bajar la cabeza para que él no vea mi expresión de idiota.

—Dijiste que no habría nadie en casa.

Enrojezco un poco más. Desde luego, se me da mejor hablar con chicas que no existen.

—Bueno, esa era la idea. Pero mi abuelo insistió en quedarse y les dijo a mis padres que ya podían meterse esas aburridas fiestas por el agujero del... Bien, ya sabes cómo termina. —Se detiene, riendo—. Blai se ha quedado porque siempre hace lo que haga su hermano. Tienen noventa años, pero a veces parecen niños de cinco.

Asiento con lentitud, antes de que esas dos últimas frases cobren sentido para mí. Pestañeo y levanto la mirada bruscamente hacia él.

—¿Tu abuelo?

—Eso he dicho. —Ladea la cabeza y me da un pequeño golpe en el pecho con el arco que todavía no ha apartado de mí—. Ahora no te importa que tengamos compañía, ¿verdad?

16

A Óscar Salvatierra lo encuentro donde estaba la última vez. En la biblioteca, leyendo un libro.

A pesar de que no puede oír, levanta la vista cuando entramos en la estancia y sus ojos se abren de sorpresa al verme al lado de su nieto.

—Casio —dice, arrancándome una sonrisa de idiota—. Me alegro de volver a verte.

No puedo creer que se acuerde de mí. Y de mi nombre. Es el primer miembro de la familia Salvatierra con más de treinta años que lo hace.

—Me gustó mucho su dedicatoria —digo, con rapidez, adelantándome varios pasos. Marc, a mi lado, traduce con sus manos a toda prisa—. Para mí es muy importante.

El anciano asiente, mientras su nieto termina de articular con las manos.

—Era un ofrecimiento sincero. Estoy a tu disposición para contarte todo lo que quieras saber, o al menos, todo lo que conozco. Casi todos los que aparecen en *Preludio de invierno* murieron hace muchos años, así que no creo que les moleste que hable sobre ellos.

—¿También Ágata? —pregunto, sin poder contenerme.

No tengo muy claro qué me gustaría escuchar. Después de ver a la chica del vestido negro, no sé si me asustará más saber si está viva o muerta.

—Ágata —repite Óscar Salvatierra, con la mirada súbitamente nublada.

Me señala vagamente el sillón de piel que está a su lado y, dubitativo, miro a Marc. Estoy seguro de que en sus planes no entraba ejercer de traductor mientras su abuelo y yo hablamos de viejas historias.

Sin embargo, él esboza una pequeña sonrisa y asiente. No necesito que insista para abalanzarme sobre el asiento. Él se coloca sobre el reposabrazos, tan cerca de mí que, si no me inclino hacia la derecha, nuestros brazos están en contacto.

—Hacía mucho que no escuchaba ese nombre —murmura el anciano, suspirando hondamente—. Llevo intentando olvidarlo mucho tiempo.

Estoy a punto de abrir la boca para disculparme, pero él se adelanta.

—No necesitas decir nada, chico. Sé por qué lo preguntas.

—Siempre creí que *Preludio de invierno* tendría una segunda parte —explico, mientras Marc comienza a mover las manos de nuevo—. El final es… demasiado abierto. No queda claro qué ocurre con Ágata, por qué se arroja por el acantilado, de qué intenta huir.

Óscar Salvatierra clava la mirada en la chimenea apagada, aunque parece que en sus pupilas se reflejan las llamas de un fuego inexistente.

—Comencé a escribir esta historia el día del ataque. La noche de las bombas, cuando Emma, murió, entre otros. —Alza los dedos y acaricia su barba blanca—. Lo llamé *Preludio de invierno* porque creía que, todo lo que había sucedido durante ese invierno, no sería más que la introducción de lo que hubiera sido mi vida junto a la de Ágata Faus.

Alza la mirada y la hunde en la mía. Es tan triste, tan demacrada, que hasta duele contemplarla.

—Pero la vida no es una historia, no es una novela. A veces los preludios se quedan en eso, en preludios, en promesas que no llegan a cumplirse. Hay muchas historias inacabadas que no tienen final y que precisamente por ello son espantosas.

Óscar Salvatierra guarda silencio, aunque parece tener todavía muchas cosas que decir. Muchísimas.

Yo espero en silencio, tenso, con las uñas clavadas en mis rodillas, mientras Marc desliza la mirada de uno a otro.

—*Preludio de invierno* tiene ese final porque es lo que creo que sucedió. Imaginé que, antes del ataque, Ariadne Vergel le había echado en cara a Ágata que, si seguía junto a Víctor, él moriría. Arruinaría su vida. En la guerra, solo sobrevivían los que pertenecían al bando ganador o los que tenían el suficiente dinero o poder para que eso no importara. Y Ágata no tenía ni una cosa ni la otra. A su padre lo habían asesinado hacía poco, después de que unos soldados llamasen a su puerta una noche. Nadie lo sabía con seguridad, pero en Aguablanca corrían rumores sobre los responsables de que determinadas vidas se acabasen. A los Vergel, igual que a mi familia, solo les importaba pasar de la forma más apacible posible los años de guerra y, el padre de Ágata, entre otros, a veces molestaba más de la cuenta a quienes no debía. —Óscar Salvatierra habla sin detenerse, sin respirar. Los recuerdos se reflejan en sus ojos, oscuros, dolorosos, imparables—. Ágata no lo soportó. Era... demasiado. Por una parte, se sentía culpable por servir a la familia a la que acusaban de ser responsable de la muerte de su padre, pero por otra, estaba enamorada de Víctor y sabía que él no era como el resto de su familia, que él no pensaba como ellos. Las palabras de Ariadne Vergel y las bombas que comenzaron a caer del cielo serían las gotas que desbordaran el vaso.

—¿Y es verdad? —susurro con lentitud—. ¿Eso fue lo que sucedió realmente?

—Es lo que creo, aunque mi madre nunca lo confirmó —contesta el anciano, antes incluso de que Marc tenga tiempo a traducírselo—. Dio igual la forma en la que se lo preguntara. Gritando, amenazándola, o llorando desesperado. Ella nunca reconoció tener nada que ver con la desaparición de Ágata Faus.

Asiento, aunque en mi cabeza no dejo de ver a la chica del vestido negro, sobre el borde del acantilado, con la puntera de sus zapatos antiguos bailando sobre el vacío y la falda oscura revoloteando a su alrededor.

—¿Realmente... realmente saltó?

Óscar Salvatierra toma aire abruptamente y en sus ojos vuelve a brillar un resplandor parecido al de las llamas.

—Yo la vi hacerlo. —Su mirada se hunde en la mía cuando me ve palidecer—. Pero eso no significa que muriera. En el libro parece así, pero nunca encontraron su cuerpo, nunca volví a saber nada de ella.

—Quizás las corrientes la llevaron mar adentro —interviene Marc, encogiéndose de hombros—. Nadie que salte de esa altura puede sobrevivir.

—Puede. —El anciano arruga el entrecejo, pensativo—. Lo peor de todo aquello fue que no pude hacer nada. Recuerdo estar en el borde del acantilado, gritando, mientras ella gritaba también. Sin embargo, no podía escucharla. En *Preludio de invierno*, no hay ninguna bala, ninguna bomba que llegue a rozarme, pero la realidad no fue así. Una estalló muy cerca de mí y me destrozó los tímpanos. En ese instante me quedé completamente sordo. Intenté comunicarme con ella mientras se encontraba en el borde del acantilado, pero siempre tuve la sensación de que mis palabras no llegaron hasta ella.

Trago aire abruptamente y me pregunto si no debería hablarle de la chica del vestido negro. Quizás Blai Salvatierra tenga razón y esta casa vieja esté plagada de fantasmas. Quizás, en lugares como este, no es extraño encontrar cosas que se salgan de lo normal. Quizás, Ágata Faus sigue en esta mansión por culpa de algo que sucedió el día que saltó del acantilado.

—¿Qué ocurrió después? —pregunta Marc, interesado, moviendo las manos.

—Mi madre quería llevarme a Madrid para tratar mi súbita sordera, pero tuvimos que esperar a que la guerra terminase. Cuando

por fin pudimos ir era demasiado tarde. Mis oídos no tenían remedio. —El anciano sonríe con tristeza y se toca el lóbulo de la oreja con
un dedo arrugado—. Intentaron de todo, mi madre se gastó una pequeña fortuna para que volviera a escuchar. Pero fue en vano.

—Lo siento —murmuro.

Marc no traduce esta vez, pero él parece que me entiende.

—No lo sientas. Salí muy bien parado en la guerra, comparado
con lo que les ocurrió a otros. No hubo «paseos» en mi familia, ni
asesinatos encubiertos, ni muertes por culpa de esas terribles bombas que destrozaron Aguablanca. —Tiene los hombros hundidos y
sus rodillas huesudas tiemblan, como si todos esos asesinatos estuvieran sobre él, aplastándole—. Solo tienes que fijarte en los nombres
de quienes murieron en *Preludio de invierno*.

Suspiro, y la triste mirada de Óscar Salvatierra vuela hasta mí.

—Es lo malo de la realidad. Nunca hay finales felices. Bueno,
puede que los haya, pero nunca terminan con un «felices y vivieron
juntos para siempre». La historia siempre continúa y, con el tiempo,
termina estropeándose.

Marc arquea las cejas y su abuelo se echa a reír de pronto, rompiendo la burbuja densa que se había formado a nuestro alrededor.

—Pero no todo fue malo, claro. Conocí a Carla, la abuela de Marc,
en una visita a Barcelona y conseguí convencerla para que viviera
conmigo en nuestra casa familiar, en Aguablanca. Ya no había nada
que temer, mi madre había muerto hacía años, y ahora era mi hermano Blai quien me ayudaba con nuestro patrimonio y nuestros negocios. —Extiende una de sus arrugadas manos y la apoya en el hombro de su nieto—. Si *Preludio de invierno* no hubiera sido realmente lo
que fue, un preludio de algo que nunca llegó a suceder, él nunca habría nacido, y yo no habría tenido otro nieto más del que sentirme
orgulloso.

Marc sonríe un poco, pero sus ojos se hunden en el suelo y, con
los ojos entrecerrados, veo cómo sus manos trepan por sus pantalones hasta anclarse en las rodillas, a las que aprieta sin compasión.

Durante un instante creo ver cómo su mirada se empapa, y la boca se me seca. Sin embargo, cuando parpadeo y estoy a punto de inclinarme hacia él, Marc levanta la cabeza, con la sonrisa perfecta de siempre.

—En cualquier caso... —musita Óscar Salvatierra, aún perdido en su mundo—. Ágata murió. No sé si cayó al mar cuando saltó del acantilado, si logró sujetarse a algún saliente y sobrevivir a la caída... jamás lo sabré. Pero estoy seguro de que hace mucho que murió.

—¿Cómo está tan seguro? —pregunto, aunque soy incapaz de apartar la mirada de Marc.

—Nunca he ido al cementerio a buscar su lápida, pero de haber estado viva, estoy seguro de que habría venido a buscarme. —El anciano sonríe con amargura y se recuesta en el sillón—. Me quedé en Aguablanca por ella. Llevo esperándola toda la vida.

Hago un ruidito con la garganta, sin saber qué decir. El ambiente de pronto se ha vuelto tan opresivo, que hasta me asfixia. La mirada amarga de Óscar y las manos apretadas de Marc parecen enrarecer el ambiente. De sus cuerpos parecen brotar hilos negros que oscurecen todo lo que se encuentra a su alrededor.

Incapaz de apartar mi mirada de ellos, no puedo evitar recordar a mis compañeros de clase, en cómo miraban al famoso Marc Valls, al Mercedes que lo llevaba al instituto. Creían ver un diamante. Pero ahora, observándolo, no veo más que un trozo de cristal, a punto de quebrarse en cualquier momento.

Hay algo enfermo en esta familia, algo podrido que carcome a algunos de los suyos poco a poco. Ocurrió con Víctor Vergel en *Preludio de invierno*. Ha ocurrido con Óscar Salvatierra. Y creo que está comenzando a ocurrir con Marc.

—¿Por qué no van a jugar al baloncesto? Te vi el otro día, desde la ventana. Eres bastante bueno —dice entonces el anciano, sobresaltándome—. Mis viejos huesos tienen que descansar un poco.

Marc se levanta de inmediato del reposabrazos y yo lo imito, intentando forzar una sonrisa en mis acalambrados labios.

—Muchas gracias por todo. Y... siento si le he hecho recordar cosas que...

Marc está todavía traduciendo con sus manos cuando su abuelo lo interrumpe.

—Tranquilo. A veces me viene bien recordar.

Asiento con la cabeza y, junto a su nieto, abandono la biblioteca a pasos rápidos. Mientras lo hago, no puedo evitar mirar hacia atrás.

Los ojos se me agrandan cuando, de pronto, creo ver a la chica del vestido negro a su lado, inclinada sobre él, con los dedos a punto de rozar sus mejillas.

Pero, al pestañear, ella desaparece, y yo no veo más que un hombre viejo sentado en un sillón, rodeado de libros.

Y muy solo.

17

Cuando llegamos al salón de música, nos detenemos en silencio. Ninguno ha abierto la boca desde que hemos abandonado la biblioteca.

Creo que he preguntado demasiado y he echado un kilo de sal en una herida que lleva abierta demasiado tiempo. Después de esto, creo que tengo que marcharme.

—Bueno, yo…

—Puedes quedarte a cenar, no hace falta que te vayas todavía —me interrumpe Marc, con los ojos fijos en el violonchelo. No parpadea ni una sola vez—. Esta vez no estarán mis padres para hacerte sentir incómodo.

—¿Estás seguro de que quieres que me quede? —pregunto, vacilante.

—¿Por qué no iba a estarlo?

—Porque no pareces estar bien.

Me muerdo la lengua demasiado tarde. No es que no sea lo que quiero decir, pero desde luego, no es la mejor forma de expresarlo.

No puedo ignorar la forma en la que sus manos, empapadas en sudor, se han apretado contra sus rodillas, mientras su abuelo decía lo orgulloso que estaba de él. Me pareció ver algo en su cara, tensa y pálida, que me hizo creer que sus continuas sonrisas no son del todo auténticas.

Cuando sus ojos se clavan en mí, me apresuro a añadir, balbuceante:

—No... no quiero molestarte.

—No lo haces. —Sus ojos me escrutan sin piedad, escarbando en los míos, como si quisieran ver si hay algo más bajo mis pupilas—. En absoluto.

Sin pronunciar otra palabra, se dirige hacia la pequeña cancha de baloncesto de la parcela.

No me dice qué le ocurre, aunque toda esa oscuridad que vi en la biblioteca, mientras hablábamos con su abuelo, la descarga mientras jugamos. Corre como nunca y salta tan alto que impide la mayoría de mis lanzamientos.

Durante uno de los bloqueos, una bocanada de viento se levanta y le alza la camiseta, dejándome ver parte de su espalda. El corazón se me acelera durante un instante, antes de detenerse a trompicones. En la zona lumbar, entrecruzándose, hay varios hematomas. Están amarillentos, pero aún son perfectamente visibles sobre su piel dorada.

De inmediato, él tira del borde de su camiseta hacia abajo y yo me apresuro a desviar la mirada. No sé si Marc sabe que vi esas marcas, pero yo finjo no haberlo hecho, a pesar de que un hondo escalofrío me recorre por dentro.

Jugamos durante un rato más, hasta que de pronto, me doy cuenta de que el suelo del patio está empezando a mojarse. Cuando miro hacia arriba, veo nubes oscuras entremezcladas entre sí y un par de gotas de lluvia se me meten en los ojos.

Apenas me percaté de ellas. La oscuridad incipiente de la noche las escondió hasta que empezó a llover.

—Será mejor que entremos—dice Marc, recogiendo el balón.

Lo sigo al interior del salón de música, observando, algo frustrado, como pronto la llovizna se convierte en un chaparrón descontrolado.

—El tiempo en este pueblo está loco —suspiro.

—Las montañas crean...

—Un microclima, lo sé.

Marc sonríe un poco y me hace un gesto con la cabeza, en dirección al pasillo, pero entonces, el timbre de la entrada hace eco por toda la mansión, sobresaltándome.

—Debe ser Yago —dice, antes de echar a andar.

El mayordomo, Alonso, aparece de repente de la nada, pero Marc hace un gesto con la mano y niega con la cabeza, deteniéndolo.

—Ya voy yo.

—Gracias, señor.

Señor. Ya.

No puedo evitar poner los ojos en blanco.

Cuando nos acercamos a la puerta principal, temo encontrarme con los padres de Marc. Sobre todo, con su madre y su mirada afilada. Sin embargo, cuando tira del picaporte, el único que aparece es su hermano mayor, con la ropa y el pelo empapado.

Por extraño que parezca, no tiene a una chica colgando de su brazo.

—Maldito tiempo —farfulla, mientras nos hacemos a un lado para dejarlo entrar. Sus ojos se desvían brevemente hasta mí y sonríe ampliamente—. Oh, Casio. ¿Aprovechando que los monstruos del castillo lo han abandonado?

—Eh… —Me muerdo el labio, dudando.

—Tranquilo. Yo siempre lo hago. —Me guiña un ojo y me revuelve el pelo, antes de avanzar por el pasillo—. ¿Qué? ¿Cenamos algo?

Nos parapetamos en una habitación pequeña donde se encuentra la única televisión con la que cuenta la mansión. Según Yago, la familia la tiene ahí escondida porque sus padres no quieren que se sientan tentados por la superficialidad y la ignorancia. Así que, con tal de llevarles la contraria, elige el programa más ridículo que encuentra.

Cenamos bocadillos que nos ha preparado la cocinera de la mansión, mientras Marc se ríe descontrolado por cada estupidez que escucha en la televisión y Yago suelta toda guarrada que se le pasa por la cabeza.

Jamás he visto a nadie disfrutar tanto con un programa cutre y unos bocadillos, aunque estos estén hechos con pan de semillas de no sé qué, y rellenos de cosas de las que no estoy muy seguro qué son. Así que, mientras los observo de soslayo, no puedo evitar preguntarme cuántas veces harán esto en su casa, cuántas veces tendrán la oportunidad de ser normales.

Cuando el programa termina y empieza otro, la lluvia en el exterior ha cobrado intensidad, y a ella se han añadido rayos y truenos que hacen estremecer los cristales de la habitación.

Mientras en la televisión, un chico se bebe sin respirar medio litro de ron, mi teléfono móvil suena, sorprendiéndonos a los tres. Dudo durante un instante, temiendo que sea de nuevo Asier el que llame. Sin embargo, cuando bajo los ojos y leo la pantalla, compruebo que es mi madre.

—¿Sí? —pregunto, descolgando.

—¿Casio? ¿Estás bien? ¿Estás a cubierto?

—Sí, tranquila. Estoy en casa de Marc, cenando.

—Oh, menos mal… —La oigo suspirar al otro lado de la línea—. No te muevas de ahí, ¿de acuerdo? Tu padre subirá a buscarte dentro de un rato.

—¿Qué? —Miro por la ventana. Las farolas de la parcela alumbran las copas de los pinos, que se inclinan y sacuden por la fuerza del viento y la lluvia. Más allá, no hay más que oscuridad—. No, no. Bajaré solo. Estoy seguro de que me pueden prestar un paraguas y…

—No seas idiota —dice de pronto Yago, interrumpiéndome. Por primera vez desde que lo conozco, no está sonriendo—. No vas a bajar la colina con este tiempo. A veces hay deslizamientos de tierra.

—Pero… —Mi madre habla al otro lado de la línea, pero no la escucho.

—Quédate en casa a dormir.

—¿Qué? —musito.

Enrojezco y compruebo cómo los ojos de Marc me observan de soslayo, a pesar de que finge seguir viendo la televisión.

—Déjame eso.

Yago me arrebata el teléfono móvil antes de que pueda reaccionar y comienza a hablar, con una voz que parece salir de la garganta de un ángel. No dice nada del otro mundo, pero es tal la ternura con la que pronuncia las palabras, que en menos de cinco minutos escucho a mi madre dándole las gracias sin parar, totalmente rendida a sus pies. Cuando se despide, cuelga el teléfono y me lo tiende.

Yo lo miro boquiabierto, con los ojos abiertos de par en par.

—Mi encanto con el género femenino se extiende hacia mujeres de todas las edades. Aunque la excepción que confirma la regla es mi madre, claro —comenta Yago, con una sonrisa resplandeciente.

—Pero no tengo pijama, ni... —replico, aún sin saber si quedarme a dormir bajo el mismo techo que Marc Valls es una buena idea, o una terrible.

—Te podemos dejar uno.

—¿Y si tu madre...?

Esta vez sí me vuelvo para mirar a Marc. Recuerdo muy bien sus palabras la última vez que visité La Buganvilla Negra. Dejó muy claro que no me quería cerca de sus hijos, sobre todo del pequeño.

—Con esta tormenta regresarán tarde. O incluso mañana. No pueden subir con el todoterreno con tanto barro —contesta, con calma—. No la verás. Te lo aseguro.

Yago me lanza una mirada penetrante, y suspira, antes de recostarse en los cojines del sofá.

—No deberías tenerle tanto miedo. Ya sabes... a mi madre. —Marc le lanza una mirada de advertencia, pero él sigue hablando—. Ladra mucho, pero muerde poco. Deberías tenerle más miedo a los que solo abren la boca para morder.

—Yago...

Él vuelve a suspirar y sacude la cabeza. De golpe, esa amargura que vi esta tarde reflejada en los ojos de Óscar Salvatierra se irradia ahora de sus pupilas.

—Esta familia está podrida, Casio. Y creo que, si te acercas demasiado a nosotros, terminarás pudriéndote también.

—Yago, déjalo ya —sisea Marc, con voz helada.

Su hermano resopla y se levanta con tanta brusquedad, que tengo que apartarme para que su brazo no me golpee en plena cara. De súbito, su amargura se ha convertido en rabia.

—¡No sé cómo puedes defenderlos! Sobre todo, tú, Marc.

Vuelve la cabeza y sus ojos iracundos se clavan en mí, estremeciéndome.

—Buenas noches, Casio. No te asustes si escuchas muchos ruidos. Algunos de los que aquí viven son mucho peores que cualquier fantasma.

Mudo, observo cómo Yago nos da la espalda y desaparece de la habitación tras un portazo que estremece cada una de las vigas de la mansión.

—Es una auténtica reina del drama. —Marc resopla y se revuelve el pelo con las dos manos—. Sería la estrella en cualquier *reality show*.

Asiento, sonriendo, intentando quitarle importancia al asunto.

—Todos tenemos problemas con nuestros padres.

—No. —Alzo la mirada ante la brusquedad de su respuesta—. No creo que estemos hablando de lo mismo. Por mucho que me duela, Yago tiene razón.

Marc me observa y yo me siento incapaz de apartar la mirada, a pesar de que sus ojos dorados casi me marean. Tengo la garganta tan seca, que trago saliva para poder hablar.

—¿Qué clase de problemas tienes con ellos? —Su mirada desciende, y veo cómo sus uñas se clavan en las rodillas, arrugando la tela de sus pantalones—. ¿Son… graves?

Parece que va a hablar. Veo la duda en sus ojos, asomándose, valorándome. Pero es solo un instante, porque cuando parpadeo, ya ha desaparecido.

—No, tranquilo. No es nada serio —contesta, sonriendo—. Estoy bien.

Es la misma sonrisa que esbozo yo cuando Laia me pregunta sobre lo que ocurrió hace meses. Es falsa. Muy, muy falsa. Él lo sabe, y yo también, pero, aun así, aprieto los labios y vuelvo a clavar la mirada en la televisión.

Esta vez, los minutos transcurren en silencio y las tonterías de los concursantes del *reality* ya no resultan tan divertidas. Así que, tras casi una hora envueltos en total timidez, Marc propone que nos acostemos.

Miro una última vez por la ventana, esperando ver el cielo limpio de nubes. Sin embargo, la tormenta todavía sacude la mansión con fuerza, así que no tengo más remedio que seguirlo escaleras arriba, en dirección a los dormitorios.

—Deben estar todos dormidos —me advierte Marc, susurrando.

A pesar de que utiliza la linterna del teléfono móvil para alumbrar el camino, apenas puedo ver nada. La oscuridad dentro de La Buganvilla Negra parece impenetrable, así que camino lo más cerca que puedo de él, intentando no tocarlo.

Pero de pronto, cuando se detiene frente a una puerta cerrada, me golpeo de lleno contra su espalda, haciéndole trastabillar.

—Eh, ¿estás bien?

Me toma la mano para sostenerme, pero yo la aparto de inmediato, casi con violencia.

—Perfectamente —acierto a contestar, con la voz entrecortada.

Él parece confundido durante un instante, en el que se queda quieto, con la mano todavía alzada, cerca de mí, mirándome. No lo sé con seguridad, porque la linterna de su teléfono móvil alumbra nuestros zapatos, pero juro que puedo sentir el peso de sus ojos sobre mi cara, taladrándome. Permanece así, durante unos segundos eternos, antes de volverse hacia la puerta más cercana.

—Esta es una de las habitaciones de invitados.

Marc mueve el picaporte y la puerta se abre con un crujido frente a mí. A pesar de que la luz del dormitorio no está encendida, el resplandor de unos relámpagos lejanos alumbra lo suficiente como para que pueda ver lo gigantesco que es el dormitorio.

—¿Una? —repito, con sorna—. ¿Es que tienes más?

—Todo chico de la cruz debe tener por lo menos tres en su casa. —Sonríe él, divertido.

Entro en la habitación, inseguro. A pesar de que es perfecta, me siento totalmente fuera de lugar en ella. Es demasiado enorme y yo soy demasiado pequeño.

—Tienes el cuarto de baño justo en frente. —Marc apoya la mano en el pomo y tira de él para cerrar la puerta—. Mañana te despertaré temprano, así podrás irte antes de que lleguen mis padres. Buenas noches.

—Buenas noches —murmuro, con un hilo de voz.

Como respuesta, un rayo estalla cerca del ventanal, deslumbrándome, creando, durante un segundo, largas sombras retorcidas que parecen a punto de alcanzarme con sus brazos antes de que la oscuridad vuelva a la habitación.

Engulléndome.

18

Tanteo con las manos en mitad de la oscuridad, y mis dedos accionan el interruptor de una pequeña lámpara sobre una cómoda que se encuentra junto a mí. Una débil luz anaranjada se enciende e ilumina a medias la estancia, dejando algunas zonas en penumbra.

Estoy a punto de llamar a Marc para recordarle que no me ha dejado un pijama, cuando veo uno perfectamente doblado a los pies de la cama.

Suspirando, dejo mi ropa sobre una butaca y me lo pongo. Aunque huele a jabón, percibo un olor más profundo, más humano, y tengo que contenerme para no hundir la nariz en la tela. Estoy casi seguro de que es de Marc.

Miro hacia la puerta cerrada, frustrado. No me apetece cruzar el enorme pasillo, envuelto en la negrura, pero necesito ir al baño. Así que, de puntillas y descalzo, abro la puerta del dormitorio y me encamino a la habitación de enfrente.

Sin embargo, cuando apenas toco la puerta del baño, un susurro me hace volverme bruscamente.

Son pasos. Estoy seguro. Y se acercan a mí.

Me pego a la pared, aterrado, obligándome a creer que se trata de Yago, o de ese mayordomo tan raro que trabaja aquí, porque ni Blai ni Óscar Salvatierra pueden correr así.

De pronto, una sombra se cruza en mi camino. Espero que pase de largo, pero se detiene de golpe, frente a mí, y yo tengo que hacer acopio de todo mi valor para alzar la mirada.

No es la chica del vestido negro, pero sí es una chica de una edad similar a la mía. También lleva un traje de ese color, idéntico al de Ágata. Su cabello, sin embargo, es más oscuro y, sus ojos, mucho más pequeños.

—¿Por qué está merodeando por los pasillos? —me pregunta, con cierta agresividad.

Ni siquiera soy capaz de separar los labios para contestar. Me pego todo lo posible a la puerta del baño, temblando sin poder controlarlo. Marc me dijo que no había ninguna chica joven en el servicio y, aunque estoy seguro de que Yago sería capaz de meter a escondidas, en plena madrugada, a una chica en su cama, no tiene pinta de ser una de sus conquistas.

—Puede que sea un invitado del señor Víctor, pero no puede caminar a sus anchas por este lugar.

Víctor, repite una voz en mi cabeza. *Ha dicho Víctor.*

Los ojos están a punto de saltar de mis cuencas. Dios. Sé quién es esta chica que está frente a mí.

—Emma —musito, roncamente.

Uno de los personajes secundarios de *Preludio de invierno*. Trago saliva, y es como si una piedra repleta de aristas bajara por mi garganta.

El primer fragmento de la novela en el que ella aparece flota ante mí, mareándome con sus palabras.

Cuando la puerta de la mansión se abrió, Ágata vio por primera vez a Emma. Al instante, supo que se convertiría en su amiga. Tenía una mirada dulce y unas pecas que se esparcían por sus mejillas como constelaciones. Le sonrió, insegura, y la otra chica le ofreció una mano, devolviéndole también la sonrisa. Ágata no dudó en estrechársela. No podía imaginar que esa chica de ojos soñadores y manos carcomidas por la lejía dejaría de sonreír para siempre en poco tiempo, bajo una noche negra de truenos y bombas.

—¿Sí? —Ella espera, pero yo soy incapaz de decir nada más—. Vuelva a su dormitorio, por favor. El señor de la casa duerme.

Me lanza una última mirada de advertencia y se aleja a toda prisa de mí, como si estuviera en mitad de una tarea doméstica que debe cumplir de inmediato.

Yo me quedo inmóvil durante tanto tiempo que pierdo la noción del tiempo y, cuando vuelvo a ser consciente de mis músculos y mis huesos, me abalanzo contra la puerta de mi dormitorio y me encierro en él.

—No me gusta que den portazos en mi casa —dice entonces otra voz, sobresaltándome.

Abro los ojos, que había mantenido firmemente cerrados sin saberlo, y contemplo demudado la figura que se recorta contra el gran ventanal.

En mitad de la penumbra, apenas iluminada por la pequeña lámpara de la cómoda, reconozco la figura de una mujer. Es alta y esbelta, y parece mayor que mi madre. Lleva puesta una larga bata que cubre un vestido o un camisón, no estoy seguro, y que arrastra por el suelo cuando se acerca a mí.

Me clavo el picaporte en la espalda cuando me echo abruptamente hacia atrás, pero ni siquiera el dolor consigue borrar el espanto que está abrasando mis arterias.

No es la madre de Marc, de eso estoy seguro, y tampoco pertenece al servicio.

Hay algo, en lo poco que puedo vislumbrar de sus rasgos, que me resulta familiar. No sé si es en la forma en la que ladea la cabeza, o en sus cabellos, tan negros, que parecen infinitamente largos cuando se funden con la oscuridad.

La mujer se detiene a solo un paso de mí, y alza un dedo, con el que me señala.

—Si haces mucho ruido despertarás al monstruo —susurra.

Su rostro se inclina hacia el mío y entonces creo adivinar quién es. La he visto en varias de las fotografías en blanco y negro que cuelgan del pasillo de la entrada de la mansión, y la he leído descrita en las palabras de su hijo.

Ariadne Vergel en *Preludio de invierno*. Leonor Salvatierra en el mundo real. Ese fue el nombre que me dio Enea.

—Esta familia no necesita más desgracias.

Su dedo se acerca para tocarme, pero antes de que lo consiga, mis manos tantean la puerta y tiran con fuerza del picaporte, abriéndola con rudeza. Esta rebota contra la pared y yo caigo al suelo. No me quedo ahí tirado. Con el corazón latiendo frenéticamente, miro atrás y echo a correr por la galería.

—¡Marc! ¡Marc!

La puerta más cercana se abre, y yo no dudo en abalanzarme en su interior, esquivando por poco a Marc. Desesperado, tanteo por las paredes, hasta dar con el interruptor de la luz.

Cuando esta alumbra hasta el último rincón de la habitación, puedo volver a respirar.

—¿Qué ocurre? —Él se acerca a mí, preocupado—. ¿Por qué gritas?

—He… he visto fantasmas. —Puede que me tome por loco, pero ahora mismo, me da completamente igual. A la mierda—. Había una chica en el pasillo… y… y cuando abrí la puerta del dormitorio, encontré a una mujer que…

Termino la frase con un lío de palabras ininteligible. Levanto la mirada hacia Marc, esperando lo peor, pero él se limita a respirar hondo.

—Lo sé.

—¿Lo sabes?

Él camina hacia la cama y se deja caer en ella, ceñudo.

—Esta casa es muy vieja. Tiene casi doscientos años de historia. Yo también los vi, cuando era niño, aunque jamás me hablaron. —Lo observo boquiabierto, con las cejas disparadas hacia arriba. No puede estar hablando en serio—. Pensaba que se habían ido, porque hace años que no veo ninguno.

Espero que sonría, o que se eche a reír y me diga que soy un idiota por creer semejante broma. Pero no dice nada. Permanece en silencio, devolviéndome la mirada.

—Me voy a casa.

Hago amago de volverme hacia la puerta, pero Marc salta de la cama y me detiene, sujetándome por el brazo.

—¿Qué? ¿Has visto el tiempo que hace fuera? —exclama, señalando la lluvia que golpea la ventana—. Podrías resbalarte o caerte. ¿Tengo que recordarte que ahora mismo estás en la cima de un acantilado?

—No pienso quedarme en ese dormitorio, solo.

—Pues quédate aquí. Conmigo.

Permanezco más tiempo de lo normal en silencio, envarado. Sé que tengo que decir algo, inteligente a ser posible, pero se me hizo un nudo en la lengua. Puedo sentir el pulso latir como loco en mis muñecas y la respiración atascada en mis pulmones. Cada inhalación parece un jadeo.

—¿Qué?

Muy bien, Casio. Eres el genio de las respuestas.

—Te lo debo, después de que me cargaras desde la playa hasta tu casa. —Señala la cama, y se pasa una mano por el pelo, nervioso—. Podemos dormir los dos. Es lo suficientemente grande.

Lo miro con los ojos muy abiertos, incapaz de moverme o contestar. Jamás he tenido un ataque de pánico, pero creo que estoy a punto de ser presa de uno.

—Eh, cálmate —dice, esbozando una mueca helada—. No pienso abalanzarme sobre ti, ni nada por el estilo.

Me suelta la muñeca, que todavía seguía sujetándome, y se dirige hacia la cama, que deshace de un tirón, enfadado. Sin decir nada más, me da la espalda y se tumba de lado, cubriéndose con las sábanas.

Me siento como un auténtico imbécil. No sé por qué mierda me pongo tan nervioso, cuando sé perfectamente que para él, dormir en la misma cama no tiene el mismo significado que para mí.

Sacudo la cabeza, alargo la mano para apagar la luz y, a tientas, consigo llegar a los pies de la cama. La rodeo y me meto en ella, obligándome a no pensar en lo cerca que estoy de Marc.

El colchón está tibio y las sábanas parecen quemar. Pero, aun así, me mantengo quieto, sin atreverme a moverme. Sé que Marc está vuelto hacia mi espalda; puedo escuchar su respiración, todavía demasiado acelerada como para estar dormido.

—Eh —susurro, aunque él no me contesta—. Gracias por dejar que me quede.

Marc gruñe algo entre dientes y siento cómo se mueve tras de mí, envolviéndose todavía más en las sábanas.

Transcurren los minutos. Lo único que se escucha es el golpeteo de la lluvia contra los cristales.

—Nunca pensé que disfrutaría tanto durante el verano —dice de pronto Marc, sobresaltándome.

—¿De qué estás hablando?

A pesar de que sé que estoy jugando con fuego, me doy la vuelta, encarándolo. Él parece sorprenderse, pero no se echa hacia atrás para alejarse de mí. Apoyado en la almohada, me observa atentamente. Yo tampoco puedo quitarle los ojos de encima. Su pelo se derrama en suaves ondas por la almohada, muy cerca de donde tengo anclados los dedos.

—El verano siempre fue la época del año que más odié.

—Tienes que estar de broma —murmuro, sorprendido.

—No, el día que nos daban las vacaciones deseaba que volviera septiembre. —Esboza una sonrisa triste y cierra durante un instante los ojos—. Durante el curso tengo demasiadas actividades. Acudo a una academia de refuerzo, aunque en realidad no me hace falta, practico equitación y baloncesto, debo ir al conservatorio de música tres veces por semana y también tengo clases de inglés. Apenas estoy en casa. Y eso significa estar lejos de mis padres.

Todo el mundo tiene problemas con sus padres, lo sé. Por lo que leí en algunos sitios, dicen que son las hormonas, que nos vuelven locos. «Están en una edad complicada», es lo que escuché decir una vez a mi tutor, mientras hablaba con los padres de Asier, que acudieron a verlo, desesperados al ver que su hijo hacía de todo, menos estudiar.

Pero, mirando a Marc, percibo que es algo que va más allá. Que se trata de algo que no tiene que ver con edades complicadas.

—Marc, ¿ocurre algo? —pregunto, con un hilo de voz.

Él no contesta. Permanece con los ojos cerrados, encogiéndose aún más sobre sí mismo.

—Si no es de tu madre, ¿por quién debería preocuparme?

Tarda un interminable minuto en contestar.

—Por mi padre —susurra.

Está a punto de llorar. Lo sé, aunque apriete mucho los ojos y se obligue a esbozar una sonrisa. Dios, las ganas que tengo de abrazarlo son insoportables.

Estoy a punto de decir algo, pero vuelve a hablar.

—Este verano es diferente. Por ti —musita con voz ronca, cascada por un sollozo que debe tener atragantado en la garganta—. Es la primera vez que no quiero que llegue septiembre.

Me quedo paralizado y siento cómo mis labios se entreabren sin permiso. Soy incapaz de asimilar lo que acabo de escuchar.

No puedo esperar a que abra los ojos, porque sé que en el momento en que lo haga, perderé el poco control que me queda sobre mí mismo y haré algo de lo que me arrepentiré después. Como ocurrió con Daniel. Así que murmuro algo entre dientes y me doy la vuelta, encogido sobre mí mismo, con los músculos dolorosamente agarrotados.

Marc suspira a mi espalda. Siento cómo se da la vuelta y se gira hacia el lado contrario. Estamos tan cerca el uno del otro, que nuestras espaldas se rozan con cada inspiración.

—Algún día te contaré la historia de Aquiles y Patroclo —murmura.

—Sí —contesto, con la voz entrecortada—. Algún día.

No decimos nada más. El fuego que me carcome por dentro se va apagando poco a poco, dejándome unos rescoldos oscuros y humeantes que consiguen sumergirme en un sueño profundo y extraño.

19

A la mañana siguiente me despierto con la cara de Marc a centímetros de la mía.

La tormenta ha desaparecido y, a pesar de que todavía es temprano, el sol entra a raudales por el ventanal, consiguiendo que su pelo parezca fuego. Está inclinado sobre mí, ya vestido, y parece que trataba de despertarme.

—Por fin —dice, cuando me incorporo con rapidez—. No sabía si tendría que darte algún beso mágico.

Dejo escapar una risita nerviosa y niego rápidamente con la cabeza, aunque él ya no me ve porque se encamina hacia la puerta.

—Iré a ver qué hay de desayunar. No tardes mucho en bajar, ¿de acuerdo?

Asiento, pero Marc ya ha salido de la habitación.

Cuando miro a mi alrededor, buscando la ropa, recuerdo que me cambié en el otro dormitorio. Ahogo un gemido de exasperación y, con cuidado, me asomo al pasillo, esperando encontrarme con alguna chica fantasma.

Sin embargo, no veo nada, y lo único que escucho son las voces de Marc y Yago, que llegan desde el piso de abajo.

Rápidamente, llego hasta el dormitorio y me pongo la ropa que utilicé ayer, poniendo mucho cuidado en doblar correctamente el pijama que me dejó Marc. Por si acaso, me asomo una vez más a la galería antes de encaminarme escaleras abajo.

Yago me saluda con una risotada y me revuelve el pelo mientras se toma el café de un trago. Al parecer, desea desaparecer de la mansión tan rápido como yo.

Ninguno de los dos menciona la conversación de ayer, así que me limito a beber mi leche con cacao, mientras Yago no deja de parlotear sobre los planes del día, que se limitan a beber, salir y ligar. La tríada del éxito, según él.

Apenas quince minutos después, estoy en la puerta de salida, despidiéndome de Marc.

—¿Vendrás este fin de semana? Es el cumpleaños de Yago, ¿recuerdas?

—Lo intentaré.

Durante un instante, me parece que va a añadir algo más, pero entonces, levanta la mano y la sacude a modo de despedida. Yo cabeceo y levanto la mía mientras le doy la espalda y me dirijo hacia el camino del acantilado.

Mientras desciendo, escucho el sonido de un potente motor, dirigiéndose hacia mí y, en apenas unos segundos, un todoterreno negro cruza el camino de tierra, pasando de largo.

A pesar de la velocidad, puedo ver cómo el copiloto asoma la cabeza por la ventana y me observa. Es Mónica Salvatierra, que me fulmina con la mirada mientras el coche desaparece pendiente arriba.

Esta vez no retrocedo ni me asusto. Cruzo los brazos y la encaro, a pesar de que ella se aleja irremediablemente.

No me muevo hasta que el sonido del motor ha desaparecido y, cuando lo hago, no puedo evitar recordar las palabras de Marc sobre sus padres.

Desde luego, hay algo que va mal en la familia Salvatierra.

La cabeza empieza a dolerme. Pensar en lo que ocurrió ayer, en los fantasmas, en la piel de Marc, tan cerca de la mía, en la mirada desesperada de Óscar, me marea.

Me tengo que detener un momento, obligándome a poner la mente en blanco, cuando escucho los gritos. Al principio no los reconozco, pero cuando retomo el paso y llego hasta los pies del acantilado, adivino de dónde provienen. Y de quién.

Enea.

Echo a correr automáticamente y llego hasta el límite de la parcela, donde veo a la anciana en una esquina, llorando y gritando, desconsolada.

Verla así me sobrecoge el corazón. Sin pensarlo dos veces, me dirijo hacia ella.

—¿Enea?

Abre los ojos de par en par cuando escucha mi voz y se vuelve bruscamente hacia mí. Tiene la cara empapada por las lágrimas y tiembla de pies a cabeza, completamente fuera de control.

—Enea, cálmate, ¿qué ocurre? —pregunto, tuteándola por primera vez.

—Quieren echarme de aquí —farfulla, entre hipidos—. Quieren quitarme mi casa y hacerme desaparecer. No me escuchan. Solo quieren que me marche.

Alza un dedo nudoso, señalando a varias personas que se agolpan junto a la valla medio derruida. Se trata de un matrimonio algo mayor que mis padres y una mujer impecablemente vestida, que sostiene una carpeta entre las manos. Parece una agente inmobiliaria.

—¿Qué...? —Me vuelvo hacia la anciana, confuso. Las personas no se han percatado todavía de mi presencia, están demasiado ocupadas hablando—. ¿Por qué harían...?

—Si me echan de aquí, no tendré ningún lugar al que ir—me interrumpe ella, acortando la distancia hasta convertirla en centímetros—. No tengo familia, hace muchos años que perdí a mis pocos amigos... yo...

No tiene voz para continuar. La miro a los ojos, conmovido, y descubro que son más claros que cualquiera que haya visto jamás. En ellos se esconde una tristeza desgarradora.

—Tranquila, tranquila. —Intento tocarla, pero ella se echa hacia atrás, abrazándose con sus brazos delgados—. Todo saldrá bien.

Antes de darme cuenta de lo que hago, estoy dirigiéndome hacia el trío de personas. Me detengo a solo unos metros de distancia, vibrando de rabia.

—¿Qué están haciendo aquí? —exclamo, con una voz que no parece mía.

Los aludidos se sobresaltan y alzan la mirada hasta encontrarme. La agente inmobiliaria se ajusta las gafas y esboza una mueca de fastidio cuando me habla.

—Eso mismo debería preguntarte yo a ti, chico. No puedes estar dentro de los límites de la parcela. Esta propiedad pertenece al banco.

—Y una mierda.

La pareja intercambia una mirada alarmada mientras la otra mujer enrojece de ira.

—¿Perdón?

—Y una mierda, esta casa pertenece a Enea… —Mierda, no me sé el apellido—. A Enea —remato, con toda la dignidad que me es posible.

Miro a mi alrededor, buscándola con los ojos. La encuentro varios metros atrás, casi escondida entre los troncos de unos pinos. Desde allí, me dedica una mirada desesperanzada.

—Esta casa pasó a ser propiedad del banco hace años. Lleva abandonada desde entonces.

—¡No está abandonada! —exclamo, interrumpiéndola—. En ella vive una mujer mayor. No pueden tomarla y echarla a la calle… ¡no tiene a dónde ir!

La pareja lanza una mirada escandalizada a la agente que parece hacer esfuerzos para no abalanzarse sobre mí.

—¿Es eso cierto?

—¡Por supuesto que no!

—¡Está mintiendo! —replico, sin amilanarme.

La mujer, que tiene el cabello castaño de mi madre, toma del brazo al hombre que tiene al lado y tira de él hacia atrás.

—¿Y dónde diablos está ahora esa mujer? —grita la agente, fuera de sí.

—Escondida. ¿Dónde quiere que se encuentre cuando intentan echarla de su hogar?

—Nadie va a echar a nadie —dice con calma contenida una voz más grave, sobresaltándonos.

Miro al hombre, aunque él no me está mirando a mí, si no a la agente inmobiliaria, que palidece de súbito.

—No estamos interesados en esta casa —dice, antes de retroceder junto a su pareja.

—No, ¡no! No lo comprenden, debe haber un error. Este lugar está abandonado, no hay nadie viviendo...

Pero ambos la ignoran. Le dan la espalda y desaparecen calle abajo, farfullando malhumorados algo que no acierto a escuchar.

—¿A qué diablos viene esto? No sé quién diablos eres, pero te aseguro de que estás equivocado. Aquí no vive nadie desde hace años. —La mujer se vuelve de nuevo hacia mí, fulminándome con la mirada—. La próxima vez que te vea dentro de los límites de esta parcela, llamaré a la policía.

No añade nada más, me da la espalda y sale corriendo, llamando a voces a la pareja que ya ha desaparecido tras una esquina.

—¿Enea?

La descubro en el mismo sitio, temblando todavía. Esta vez no intento tocarla, pero me acerco, intentando esbozar una sonrisa reconfortante.

—Ya se han ido. No te molestarán más.

Ella niega con la cabeza. Ha dejado de llorar, pero aún tiene los ojos rojos y resplandecientes.

—Volverán, Casio. Siempre vuelven. —Mira hacia el pequeño chalé y respira hondo—. El tiempo se me está acabando. No tengo nada que me ate aquí más que este pequeño trozo de tierra. Si me obligan a marcharme...

—Pensaremos en algo, ¿de acuerdo? —contesto, fingiendo optimismo—. Estoy seguro de que existen ayudas. Si me entero de cómo puedo solicitarlas...

—Eres un chico especial, Casio —me interrumpe de pronto ella, con dulzura.

Me sorprendo y siento cómo mis mejillas enrojecen.

—Bueno, mi piel... —comienzo a decir, avergonzado.

—Sabes que no me refiero a nada que tenga que ver con tu aspecto. —Enea sonríe, y sus ojos resplandecen con un brillo extraño—. Espero que algún día lo aceptes.

—Yo lo...

—Oh, no. Claro que no.

Su sonrisa desaparece poco a poco y desvía por fin su mirada de mí para clavarla en su pequeño chalé.

—Deberías marcharte. Después de lo que ha pasado, no me extrañaría que la policía se pasase por aquí.

Estoy a punto de hacerlo, pero me detengo de golpe, dudoso, y vuelvo a girarme hacia la anciana.

—Si necesitas algo, sabes que...

—Lo sé.

Ella asiente con la cabeza y me hace un gesto con la mano para que me marche. Yo la obedezco, aunque no puedo evitar mirar atrás con cada paso que doy, a la casa que parece abandonada, al muro a punto de derrumbarse y a las malas hierbas, que están creciendo de nuevo.

Paso el día con mis padres tan encerrado en mí mismo que me preguntan varias veces si estoy bien. Sin embargo, cuando les explico de que no se trata de nada importante, se encogen de hombros y dicen algo como «cosas de adolescentes».

Por la tarde, mientras estoy en mi habitación, veo desde la ventana cómo un coche patrulla de la policía se acerca por las inmediaciones.

Un par de agentes se bajan cuando llegan junto al muro del chalé de Enea y dan una vuelta en torno a ella, aunque no entran. La anciana tampoco sale de su casa para hablar con ellos, así que, tras unos pocos minutos, se marchan por donde han venido.

Mientras contemplo cómo el coche se va alejando lentamente, mi teléfono móvil suena, llamando mi atención.

Es Laia.

> 19:32: ¡Mañana nos vemos! Llegaré a la estación de autobuses sobre el mediodía, así que más te vale estar allí, esperándome.

Sonrío un poco cuando veo que no menciona el asunto de Asier y Daniel, sé que se está reservando para cuando estemos cara a cara y no tenga cómo escapar.

> 19:33: Tranquila. Allí estaré.
>
> 19:35: ¿Ha pasado algo interesante desde la última vez que hablamos?

Suspiro y me dejo caer en la cama, con los ojos cerrados.

Dios, si ella supiera.

Al día siguiente, mi familia al completo me acompaña a la pequeña estación de autobuses de Aguablanca, situada en las afueras del pueblo. Helena es la única que no quiere ir, pero como todavía mis padres no se atreven a dejarla sola en casa, sobre todo en una que no es suya, no tiene más remedio que acompañarnos.

Mejor así. Conociéndola, es capaz de prenderle fuego y realizar un ritual satánico en su interior.

Una vez que llegamos a la estación, apenas transcurren cinco minutos hasta que el autobús llega.

Laia es la primera en bajar. Y, antes de que llegue siquiera a levantar la mano para saludarla, ya se me ha echado encima, colgándose de mi cuello, abrazándome con fuerza.

—No sabes las ganas que tenía de verte —me dice, cuando se aparta por fin.

Sus ojos castaños brillan más de lo normal, y su pelo negro, rizado, me hace cosquillas en la cara. Lleva en la espalda una mochila casi tan grande como ella y, colgando del cuello, una estrella de plata, que le compramos Daniel, Asier y yo, hace mucho tiempo, por su cumpleaños.

Al verla, no puedo evitar apartar la mirada.

Laia me observa, con la intención de decir algo más, pero mis padres aparecen entonces y ella se aparta de mí para saludarlos. Revuelve el pelo de mi hermana pequeña, que gruñe e intenta huir de sus manos.

Las primeras preguntas y comentarios son los habituales: «Qué tal el verano». «Felicidades por las notas». Laia siempre ha sido la primera de la clase. «¿Cómo están tus padres?». «Hace mucho que no nos veíamos». Con esta última frase, Laia aprieta un poco los labios y me observa de reojo, mientras yo finjo estar demasiado ocupado mirando una gaviota que pasa por encima de nuestras cabezas.

Hablan unos minutos más antes de regresar a casa. En el camino, pasamos por delante de la casa de Enea. Intento otear en el interior de las ventanas, pero no veo más que oscuridad.

—¿Buscando a tu amiga? —me pregunta mi madre, dándome un ligero codazo.

—¿Amiga? —repite Laia, sorprendida—. ¿Es que te has echado novia y no me has dicho nada?

—Sí, una de setenta años.

Mi amiga se queda perpleja y mi padre se echa a reír de esa forma tan escandalosa que solo él conoce.

—Nuestro Casio quiere hacerse jardinero. Ha estado ayudando a arreglar el jardín de…

—Enea.

—Cierto, Enea. Tiene una playa estupenda a cinco minutos de camino, pero él prefiere estar arrancando malas hierbas.

Laia me observa, incrédula, y después desvía la vista hacia el jardín de Enea.

—Pues creo que no tienes mucho futuro en ese campo —dice, con burla, señalando los arbustos verdes que parecen haberse duplicado desde el día anterior.

—No sé cómo pueden crecer tan rápido —resoplo, frustrado—. Te juro que ayer no había tantos.

—Será cosa de magia.

Contemplo con intensidad su pequeña sonrisa, que se trastoca cuando mi expresión se tensa.

—Quién sabe —contesto, clavando los ojos en el camino que sube hasta la cima del acantilado—. En este lugar puede pasar de todo.

20

—Sabes que siempre puedes dormir en mi habitación si Helena empieza a hacerse la idiota.

Laia sonríe y observa de reojo las muñecas de mi hermana, perfectamente ordenadas sobre el resquicio de la ventana. A las que todavía les queda un poco de pelo, tienen la cara pintada de colores. Todas están desnudas.

—Mientras no me haga lo mismo que a ellas, estaré bien —dice, encogiéndose de hombros—. Además, no creo que a tus padres les haga mucha gracia encontrarme en tu cuarto.

Pongo los ojos en blanco y me dejo caer sobre la que será su cama. Ella, a mi lado, saca con rapidez la ropa de su gigantesca mochila.

—Laia, mis padres saben tan bien como yo que nunca haríamos nada.

—¿Por qué? Salimos una vez juntos, ¿o es que no lo recuerdas?

—Éramos unos niños. ¿Cuántos años teníamos? ¿Diez?

—Once.

—Unos niños —repito. Mi mirada vuela hasta su colgante, que no deja de rebotar contra su pecho cada vez que se mueve—. Además, tú estás loca por Asier.

Ella reacciona como si acabase de recibir un chispazo. La ropa se le cae de las manos y enrojece a la velocidad de la luz, mientras me clava una mirada amenazadora.

—Eso no es verdad.

—Claro, lo que tú digas —contesto, elevando los ojos al techo.

Parece que va a tomar de nuevo la ropa, pero, aunque apoya las manos en ella, no hace amago de doblarla. Cuando la veo dudar, siento cómo mi corazón se acelera.

Allá va.

—Casio…

—No llevas aquí ni una hora —suspiro, negando con la cabeza—. ¿Por qué no lo dejas? ¿Por qué no puedes intentar que lo pasemos bien, y punto?

—¡Porque no puedo! —exclama ella, dando un puñetazo a la pila de prendas—. Asier, Daniel, tú, los tres son muy importantes para mí. Y no quiero que todo se vaya a la mierda por un absurdo malentendido.

Tú nunca me abandonarías, aunque estuviésemos en el fin del mundo. La voz de Daniel hace eco en mis oídos. Las palabras, arrastrándose ligeramente por culpa del alcohol. *Y yo nunca te abandonaría a ti.*

—No fue un malentendido —replico, luchando porque mi voz no se rompa en pedazos.

—¡Entonces cuéntame de qué va todo esto! Yo… —Deja caer la cabeza y toda la fuerza que parece desprender se derrumba de pronto, como una ola invisible que amenaza con sepultarme—. Sé que, hagamos lo que hagamos, nada volverá a ser igual. Asier no hará bachillerato, tú y Daniel irán a un instituto, y yo a otro. Sé muy bien que estamos condenados a separarnos.

—Laia…

—Es lo que me dicen mis padres una y otra vez. La vida es así. Puede que, en unos años, cada uno estemos en una punta del mundo, pero… —Niega varias veces con la cabeza, haciendo que sus rizos floten a su alrededor—. Pero si esto tiene que tener un final, no puede ser este. Llevamos demasiados años juntos.

—Lo sé —musito, con un hilo de voz.

—Tú conoces todos mis secretos. Lo sabes todo de mí. —Laia me toma de las manos y me las aprieta con fuerza—. Cuéntame que pasó en el cumpleaños de Daniel. Sé que algo ocurrió allí —añade, cuando ve cómo abro los ojos de par en par—. Después de esa noche te alejaste de nosotros y Daniel dejó de hablarte. Sé que empezaron a meterse contigo. Mucho. Javier me lo contó el otro día. Dijo que incluso vio cómo tiraban tu ropa a un contenedor y te obligaban a salir medio desnudo a la calle. Te quitaron hasta los zapatos. ¿Eso es verdad, Casio? ¿Daniel y Aarón fueron los que te hicieron eso?

Ahora mismo, tengo ganas de estar frente a Javier para golpearlo hasta que los puños me duelan. Él me lo devolvería, por supuesto, y me ganaría, pero me da igual. No sé por qué diablos tuvo que contarle nada a Laia. Casi nunca hemos hablado en clase.

—Es complicado —suspiro, intentando apartar las manos.

Ella tira de mí y sus dedos se entrelazan con más firmeza a los míos.

—Pues explícamelo de forma que pueda entenderlo —dice, con vehemencia—. Te conozco, Casio. Y nadie merece que lo traten así. Y menos, que el responsable sea Daniel. Era tu mejor amigo.

Respiro hondo y consigo deshacerme de las manos de mi amiga. Con un impulso, me pongo en pie.

—Dame tiempo, Laia —musito, con lentitud—. Te lo contaré, pero déjame que piense cómo hacerlo.

Ella suspira y se enjuga con disimulo una lágrima que ha escapado de sus ojos. Asiente y esboza una pequeña sonrisa.

—Está bien, pero espero que hayas pensado en algún plan que valga la pena. Por tu culpa, llevo unos meses de mierda. —Me señala con el dedo, amenazadora—. ¿Tienes pensado algo que hacer?

—¿Qué te parece una fiesta?

Laia separa los labios, sorprendida.

—¿Una fiesta?

—Eh… —Desvío la mirada hacia la ventana, incómodo—. Supongo que has oído hablar de Marc Valls, ¿verdad?

Laia respeta mi deseo de no hablar todavía, así que pasamos en la playa la tarde y la mañana del día siguiente. Ella, tomando el sol, y yo bajo la sombrilla, con una camiseta de manga larga y embadurnado en crema solar de alta graduación. Atraigo miradas y más de un murmullo, pero tanto Laia como yo estamos acostumbrados, así que disfruto y me olvido durante horas de todo lo que me rodea.

No he vuelto a ver nadie extraño rondar por el chalé de Enea; Marc tampoco ha aparecido en mi puerta, aunque supongo que estará ocupado con los preparativos de la fiesta. No sé si la idea le ha gustado demasiado a Laia. Parece emocionada y nerviosa a la vez, y no deja de repetir que no se ha traído ropa para algo así.

Sin duda, dejaría de preocuparse por eso si hubiera visto las pintas con las que me presenté en casa de los Salvatierra por primera vez.

Aun así, su curiosidad puede más que el recelo, y la tarde del sábado nos arreglamos juntos en el baño. Nunca la he visto babear como alguna de mis compañeras de clase por Marc, pero no ha podido resistirse a verlo más de cerca, a descubrir algo más sobre ese misterio que parece envolverle.

—¿Es tan perfecto como dicen? —me pregunta, mientras se aplica, concentrada, la máscara de pestañas.

—Bueno… sabe hacer muchas cosas.

—Eso no significa ser perfecto.

La miro durante un instante y a mi cabeza vuelve la expresión atormentada de Marc y sus ojos cerrados, intentando contener las lágrimas.

—No, claro que no.

Laia capta la evasiva, frunce los labios y vuelve a su maquillaje. No pregunta nada más.

Cuando comienza a anochecer, enfilamos el camino de la colina, en dirección a La Buganvilla Negra. A pesar de que todavía estamos demasiado lejos, oímos débilmente el ruido de la música, haciendo eco en el bosque que nos rodea.

A medida que ascendemos, la intensidad crece y se entremezcla con algunos gritos que llegan hasta nosotros. Laia y yo nos miramos, nerviosos, y apretamos un poco el paso para recorrer el trecho que nos separa de la mansión.

Cuando llegamos a la pradera, clavo la mirada en La Buganvilla Negra y abro la boca de par en par. Desde luego, lo que estoy viendo no tiene nada que envidiar al *reality show* que vimos el otro día por la televisión.

Debe haber más de cincuenta personas en la parcela de la mansión, todas con vasos y copas en la mano, moviéndose al ritmo de un DJ, que estableció su mesa junto al mayor castillo hinchable que he visto en mi vida.

Pusieron también varias piscinas portátiles en una de las esquinas de la parcela, y en ellas, varios chicos y chicas se arrojan unos contra otros, algunos tirándose agua, otros más interesados en deshacer el nudo de algún bikini.

Con el estruendo y el jaleo que veo, dudo que me encuentre de nuevo con algún fantasma.

—Si mi madre estuviera aquí me diría que me diese ahora mismo la vuelta y volviese a casa —murmura Laia, con los ojos como platos.

—Pero no está.

—Menos mal, si no le daría un infarto.

Tiro de ella en dirección a las puertas herrumbrosas que cercan la parcela y que, por primera vez, están abiertas de par en par.

Busco entre la multitud, que parece crecer a medida que me acerco, pero no encuentro ningún rostro conocido. La mayoría parecen de la edad de Yago. Algunos nos miran y comienzan a murmurar cuando ven que tenemos intención de cruzar las puertas, pero entonces, una voz me sobresalta.

—¡Casio!

Yago Valls surge como de la nada y se abalanza sobre mí, dándome un abrazo que huele un poco a alcohol. La copa que tiene en la mano se le derrama y tengo que apartarme para que no me manche la única camiseta medio decente que he traído para las vacaciones.

—Pensé que no vendrías, ¡y mucho menos acompañado! —Su mirada vuela hacia Laia, que frunce un poco el ceño ante su escrutinio—. Yago Valls, encantado.

Le tiende su propio vaso, en el que tintinean un par de hielos, y ella se limita arquear una ceja, recelosa.

—Soy menor de edad. Solo tengo dieciséis.

—Y yo acabo de cumplir los veinticinco. Hay que vivir la vida. —Pasa un brazo alrededor de los hombros de Laia, peligrosamente cerca de su pecho—. ¿Te apetece bailar un poco, preciosa?

Los ojos de mi amiga despiden rayos cuando se clavan en su mano.

—Vuelve a tocarme así y te juro que te reventaré los huevos —sisea.

Yago hace un ruidito con la garganta y se apresura a apartarse, a pesar de que le saca casi tres cabezas. No puedo evitar mirarlo, divertido. No es el primero al que le pasa. Asier mide casi dos metros y es el que más miedo le tiene.

—Bueno, pueden buscar a Marc. Imagino que estará por ahí… —Lanza otra mirada nerviosa a Laia y esboza un gesto de derrota—. En fin, diviértanse. Coman, beban… lo que hagan los menores de edad.

Se aleja como un perro con el rabo entre las piernas, aunque no tarda en levantar la cabeza y sonreír cuando una chica se acerca a él.

Estoy a punto de echar a andar de nuevo, cuando veo de pronto a Marc.

Está junto al castillo hinchable, bebiendo algo de un vaso. Habla con varios chicos que lo rodean, compañeros de clase, supongo, porque algunas de sus caras me suenan.

Su expresión no tiene nada que ver con la del día anterior. Vuelve a ser el chico de la cruz, perfecto y fascinante, de una época perdida.

Sonríe con amabilidad y asiente de vez en cuando, haciendo que su flequillo caiga sobre sus ojos dorados.

Por algún motivo, soy incapaz de despegar los ojos de él.

—¿Casio?

Me sobresalto, volviendo la mirada hacia Laia, que también ha visto a Marc, y ahora balancea su mirada entre los dos. Sin embargo, me observa de una forma extraña, suspicaz, que me recuerda durante un instante a aquella horrible noche en la que todo se estropeó.

—¿Qué…?

—Acabo de encontrar a Marc —la interrumpo. La voz se me atropella, pero finjo que no ocurre nada, a pesar de que mi corazón late a toda velocidad por el pánico—. Ven, sígueme.

Ella lo hace, pero su expresión extraña permanece instalada en sus ojos.

Mientras tiro de su brazo y nos sumergimos en la multitud de la fiesta, tengo la sensación de que me estoy dirigiendo hacia el centro de una tela de araña que yo mismo tejí.

21

—Hola.

La mirada afilada de cinco chicos de la cruz se clava en mí, porque sí, son chicos de la cruz sin duda. Pasan de mí a Laia, para después volver a mi cara, mis ojos pálidos y mi pelo casi blanco.

Uno abre la boca para hablar, pero Marc se adelanta.

—Este es Casio, también está pasando el verano aquí, en Aguablanca. —Me dedica una sonrisa cálida, que aviva hasta el último centímetro de mi piel—. Y ella es Laia, una amiga.

Laia parece sorprenderse, pero no es la única. Me mira de soslayo y yo me encojo de hombros. No pensé que recordaría su nombre, apenas se lo he mencionado de pasada.

Los chicos se presentan, todavía algo recelosos. Desde luego, viéndonos de cerca, queda claro que no pertenecemos al mismo círculo. Su ropa de marca, sus relojes brillantes, arrasan con nuestro atuendo.

—Creo que te he visto antes —dice uno de ellos, observándome más de cerca—. ¿No vas al instituto que hay al final de la calle? ¿Junto al supermercado?

Asiento, con una media sonrisa. Sé que mi aspecto me hace en cierta forma inolvidable.

—A final de curso tuve una pelea con uno que iba al último curso —dice otro de ellos—. El muy cabrón me tenía harto. No dejaba de gritarnos cosas cada vez que pasábamos por delante de la puerta. Creo que se llama Aarón.

Un escalofrío me recorre de pies a cabeza, aunque me obligo a no vacilar ante la mirada del chico de la cruz. No puedo creer que ese nombre me persiga hasta aquí, hasta Aguablanca, sin que sea yo quien lo pronuncie.

—Unos de primero me dijeron que lo habían visto, junto a un amigo, meter algo en uno de los contenedores del supermercado. Por lo visto era la ropa de otro chico, que acabó saliendo medio desnudo a la calle. —Aprieta el gesto con desagrado—. Imbéciles.

Esta vez palidezco y trago saliva con dificultad, aunque parece que es una piedra afilada la que se está deslizando en estos momentos por mi garganta. Por desgracia, mi reacción esta vez no pasa tan desapercibida y su mirada se hunde todavía más en la mía.

—No serán amigos, ¿verdad?

—No —contesto, con un hilo de voz—. Por supuesto que no.

A pesar de que no lo estoy mirando, siento los ojos de Marc sobre mí.

Dios, ¿por qué tienen que nombrar a Aarón? ¿Por qué tienen que mencionar el incidente de la ropa, cuando yo intento olvidarlo con tanta desesperación?

Sin que pueda evitarlo, me vuelvo a sentir igual que aquella vez en la que estuve solo, en mitad de la lluvia, helado y medio desnudo, sin el teléfono móvil, sin poder acudir a nadie y sin querer hacerlo.

Laia también me mira. Parece deseosa por decir algo, aunque no sepa muy bien el qué. Disimuladamente, me da un ligero apretón en la mano, pero yo apenas lo siento.

Acabo de entrar en un túnel cerrado en el que solo puedo retroceder.

Mi imaginación no para. Y mientras sigo sintiendo en mis brazos cómo cae la lluvia fría sobre mí, aparece la mirada rabiosa de Daniel y la sonrisa cruel de Aarón, que me persiguen hasta el último rincón del instituto, mientras todos miran, en silencio, pero nadie hace nada.

Noto de golpe cómo el aire me falta y mi mirada se emborrona. Aprieto los dientes y las manos, intentando controlarme. No, no. Aquí no puedo llorar. No frente a los chicos de la cruz. Sería demasiada humillación.

Pero de pronto, la sensación asfixiante que apenas me deja tomar aire, se corta de repente cuando algo helado y duro cae sobre mí, y me resbala desde el cuello hasta la cintura. Suelto una exclamación entrecortada y, de reojo, veo cómo los chicos se apartan de mí, farfullando entre dientes.

Cuando levanto la mirada, solo veo a Marc con cara de circunstancias y su vaso vacío.

No puedo creerlo. Me lo ha tirado encima.

—¡Lo siento! —exclama, antes de que yo pueda decir nada—. Te aseguro que no ha sido a propósito.

—Mierda, Marc, ¿ya estás borracho? —se queja uno de sus amigos, echándose a reír—. No llevas ni dos tragos.

—Ya lo conoces. Es bueno en todo, menos con el alcohol —contesta otro, encogiéndose de hombros—. Hasta mi hermano pequeño tendría más aguante que tú.

—Culpable, culpable. No puedo decir otra cosa. —Sonríe Marc, alzando las manos a modo de rendición. Sus ojos, sin embargo, no se separan de mí—. Ven, Casio. Te dejaré algo de ropa.

Los chicos nos miran durante un instante, pero enseguida comienzan a hablar de otra cosa que dejo de oír en cuanto me alejo un poco. Laia nos sigue muy de cerca, cada vez con el entrecejo más fruncido.

Al contrario que la valla de entrada, la puerta de la mansión se encuentra cerrada. Por lo que dice Marc, la generosidad de su abuelo y su tío termina de puertas para adentro. Sus padres han decidido directamente pasar la noche en una ciudad cercana. Al parecer, les gustan tan poco las fiestas de su hijo como las compañías femeninas que lleva de vez en cuando a cenar.

Al entrar en la vivienda, el frescor, el silencio y la oscuridad, contrasta drásticamente con el jaleo que hemos dejado a nuestras espaldas.

Hincho el pecho, sintiendo que puedo respirar con más normalidad.

—Guau —musita Laia, mirando a su alrededor, con los ojos como platos.

—¿Cómo pueden tus padres no dejarlos ver la televisión, pero sí montar una fiesta así? —pregunto, mientras por una de las ventanas de la entrada, veo cómo un chico hace equilibrismo sobre unas diez sillas que han amontonado.

—Olvidas que esta casa no les pertenece. Y ya sabes, se trata de Yago. Te aseguro que mis cumpleaños no son ni la mitad de divertidos.

Subimos las escaleras, mientras mi corazón va poco a poco recuperando su ritmo normal. Ni siquiera miro a ningún rincón para esperar que alguna chica vestida de negro asome, verla ahora no marcaría ninguna diferencia.

Al llegar al rellano del primer piso, Laia se detiene de golpe, haciéndome tropezar con ella. La miro, confuso, y sigo su vista, que se ha quedado estática en la figura que acaba de aparecer frente a nosotros.

Es Blai Salvatierra. Lo reconozco de inmediato por la silla de ruedas. Aunque al encontrarse a contraluz, las sombras envuelven su cuerpo, transformando su expresión en algo inescrutable.

—Marc, las reglas eran que nadie podía entrar en casa mientras la fiesta durara.

Jamás he conocido a alguien que pueda sonreír así cuando el tono de su voz es glacial.

—Lo sé, tío, pero tengo que prestarle algo de ropa a Casio. Le derramé sin querer algo de refresco encima. —Me huelo la camiseta disimuladamente. Refresco. Ya—. No tardaremos nada.

—Muy bien.

No mueve la silla de ruedas, así que nos obliga a pasar en una hilera de uno junto a él. Al llegar mi turno, siento su mirada profunda quieta en mí, como si quisiera ver si hay algo más en mi interior que sangre, músculos y huesos.

Cuando llegamos al dormitorio de Marc, recuerdo la noche que pasamos juntos y no puedo evitar enrojecer un poco. Por suerte, él no se da cuenta y se entretiene mirando el interior de una de las cómodas, buscando algo que me pueda dar.

Está a punto de pasarme una camiseta, cuando sus ojos se dirigen hacia la ventana y se abren con horror.

—Mierda. Creo que tengo que bajar —dice, con la voz extrañamente tensa—. Están intentando meter la piscina desmontable en el castillo hinchable. Mierda, mierda, mierda.

Se mete las manos en el bolsillo trasero de sus vaqueros y extrae unas llaves que me pasa. Yo las tomo en el aire, sorprendido.

—Cierra cuando bajes —dice, antes de salir a toda prisa.

Me quedo un poco sorprendido, pero deslizo las llaves en mi bolsillo y me pongo la nueva camiseta. Laia, desde un rincón, no deja de mirarme.

—Casio, ¿puedo preguntarte algo? —dice de pronto.

—Claro. —Una niña de tres años tiene la voz más grave que yo en este momento.

—¿Son muy amigos Marc y tú?

Intento controlar todos los músculos de mi cara y esbozar la expresión más inocente y calmada que puedo.

—No, en realidad. Solo jugué alguna vez que otra con él al baloncesto, ¿por qué?

—Te tiró el vaso encima a propósito, para cortar el tema del que hablaban. —Ella me mira durante un largo rato antes de añadir—. ¿Cómo podía saber él lo de la ropa?

—Me lo encontré de pronto —contesto, tras dudar durante un instante si hacerlo o no—. Cuando intentaba recuperar la ropa del contenedor, lo vi a mi lado. Me ofreció su paraguas.

Laia asiente y parece que tiene mucho más que decir, pero yo termino por ponerme la camiseta de Marc y la interrumpo diciéndole que deberíamos bajar de una vez, sobre todo con Blai Salvatierra rondando por los pasillos.

No me equivoco, porque cuando salimos a la galería, él se encuentra en el mismo lugar que antes, esperando. Aunque no sé muy bien el qué.

Laia pasa primero, pero cuando soy yo el que camina junto a él, sus dedos nudosos se enganchan en mi muñeca y tiran de mí. Me quedo quieto, medio inclinado hacia adelante, y clavo en él una mirada confusa.

—Espero que disfrutes de la fiesta.

Un escalofrío nace en la punta de mis dedos y termina en mi pecho cuando recuerdo las palabras de Yago sobre su tío.

Aparto la mano con cierta brusquedad y me yergo, sin apartar los ojos de los suyos.

—Descuide. Lo haremos.

Algo parece vibrar en el aire. Como si la propia casa tomase aire y se preparase para lo peor. Sin embargo, Blai Salvatierra no añade nada más, su sonrisa ni siquiera se mueve. Permanece quieto, a contraluz, medio devorado por las sombras.

La verdad es que cumplo mi palabra. No voy a decir que nos emborrachamos hasta quedar tirados en el suelo, empapados en nuestro propio vómito, pero sí, bebo algo más fuerte que una cerveza, y Laia finalmente me acompaña.

Apenas puedo hablar una vez que nos unimos de nuevo a los chicos de la cruz, temiendo que el tema de Daniel y Aarón vuelva a surgir, pero poco a poco, mi lengua se va soltando y, descubro con sorpresa que no son tan parecidos a cómo nos los imaginábamos.

Hablamos de mucho y de nada. Del temido bachillerato, de lo que haremos cuando terminemos el instituto, de la serie de televisión que terminó poco antes del verano, de la película que deseamos que estrenen. Laia también disfruta, hablando sin parar, y cuando escucha una canción que le encanta, nos arrastra prácticamente a la improvisada pista de baile.

Para entonces, ya es noche cerrada y hay mucha gente borracha. Yago, de hecho, está sumergido en una de las pequeñas piscinas, y alguien tuvo el detalle de ponerlo boca arriba para que no se ahogue. Creo que lleva dormido un buen rato. O inconsciente. No estoy muy seguro.

No me gusta bailar. De hecho, no se me da demasiado bien. Sin embargo, salto y grito como los demás. No es igual que lo que sentía cuando Asier, Daniel, Laia y yo conseguíamos colarnos en una discoteca algún fin de semana, pero aun así lo disfruto. Tengo a mi amiga a mi lado, que me abraza y me toma de las manos, y yo la hago girar frente a mí, con las mejillas rojas y la respiración acelerada.

Marc también salta y grita como nosotros. Sus ojos claros parecen tan dorados como el sol, y su pelo, húmedo por el sudor, ondea en todas direcciones cada vez que mueve la cabeza. Sonríe sin parar y me mira de vez en cuando, cuando no soy yo el que lo hace.

Así debería ser el verano, pienso, mientras floto en el aire y Laia y Marc me agarran de los brazos. Así debería ser. Un baile eterno.

Pero cuando mis pies tocan tierra de nuevo, la canción termina y Laia murmura algo sobre que tiene que ir al baño. Marc, que la escucha, propone ir a casa.

—¿Estás seguro? —pregunto, todavía con la respiración acelerada—. Tu tío…

—Llevará horas durmiendo —me interrumpe, encogiéndose de hombros—. Es casi de madrugada.

Me señala las manecillas de su reloj y nos hace un gesto a Laia y a mí para que lo sigamos.

Dejamos atrás a los chicos de la cruz, que continúan gritando y bailando cuando otra nueva canción comienza.

Esta vez, entramos en la mansión con risitas contenidas. Andamos algo tambaleantes y Laia tiene que apoyarse en las paredes para poder caminar erguida.

Marc le señala la puerta de uno de los baños de la planta baja y nosotros esperamos en la biblioteca, junto al salón de música, mientras la vemos dirigirse insegura hacia la puerta cerrada.

Cuando llegamos a la sala, atestada de libros, me vuelvo hacia Marc, que entorna la mirada ante mi escrutinio.

—¿Sí? —pregunta, divertido.

—¿Cómo estás?

—Borracho, ¿no lo ves? —Estira aún más su sonrisa y se apoya en la pared más cercana, dejando caer todo su peso sobre ella—. Pero tranquilo, te prometo que hoy no tendrás que cargar conmigo a ninguna parte.

—No... no me refiero a eso —digo. Es difícil hablar así, cuando el alcohol hace que mis palabras suenen torpes y extrañas—. ¿Estás... bien?

No puedo evitar preguntárselo, no después de la conversación del otro día que mantuvimos en su dormitorio. Él sabe a lo que me refiero, puedo verlo en el instante en que su expresión se ensombrece.

Tarda casi un minuto en responder.

—Ahora sí.

Hay algo en su forma de mirarme que me hace sentir incómodo. Aparto la vista, hundiéndola en la estantería atestada de libros.

No vuelvo a mirar en su dirección hasta que vuelve a hablar.

—Me encanta esta canción.

Me concentro en la melodía que suena amortiguada contra las paredes de la casa. No creo haberla escuchado antes, aunque reconozco que me gusta. Es rápida, pero tiene una base algo triste, que me recuerda a la obra que tocaba Marc con el violonchelo.

—Se parece mucho a un vals —sigue diciendo, perdido en su propio mundo—. En realidad, tiene el mismo compás. Seis por ocho. Escucha.

Empieza a dar golpes con la mano abierta contra su muslo, siguiendo el ritmo de la canción, pero yo estoy demasiado borracho como para comprenderlo. Asiento, no obstante, y él se echa a reír.

—¿Sabes bailar un vals?

—Obviamente, no. —Marc aprieta los labios, como si estuviera conteniendo una sonrisa—. No me digas que tú sí sabes. ¿También das clases de eso?

—No, no. —Se echa a reír, aunque el brillo de sus ojos se apaga un poco—. Me enseñó un amigo del colegio hace años. Su madre era directora de una escuela de bailes de salón. El vals era uno de los bailes que enseñaba.

—Ah.

Su mirada me está empezando a poner nervioso. Más de lo que habitualmente me pone.

—¿Quieres que te enseñe?

—¿Qué?

—Es fácil, una vez que sabes dónde tienes que poner los pies, solo tienes que dejarte llevar.

Observo, boquiabierto, cómo extiende una mano hacia mí, en una clara invitación a bailar.

Mierda, ¿por qué tarda tanto Laia? ¿Qué está haciendo ahí adentro? ¿Por qué no sale de una vez?

—Tienes que estar de broma —murmuro.

—No lo estoy.

Su mano sigue ahí, quieta, y sus ojos continúan brillando como dos estrellas. No sé lo que esto significa, o sí lo sé y no soy capaz de aceptarlo. Dios, no tengo ni idea, pero no puedo separar la vista de sus dedos.

Antes de darme cuenta de lo que hago, ya se los he asido con fuerza.

La sonrisa de Marc se extiende como agua derramada, y de un tirón, me acerca más a él. Obviamente, no sé cómo se baila un vals, pero estoy seguro de que no tenemos que estar tan pegados. Prácticamente, su pecho está aplastado sobre mí, hinchándose cuando el mío se deshincha.

—Mira tus pies. Empieza con el derecho y luego con el izquierdo. Es como un balanceo.

No puedo observar mis pies. No puedo hacer nada. Solo mirarlo a él. Pero por favor, que no se dé cuenta. Que no entienda que por qué mirarlo es lo único que puedo hacer ahora mismo.

—Repite mentalmente: uno, dos, tres.

Él da el primer paso y yo intento imitarlo. Nos tropezamos, la puntera de mi zapatilla de deporte choca de lleno contra su zapato. En el siguiente paso consigo no pisarle, pero en el tercero vuelvo a tropezar, y el alcohol, los nervios y el miedo, me hacen perder el control.

Lo empujo con rudeza y me aparto de él, jadeando. Porque sí, ni siquiera puedo respirar con normalidad. El corazón me late con la fuerza de mil tambores dentro de mis oídos y duele cada vez que palpita.

No puedo más.

—¿Casio?

—Quédate atrás —farfullo, atragantado, alzando la misma mano que él tomó entre las suyas, para mantenerlo alejado.

—¿Por qué?

—Porque sí.

Joder, Laia. Ven ya. Ven de una puta vez.

—¿Qué ocurriría si me acerco?

Lo miro desesperado, sin poder creer que me esté haciendo esto. Sé que es consciente del color de mi cara, del brillo de mis ojos.

—Por favor… —Es casi una súplica, pero él la ignora.

Marc recorta la distancia que nos separa y se queda a apenas unos centímetros de mí. Su respiración me acaricia, y en sus ojos me veo hundido en un charco dorado que me hace chispear como una estela.

Y… Dios. Su boca. Está tan cerca. Tan, tan cerca. Ni siquiera tendría que dar un paso completo. Solo tendría que levantar apenas la cabeza y esta sensación que parece desgarrarme por dentro desaparecería.

—Casio —susurra él.

Es solo mi nombre, pero escucharlo de esa manera, tan quebrada, tan débil, consigue que esos lazos invisibles que me tienen inmóvil caigan al suelo y me dejen libre.

Levanto las manos, temblorosas y, con las yemas de los dedos, toco sus mejillas, que están ardiendo. Él no me detiene, no hace amago de apartarse. Solo me mira de una forma en la que nadie antes lo ha hecho.

Ladeo la cabeza y me aproximo lentamente a él. A mi alrededor, siento un calor sofocante, como si la propia casa nos envolviera con unos brazos invisibles y nos empujara el uno contra el otro.

Estoy mareado. El color dorado de sus ojos ha empapado mi mirada, haciendo resplandecer todo con demasiada intensidad como para que pueda mantener los ojos abiertos.

—Me mentiste —dice de pronto, deteniéndome a un suspiro de sus labios.

—¿Qué? —musito, sin fuerzas.

—Conoces la historia de Aquiles y Patroclo —susurra él.

Parece tan aturdido como yo, sus palabras apenas se distinguen, o quizás sea yo el que está demasiado ido como para entenderlas.

—¿Por qué me mentiste? Dime la verdad.

Entreabro los labios, pero no puedo responder. Nos acercamos más, aunque ya no quedan huecos entre uno y otro.

Estoy a punto de perder el control, lo sé. Estoy a punto de tirar por tierra todo el sufrimiento que tuve que soportar durante estos últimos meses.

Pero entonces, cuando estoy a punto de hacerlo, la puerta de la biblioteca se abre y Laia se detiene de golpe, paseando la mirada de uno a otro con las pupilas dilatadas por la impresión.

22

Vuelvo la cabeza con brusquedad y su expresión de sorpresa me rompe en mil pedazos por dentro.

No.

No, no, no. Otra vez no.

Las paredes de La Buganvilla Negra se desvanecen y vuelvo a encontrarme de nuevo en la casa de Daniel, en su dormitorio. La situación es casi idéntica. Un cumpleaños, la música haciendo eco en mis oídos, el alcohol corriendo por mis venas, alguien observándonos. La única diferencia es que no he besado a Marc.

Porque a Daniel sí lo besé.

Me aparto abruptamente, pálido, notando un súbito sudor brotar de todos los poros de mi cuerpo, mojándome. No, no puede ser. Lo hice, volví a perder el control.

En mi cabeza escucho la alarma del teléfono del móvil que me indica que tengo un mensaje nuevo y, aunque no quiera, aunque cierre los ojos y niegue desesperado con la cabeza, lo veo una y otra vez, la misma palabra. La culpable de que todo cambiara.

MARICÓN.

En mayúsculas, con acento, con todo lo que conlleva.

MARICÓNMARICÓNMARICÓNMARICÓNMARICÓN.

Mi visión parece de pronto cubierta por una niebla intensa y no soy capaz de ver nada más que una puerta por la que deseo escapar.

Qué he hecho.

Qué-he-he-cho.

Dios.

—¿Casio? ¿Estás bien?

Las palabras de Marc parecen llegar desde muy lejos, pero aun así me llevo las manos a los oídos, intentando aislarme de todos y de todo. No puedo escapar del dormitorio de Daniel, estoy atrapado entre su mirada asqueada y la figura de Aarón, en la puerta, franqueándola. Y Dios, necesito huir de allí. Como sea.

Solo quiero que me dejen en paz, que dejen de mirarme de esa forma.

Los ojos de Daniel, dentro de mi cabeza, son más afilados que una cuchilla, y cuánto más me observan, más me cortan por dentro.

No puedo soportarlo más y, cuando siento una mano enredarse en torno a mi muñeca, sacudo el brazo y echo a correr.

Paso junto a Laia, que sigue paralizada ante la escena, y recorro el pasillo de la planta baja de la mansión, en dirección a la puerta que abro de un tirón.

—Casio.

Vuelvo la mirada, con el picaporte entre las manos, aún con los pies dentro del umbral de La Buganvilla Negra, y observo a Ágata a un palmo de distancia. Me mira con tristeza, con los ojos empapados en lágrimas.

—Por favor, no te vayas.

Ni siquiera me asusta el verla. Es el infierno que llevo por dentro lo que verdaderamente me aterroriza.

Extiende el brazo, como si quisiera detenerme, pero la esquivo y salgo al jardín, donde la fiesta continúa. Ni siquiera lo pienso, vuelvo a correr, esquivando a todo el que puedo, tropezando con algunos que gritan, pero que no me detienen.

No tengo resuello, el corazón parece que me va a estallar, pero no puedo dejar de correr. Es la misma sensación que cuando me volví, desnudo y empapado bajo la lluvia, y me encontré a Marc frente a mí, ofreciéndome su paraguas.

Por mucho que corra, jamás podré huir de lo que ocurrió.

Bajo el camino del acantilado dando traspiés. En una ocasión me caigo de bruces y siento cómo las rodilleras de mis pantalones se abren contra el terreno, pero el dolor no me detiene. Me levanto y sigo corriendo, deseando convertirme en viento, en agua, en cualquier cosa inanimada que me impida sentir nada más.

Paso como una centella frente al chalé de Enea, sigo corriendo, paso mi casa, y llego hasta la playa.

Allí me detengo porque las piernas me tiemblan con violencia y, sé que, si doy un paso más, caeré rendido al suelo. El alcohol ha desaparecido por completo de mis venas y solo ha dejado un carril vacío para que toda la desesperación, todo el miedo, toda la frustración que estuve reprimiendo desde ese momento, galope libre por él.

De pronto, escucho un susurro a mi espalda y, cuando me doy la vuelta, una sombra oscura y pesada cae sobre mí, tirándome al suelo.

Me debato, fuera de control, pero la figura que está sobre mí me abraza con fuerza, e impide que me mueva. Cuando por fin me atrevo a bajar la mirada, descubro unos rizos oscuros acariciando mis brazos.

—Laia —susurro.

Ella se incorpora un poco y, sin decir palabra, me da un puñetazo en plena cara.

No oigo nada porque las olas del mar se están rompiendo a un par de metros de nosotros, pero en mi interior, el golpe resuena con la fuerza de una campanada.

—¡¿Qué mierda crees que haces?! —me grita, sacudiéndome—. ¡¿Por qué has huido de esa forma de mí?!

La miro. Me mira. Y entiendo que hay algo que no encaja.

—Yo… —Tengo la voz destrozada. Cada palabra que pronuncio me desgarra la garganta—. Yo creía…

—¿Crees que haría como Daniel? —Esta vez no grita, habla en un susurro tan bajo que apenas la oigo—. Porque eso es lo que hizo, ¿verdad? Ese fue el problema de todo.

Asiento, porque no puedo hablar. Estoy llorando y las lágrimas se me deslizan incontrolables por las mejillas, haciéndome sentir todavía más patético.

—Casio, me da igual —dice ella, con un suspiro de dolor que parece casi tan profundo como el mío—. Me. Da. Igual.

La miro con los ojos muy abiertos, aún incapaz de hablar. Laia se muerde los labios y mueve los brazos para envolverme en ellos. Me mece con suavidad, mientras el sonido de las olas al romper contra la arena nos envuelve. Las luces de la playa ni siquiera están encendidas y ahora nos encontramos sumergidos en una oscuridad casi total.

Con la luna y la débil iluminación que proporcionan las farolas del paseo marítimo, apenas acierto a ver su rostro, y eso me inquieta, porque temo que en sus ojos aparezca esa expresión de asco, de rechazo. Sin embargo, sus manos me agarran fuerte, como si no pensaran dejarme caer jamás.

—Cuéntamelo. —Oigo que me susurra al oído—. Tienes que hablar, Casio. No puedes guardártelo para ti mismo.

Entreabro los labios y, cuando suelto la primera palabra, no puedo parar.

Daniel era mi mejor amigo, la persona en la que más confiaba, a la que creía que podía confesarle todos mis secretos. No estaba enamorado de él, pero durante este último año, me descubrí buscándolo más de lo que ya lo hacía. Cualquier excusa era buena para verlo, cualquier tontería que pronunciaran mis labios valía para que nuestras miradas se encontrasen. Porque cuando él me contemplaba con sus inmensos ojos azules, el mundo desaparecía para mí.

La noche de su cumpleaños bebí demasiado y acabamos en su dormitorio. Todavía no sé por qué, creo que estaba buscando el cargador del móvil. Sin embargo, cuando llegamos allí, Daniel se dejó caer en su cama y yo me quedé a su lado, sentado, mirándolo de reojo.

Y de pronto, tuve ganas de besarlo, sin más. Sentí un irrefrenable deseo de hacerlo mientras mis ojos se deslizaban por sus labios.

Había besado a alguna que otra chica, a Laia, de hecho, cuando éramos unos niños. Sin embargo, jamás había sentido algo así. La sangre me hervía, la mirada se me emborronaba, el propio ambiente del dormitorio, oscuro y cerrado, parecía empujarme con manos invisibles hacia él.

No pensé en lo que significaba. Ni siquiera me planteé en si habría consecuencias.

Era Daniel, al fin y al cabo. Mi mejor amigo. La persona que nunca me abandonaría, aunque nos encontráramos en el fin del mundo.

Solo recuerdo difusamente que me miró, sonriendo, con esos ojos que yo tantas veces había buscado, y que mi boca, entreabierta, cayó hasta la suya.

Se quedó paralizado, con los labios separados por la sorpresa. No cerró los ojos y yo tampoco, de forma que pude verme reflejado en su mirada. Él movió las manos y las apoyó en mis hombros, para apretarme contra su cuerpo, o para apartarme. Nunca lo sabré, porque en ese momento, la puerta de su dormitorio crujió y los dos volvimos la cabeza con brusquedad, descubriendo la cara de Aarón, medio oculta entre las tinieblas del pasillo.

Daniel reaccionó como si hubiera metido los dedos en un enchufe. Se sacudió con brusquedad y se revolvió lo suficiente como para apoyar el pie en mi pecho y tirarme de una patada de la cama.

Cuando logré incorporarme, esa mirada que me persigue desde entonces ya estaba instalada en sus ojos. Odio. Resentimiento. Asco. Rechazo.

Jamás había visto algo que hiciera tantísimo daño.

—No vuelvas a tocarme —siseó, temblando de ira—. La próxima vez que me mires así, te juro que te arranco los ojos.

No añadió nada más. Se levantó de la cama mientras yo seguía en el suelo y me arreó una patada en el estómago, sin volver a pronunciar palabra. Me dejó hecho un estropajo, luchando por volver a respirar. No le preguntó nada a Aarón, no le dijo qué hacía tras esa puerta. Simplemente, apoyó la mano en su hombro y lo empujó con suavidad en dirección a la galería, mientras sus labios se movían y sus ojos seguían quietos en mí.

Recuerdo que me quedé inmóvil, en esa misma postura, hasta mucho después de que los pasos se perdieran escaleras abajo. Pero cuando por fin reaccioné, eché a correr y salí huyendo de la casa, sin despedirme de nadie, levantando miradas extrañadas y confusas.

La casa de Daniel está a veinte minutos de la mía, pero ese día tardé apenas diez minutos en completar el trayecto corriendo, con el interior partido y la respiración atragantada por algo que nada tenía que ver con el cansancio y el dolor de la patada.

No podía creer lo que había hecho. No sabía cómo me había dejado llevar por ello. Pero, una parte de mí, muy adentro, me decía que no podía haber acabado de otra manera, que, si me encontrase de nuevo frente a él, a centímetros de distancia, lo volvería a hacer.

Había sido corto, no más que un par de segundos, pero la sensación que me había sacudido por dentro no había tenido nada que ver con lo que había notado cuando había besado a Laia, o a otras chicas. Absolutamente nada. Lo de ellas había sido agradable. Esto, por corto que hubiese sido, había sido indescriptible.

Cuando llegué a casa y alcancé mi dormitorio, mi teléfono móvil emitió un pitido. Al comprobar que se trataba de un mensaje de Daniel, creí que no todo estaría perdido, que se disculparía por haberme hablado así y por haberme golpeado. Pensé que podíamos seguir siendo amigos después de todo.

Qué equivocado estaba.

Recuerdo que mi mente tardó demasiado en procesar la única palabra que había en el mensaje. Por todo lo que significaba, por la carga emocional que se escondía entre sus letras.

00:55: MARICÓN.

No gay. Ni homosexual.
Maricón.

Así que esto era lo que era. Una palabra así me definía. Una palabra que ahora, para mí, solo conllevaba vergüenza, miedo, asco, frustración. No pude evitarlo, la absorbí por completo y la enterré muy dentro de mí, haciéndola mía.

El lunes siguiente comenzó todo. Los murmullos, los cruces de miradas a mis espaldas, las bromas que pronto dejaron de serlo. Daniel no volvió a hablarme, pidió al profesor que lo cambiaran de sitio y comenzó a juntarse con Aarón y sus amigos. Quizás así se veía a salvo de mí. No lo sé, jamás conseguí que volviera a dirigirme algo más que no fuera una mirada llena de asco y decepción.

Yo, aterrado de que Laia y Asier reaccionaran de la misma forma, fui alejándome de ellos, levantando cada vez más barreras y cavando fosos para que no pudieran alcanzarme, para que no pudieran ver como realmente era yo.

—Cabrón —musita Laia, cuando termino de hablar—. Me gustaría tomar ahora mismo el autobús de vuelta a casa y decirle a la cara todo lo que opino de él.

—No, no digas nada. —Ella me dedica una mirada exasperada, pero yo insisto—. Por favor.

—Lleva haciéndote la vida imposible desde entonces. No... no puede hacerte eso. Quizás no debiste besarlo, pero eso no justifica todo... esto... —Respira con dificultad y me mira muy seria—. Te obligaron a caminar bajo la lluvia medio desnudo y descalzo, Casio. Y él estaba delante, lo permitió.

—Estoy seguro de que fue suya la idea de tirar la ropa al contenedor —añado, haciéndole soltar un gruñido.

—Cuando Asier se entere lo va a matar.

—No, no puedes contárselo.

—¿Qué? ¿Por qué? Él es tu amigo. ¿Crees que te haría lo mismo que Daniel?

—Daniel era mi mejor amigo, Laia. —Suspiro y mi vista vaga hasta el borde del acantilado, desde donde todavía brillan las luces de la fiesta—. Ahora mismo no puedo.

Ella me mira durante un largo rato y se inclina para limpiarme un poco la cara, que se me debe haber llenado de churretes después de tantas lágrimas. En ese momento, la brisa marina nos sacude y ambos nos estremecemos.

—Ven, vamos a casa —dice, con suavidad—. Tienes que dormir.

Ni siquiera tengo fuerzas para protestar. La sigo como un zombi sigue al último humano vivo de la tierra. Cuando llegamos al chalé, es ella la que abre la puerta y la que me arrastra escaleras arriba, hasta mi dormitorio.

Al llegar allí, cierra la puerta y me pide algo de ropa.

—¿Qué?

—Voy a dormir contigo. —Antes de que pueda replicarle, alza un dedo, amenazándome con él—. Y lo voy a hacer, quieras o no, así que dame algo de ropa.

Después de todo lo que ha pasado, no quiero discutir, así que le paso un pantalón de chándal y una camiseta. Mientras nos cambiamos, estamos de espaldas al otro, en completo silencio.

Me meto en la cama y siento cómo Laia se desliza tras de mí. A pesar de que ninguno de los dos somos corpulentos, tengo que ponerme de lado para que quepamos bien. Ella se pega a mí y me abraza desde atrás, con la cara hundida en el hueco de mi cuello. Está muy quieta, pero sé que está tan despierta como yo.

—¿Qué hizo Marc? —pregunto, murmurando—. Cuando… salí corriendo.

—La verdad es que no me fijé. Te seguí y no miré atrás.

Suspiro y me llevo una mano a los labios, apretándomelos con fuerza. Él no me siguió, aunque no puedo reprochárselo. Estuve a punto de besarlo y luego lo empujé, tal y como hizo Daniel conmigo.

—Podrías mandarle un mensaje al móvil —sugiere Laia, bostezando.

—No tengo su número y él tampoco tiene el mío.

—No intercambiaron los teléfonos todavía, pero parecían a punto de devorarse el uno al otro —dice, atónita—. Increíble.

Me quedo en silencio, pero una de las palabras que ha pronunciado late con fuerza en mi mente.

—¿Devorarnos?

—Él quería, créeme. Quería que siguieras adelante. —Los brazos de Laia me dan un apretón cariñoso, reconfortante. Se queda un instante callada y de pronto suelta un gruñido entre dientes—. La verdad es que no me sentí tan fuera de lugar en toda mi vida. No hacían más que lanzarse miraditas el uno al otro.

—Bueno, ahora entiendes como me sentía yo cuando quedaba contigo y con Asier.

Ella se ríe y me pega un pequeño puñetazo, pero enseguida vuelve a abrazarme.

—Casio —dice, al cabo de un rato, con la voz más adormilada.

—¿Sí?

—Tienes que arreglarlo. Yo no diré nada, pero no puedes permitir que esto acabe así.

Trago aire con dificultad y la aferro de las manos, apretándoselas.

—Lo sé.

No volvemos a decir nada más y, cuando escucho que su respiración se regulariza, impactando suavemente contra mi nuca, vuelvo a hablar.

—Laia.

—¿Mm?

—Si Asier no se confiesa de una vez, es que es un idiota.

A pesar de que estoy de espaldas a ella, siento cómo sonríe.

—Dale, duérmete de una vez.

23

A la mañana siguiente, me despierta el sonido de la puerta de mi dormitorio al abrirse. Todavía es muy temprano, los rayos de sol que entran por la ventana son débiles, pero son suficientes para alumbrar el pequeño rostro que se asoma a mi habitación.

Es mi hermana, que arrastra una de sus muñecas rapadas. Sus ojos se deslizan seriamente de Laia, que sigue durmiendo, a mí.

—Al menos podrían estar acostados como los adolescentes normales. O estar desnudos. —Suspira y cierra la puerta—. Qué aburridos son.

El chasquido que produce despierta a Laia, que se remueve, a mi lado, y parpadea varias veces antes de abrir por completo los ojos.

—Mi cabeza —gime, llevándose las manos a la frente—. Maldito alcohol.

A mí no me duele nada, pero noto un cansancio terrible. Siento los ojos cargados y palpitantes. Las pocas horas de sueño tampoco ayudan.

—Menuda cara —dice Laia, observándome de soslayo—. Ahora mismo das miedo.

—Tú también —contesto, señalando el maquillaje corrido de sus ojos.

Ella farfulla algo por lo bajo y se incorpora con lentitud, con una mano apoyada todavía en la cabeza.

—Creo que me daré una ducha antes de desayunar... —Cuando se pone en pie, palidece un poco—. Si no vomito antes.

Está a punto de salir de mi dormitorio, pero se detiene en el último momento y se gira para mirarme.

—¿Irás a ver a Marc?

—No, hoy es el último día que estás aquí. No pienso dejarte sola.

—Casio, no me importa.

—Lo sé.

Laia suspira y desaparece de mi dormitorio cerrando suavemente la puerta.

Yo me quedo quieto, aún tumbado en la cama. Dios, solo espero que a Marc tampoco le importe esperar. Que no me abandone como hice yo ayer por la noche, dejándolo solo, en mitad de la oscuridad de la biblioteca.

—Perdóname —susurro al aire.

No hay nadie que me pueda escuchar, pero de pronto, una brazada de viento entra por la ventana abierta, agitando las cortinas con tanta violencia, que me incorporo de inmediato para cerrarla.

Me quedo, no obstante, sentado en el borde de la cama, algo mareado por la resaca. Mi mirada se clava en el suelo mientras mi cuerpo lucha por estabilizarse.

El aire ha traído consigo algo de arena y un par de acículas, y unos pétalos violetas que parecen de rosa. Me inclino hacia las baldosas heladas poco a poco, y rozo con mis dedos los pétalos, cuyo color contrasta fuertemente con la blancura de las baldosas que recubren el suelo de mi dormitorio.

Me equivoqué. No son pétalos de rosa. Son hojas de Buganvilla.

Levanto la mirada de golpe. No sé si es el viento, que sacude de nuevo con fuerza las cortinas, o las sombras que se crean a causa del sol que brilla en el cielo, pero durante un instante, me parece ver el borde de una falda negra recortándose contra el marco de la ventana.

El aire me envuelve, acercando aún más las hojas de la buganvilla a mi cuerpo y, durante un instante, me parece escuchar la voz de Ágata flotar en él.

Durante ese día, le enseño a Laia los rincones de Aguablanca, explicándole, con *Preludio de invierno* en mano, qué ocurrió exactamente en ellos. La plaza del pueblo donde bailaron Ágata y Víctor, la casa que utilizaban los soldados republicanos como escondite, las ruinas romanas, a las afueras de Aguablanca, donde se celebró el funeral del padre de Ágata, al que Víctor acudió a escondidas...

A pesar de que estoy distraído durante todo el día, de vez en cuando, mis ojos vuelan hasta lo alto del acantilado, donde se puede ver a La Buganvilla Negra pendiendo sobre el mar. No puedo evitar preguntarme qué estará haciendo Marc, en qué estará pensando después de lo de ayer.

Más tarde, en el momento en que empieza a atardecer, mis padres, mi hermana y yo acompañamos a Laia a la estación de autobuses.

Cuando nos despedimos me abraza durante mucho tiempo. Tanto, que mis padres empiezan a murmurar a mis espaldas, entre risitas.

—Me lo has prometido —me susurra Laia, al oído, antes de separarse—. No dejes que esto acabe así.

La miro a los ojos, forzando una sonrisa.

—Tranquila, no lo haré.

Se sube al autobús y elige el último asiento, de forma que podamos verla desde el exterior.

Cuando el vehículo se pone en marcha, agita la mano y no la baja hasta que desaparece en la única carretera que comunica al pueblo con la autopista.

—Es una pena que no vaya a tu mismo instituto el año que viene —comenta mi padre, mientras mi madre tira de la mano de mi hermana para volver a casa—. Es una buena chica.

—Ni te imaginas —susurro.

Camino a su lado, con lentitud, mientras él me observa de vez en cuando, de soslayo. Ni siquiera hago un esfuerzo por fingir nada, sobre todo, ahora que Laia se ha marchado. Después de lo ocurrido ayer, tengo todavía el estómago y la cabeza revuelta.

Sé lo que le prometí a Laia, pero no sé si llegaré a cumplirlo. No creo que sea tan valiente.

—Casio, ¿estás bien?

Me detengo de pronto y él me imita, esperando a mi lado con una paciencia infinita.

—No puedo ir a casa ahora —contesto, sin levantar la vista. Porque si lo hago, si me ve, sé que lo descubrirá. Todo—. Necesito ir a un lugar.

Quizás todavía no sea capaz de alzar la mirada y afrontar sin miedo lo que ocurrió con Daniel, pero sí hay algo que puedo hacer ahora.

Él suspira y me observa con atención, como si acabase de darse cuenta de que hay algo que no cuadra en mí. Sé que llevo comportándome de forma extraña desde que llegamos a Aguablanca, y sé que llegará un día en el que me obligue a sentarme frente a él para contarle la verdad. Pero al parecer, ese día todavía no ha llegado porque esboza una pequeña sonrisa y me hace un gesto con la cabeza para que me vaya.

—Hablaré con tu madre, pero no tardes mucho en regresar.

Sonrío con entusiasmo a pesar de que, por dentro, estoy aterrorizado. Echo a correr sin poder aguantarlo más. Me desvío por una de las calles laterales y pierdo de vista a mis padres, dirigiéndome hacia el camino de la colina que sube hasta el acantilado, hacia La Buganvilla Negra.

Hacia Marc.

Esta vez tomo un camino distinto y no paso por delante del chalé de Enea. A pesar de que no puedo ver sus ojos arrugados, observándome con fijeza, no puedo evitar recordar sus palabras, advirtiéndome.

Te estás metiendo en la boca del lobo, chico.

A estas alturas, creo que sus dientes ya me han hecho añicos.

Alcanzo la cima de la colina cuando al sol ya no le queda mucho para sumergirse en el mar. Sin embargo, todavía ilumina con suficiente fuerza la mansión que tengo frente a mí, haciéndola menos amenazadora.

No desvío la mirada de la puerta de entrada. No quiero que mis ojos se tropiecen de nuevo con algún fantasma del pasado. Después de todo lo que ha ocurrido, ya me siento demasiado cargado con los míos propios.

No queda ningún rastro de la fiesta del sábado. El castillo hinchable ha desaparecido, así como las piscinas portátiles, los altavoces y las mesas llenas de bebidas y comida. Ya no se oye ninguna música, solo el sonido lejano de las olas al romper contra el acantilado.

Sin dudar, empujo la vaya de entrada y me dirijo sin desviarme hacia la gigantesca puerta de madera. Algunas ramas de las buganvillas están tan bajas, que tengo que apartarlas con cuidado para poder apretar el timbre de la entrada.

Un par de campanadas graves y tenebrosas hacen eco en el interior, consiguiendo que mi corazón doble su acelerado ritmo.

Ruego porque me abra Marc, Yago o ese extraño mayordomo, porque no sé si seré capaz de no vacilar si aparece Mónica Salvatierra.

No obstante, no es ella, ni ninguno de los anteriores, quién abre la puerta.

—¿Sí?

Es Albert Valls, el padre de Marc. Al que realmente debo temer, según él.

Lo miro fijamente, sin poder evitarlo, preguntándome qué es lo que habrá hecho para que su propio hijo diga algo así de él. Antes de que sea consciente, mis ojos ya despiden veneno.

—Estoy muy ocupado. —La voz del hombre es severa y, cuando se mueve, puedo ver su mano aferrada al teléfono móvil—. ¿Qué es lo que quieres?

—Busco a Marc —respondo, con una voz que no parece mía.

Sus cejas se alzan un poco y me examinan con más atención. Se centra demasiado en mi sombrero de paja y en mis ojos claros, que no vacilan ante los suyos.

—Tú eres su amigo. —No es una pregunta, sino una afirmación—. El chico del otro día.

Me fuerzo a no parpadear, aunque el peso de su mirada está comenzando a ser insoportable. Sus pupilas parecen estar un poco más dilatadas de lo normal y creo que está apretando los labios, mordiéndoselos, quizás, como si intentara contenerse. Aunque no sé muy bien por qué.

Observarlo es como mirar a un cielo preñado de nubes negras.

—No está aquí —dice finalmente.

Me desinflo por completo y la frustración está a punto de hacerme llorar. No era la respuesta que esperaba. Pero, de todas formas, ¿qué creía? ¿Qué Marc estaría en su habitación, esperando simplemente a que regresara?

—¿Sabe cuándo volverá?

—No.

No me invita a pasar a esperarlo, pero tampoco se me había pasado por la cabeza que me propusiera algo así… Cabeceo, le doy las gracias y, antes de darme por completo la vuelta, él ya ha cerrado de un portazo a mis espaldas.

El camino de regreso no lo hago corriendo, aunque mi corazón y mi respiración siguen tan acelerados como cuando subía la cuesta. Siento los ojos tan cargados, que no puedo evitar preguntarme cuánto tardaré en echarme a llorar.

Fui un idiota. Un auténtico cobarde que no aprendí de mis errores. No lo vi aquella vez, con Daniel, seguí sin verlo durante estos tres meses con mis amigos, y no lo advertí cuando estuve a punto de besar a Marc. Huir no lleva a ninguna parte. Es un callejón sin salida en el que no tienes más remedio que detenerte y mirar atrás, enfrentando lo que ocurrió.

Una lágrima se me desliza por la mejilla y, cuando alzo la mano para apartármela con furia, un susurro me hace levantar los ojos y detenerme en seco.

—¿Casio?

Es él. Está en mitad del camino del acantilado, con los ojos muy abiertos por la sorpresa y los ojos casi tan brillantes como los míos.

—Marc —murmuro.

24

Nos quedamos inmóviles, observándonos el uno al otro, y no reaccionamos hasta que una ligera brisa me obliga a levantar la mano para sujetar mi sombrero.

—Fui a buscarte a casa —dice Marc, con cautela, todavía sin dar un paso—. Pero nadie me abrió.

—No estábamos allí. Acompañamos a Laia a la estación de autobuses —respondo, con la voz ridículamente ronca.

—Ah. —Marc da una patada a una pequeña piedrecilla, que rueda hasta golpear la puntera de mi zapatilla de deporte—. ¿Y tú qué haces aquí?

—Quería verte. —Siento cómo la cara me arde, pero me obligo a no bajar la mirada—. Pero tampoco te encontré en casa.

—Parece que nos cruzamos.

—Sí.

Él me estaba buscando. A pesar de que fui yo el que salió huyendo, Marc decidió buscarme. Eso me alegra y me aterroriza tanto, que tardo casi medio minuto en conseguir que mi lengua se mueva de nuevo.

—¿Quieres que… vayamos a tu casa? —balbuceo, con la voz entrecortada.

—No es buena idea. Están mis padres. —Marc se lleva las manos a la cabeza, revolviéndose un pelo que ya tiene de por sí, algo enredado. Aunque no lo parezca, creo que está tan nervioso como yo—. Podemos ir a la cancha de baloncesto, la del otro día. Está a punto de anochecer, y no creo que haya mucha gente jugando.

—Vamos.

Camino hacia él y, cuando me encuentro a su altura, él echa a andar a su vez, a poca distancia de mí. Mientras descendemos, nuestros brazos se rozan y cuando nuestros dedos se encuentran, tardan un ínfimo instante de más en separarse.

Los dos sentimos el contacto, pero ninguno da un paso para apartarse.

A pesar de que intento prestar atención al camino, no puedo dejar de observarlo, solo tengo ojos para él. Ni siquiera miro hacia el chalé de Enea cuando pasamos junto al pequeño muro, a pesar de que sé que, desde algún lugar, ella me observa.

Ninguno de los dos separamos los labios durante la media hora que dura el recorrido por todo el paseo marítimo y, hasta que no llegamos a la cancha de baloncesto, completamente vacía, Marc no se vuelve de nuevo para encararme.

—¿Nos sentamos?

Asiento y nos dejamos caer junto a una de las canastas, con la espalda apoyada en las vallas que separan la cancha del paseo marítimo y del aparcamiento más cercano.

A pesar de que ya estamos aquí y el tiempo pasa, ninguno pronuncia ni una sola palabra hasta que las primeras farolas del paseo se encienden.

—Creo que tengo que pedirte perdón —murmura Marc, con los ojos clavados en sus manos, que se aprietan contra las piernas—. No debí forzarte de esa…

—No me forzaste —lo interrumpo, apoyándome en mis rodillas para quedar frente a él—. Yo también quería.

Las mejillas de Marc se colorean hasta adquirir el color de su pelo. Carraspea, incapaz de pronto de enfrentar el peso de mis ojos, y vuelve a hablar, esta vez, con el resentimiento latente en sus palabras.

—No fue esa la sensación que me diste. Cuando apareció Laia, me miraste como… —Sus ojos se entornan con tristeza, y sus manos se aferran con más desesperación a sus rodillas—. Jamás vi una mirada de terror así.

—No era por ti. No eras tú al que veía en ese momento —replico, con energía, sujetándole de las muñecas. Él vuelve a alzar la mirada hasta mis ojos—. No debería haber salido corriendo así, de esa manera. Lo siento de verdad.

—¿Entonces a quién viste? —Mis dedos siguen clavados en su piel, pero él no hace amago de apartarse—. Si no era yo, ¿quién era?

—Daniel.

No espero que ese nombre signifique nada para él, pero cabecea lentamente y mueve sus manos sobre las mías, de forma que las suyas quedan encima y las mías debajo.

—¿Ese... chico tiene algo que ver con ese día de lluvia en el que nos encontramos?

Sacudo la cabeza y, en menos de veinticuatro horas, relato de nuevo la historia que quería olvidar y enterrar. Marc escucha, sin parpadear, sin hacer juicios, con los ojos clavados en los míos y las manos unidas con fuerza.

Esta vez no lloro, aunque en algunos momentos se me quiebra la voz. No es fácil contarle cómo Daniel y Aarón me partieron poco a poco, y cómo muchos de mis compañeros que lo vieron desviaron la mirada, cómo alguien que me importaba tanto llegó a odiarme por algo que no dependía de mí.

Mientras hablo, acaricio con los dedos las palmas de sus manos. Lo hago inconscientemente, pero cuando me percato tampoco me detengo. Es en cierta parte relajante y consigue calmar los erráticos latidos de mi corazón.

—Siento que hayas tenido que pasar por eso —susurra, con voz frágil—. Lo siento mucho.

—Cuando vi a Laia, observándonos, creí que lo había estropeado todo de nuevo, que a ella también la había perdido.

—Casio, tú no estropeaste nada —replica Marc, endureciendo su tono—. Él lo estropeó. Él fue quién te perdió, no al revés.

—Lo sé, pero es difícil... verlo. Yo creía que era como los demás —murmuro.

—¿Es que crees que yo no lo soy?

Nos miramos y se nos escapa de pronto una risita nerviosa.

—Eres un chico de la cruz —contesto, burlón—. Claro que no eres como los demás.

Sin embargo, la sonrisa se me congela en mi rostro y mis dedos dejan de dibujar círculos en las palmas de sus manos. En vez de eso, las aferran con fuerza.

—Tuve alguna novia y besé a varias. Pensé que... bueno, que no sentía nada porque todavía no había encontrado a una chica especial. Sin embargo, aquella noche, cuando besé a Daniel... —Entrecierro los ojos y trago saliva al recordar de nuevo la escena—. Me di cuenta de lo que realmente pasaba.

—Te gustaban los chicos.

—Me *gustan* los chicos —repito. Decirlo en voz alta es a la vez tan liberador como desgarrador—. Pero ¿cómo podía gustarme tanto algo que acarreaba tanto rechazo y desprecio? No podía ver nada bueno en ello. Mis compañeros de clase, con quienes nunca había tenido problemas, comenzaron con las bromas y los que no participaron en ellas, empezaron a mirar para otro lado. Daniel no solo había dejado de ser mi amigo, me había amenazado con arrancarme los ojos si volvía a mirarlo. Me imagino que de la misma forma en la que te miré a ti ayer.

—A mí no me importó en absoluto.

—Lo sé. —Sonrío un poco, y tengo que apartar esta vez la mirada cuando el sonrojo vuelve a hacer que mis mejillas estallen en llamas—. Quise olvidarlo, reprimir el sentimiento que me sacudió esa noche. No quería ser de nuevo rechazado. No quería que nadie volviera a sentir asco de mí.

—Te comprendo.

Una de las manos de Marc escapa de las mías y trepa por mis brazos, recorre con suavidad mi cara hasta quedarse quieta en mi cabeza. Con un pequeño empujón, hace que me apoye en su hombro. Mi nariz está a centímetros de su cuello, y mi pelo blanco, se entremezcla con las ondulaciones rojizas del suyo.

—Te comprendo de verdad.

Me quedo quieto, con la respiración contenida, preguntándome si ese latido furioso y descontrolado que escucho pertenece a su corazón o al mío.

—Marc, ¿tú cuándo...?

—¿Cuándo supe que era gay? —Me interrumpe él, inclinando un poco el rostro hacia abajo para poder mirarme.

Sus labios están de repente tan cerca, que tengo que hacer todo el uso de mi fuerza de voluntad para no recortar la ínfima distancia que los separa de los míos.

—No lo sé, creo que desde siempre. ¿Recuerdas el chico que me enseñó a bailar vals?

Me separo un poco, desviando por fin la mirada de su boca para dejarla quieta en sus ojos, que se han cubierto de sombras.

—Era un compañero del colegio. Me gustaba, así que una vez lo invité a casa. Estábamos viendo una película, creo, cuando me incliné y le di un beso. —Respira hondo, con la voz nublada por los recuerdos—. No sé si yo también le gustaba, o si habría terminado apartándome. Mi padre nos vio.

—¿Qué? —murmuro, con los ojos abiertos de par en par.

—Le advirtió que nunca más se acercara a mí y lo echó de mi casa. Ni siquiera me dejó explicarle nada. Me tomó del brazo y me arrastró al dormitorio. —Su mano, que todavía está entre las mías, tiembla de pronto—. Allí, se quitó el cinturón y se dedicó a golpearme con él hasta hacerme comprender que aquello que había hecho era algo que no debía repetir jamás. Me obligó a ponerme en una posición extraña, para que si, algún día se me ocurriera ir más allá con algún chico, recordara el dolor que estaba sintiendo en ese momento. En ese momento no lo entendí, tenía once años, pero ahora... supongo que tú también entiendes a qué se estaba refiriendo.

De pronto, tengo ganas de vomitar. Lo miro, horrorizado, pero su cara no deja entrever ninguna expresión. Parece que habla de alguien que ni siquiera conoce. A pesar de que estoy tocando su mano, de que nuestras caras y nuestros cuerpos están separados por apenas unos centímetros, me siento más lejos de él que nunca.

—No lo volvió a hacer, ¿verdad? —Algo en los ojos de Marc parece despertar y cuando me mira, creo que la distancia entre los dos ha disminuido un poco—. ¿Verdad?

—Claro que lo volvió a hacer —replica, esbozando una mueca ahogada en amargura—. Pero por mucho que él me pegara, yo no podía cambiar lo que soy. Aunque tranquilo, la última vez fue hace mucho tiempo —añade, al ver mi expresión descompuesta.

No le replico, a pesar de que una terrible parte de mí cree que miente. Todavía no he olvidado los moratones que vi en su espalda y que él rápidamente trató de ocultar.

—No todos fueron golpes, claro. Ni te imaginas la de terapias que hay hoy en día para volver «normales» a los «desviados del camino». —Suspira, pero esboza una sonrisa tan falsa, que me entran ganas de pedirle a gritos que la borre—. Pero me temo que todos sus esfuerzos han sido en vano.

—¿Cómo ha podido consentirlo tu madre? —pregunto, con la voz temblorosa de cólera.

—Porque está de acuerdo con mi padre, Casio. Ella también piensa que es algo erróneo, un tabú, una lacra que una familia como la nuestra no puede tener. No le gustaba que él me golpeara, así que era ella la que encontraba todos esos programas y concertaba las visitas a los especialistas.

No sé qué decir. De lo único que estoy seguro, es de que, si la mano de Marc no estuviese sujeta a la mía, saldría corriendo y no pararía hasta llegar a La Buganvilla Negra. De lo que les haría a sus integrantes, mi imaginación da mucho de sí.

—Mi hermano no piensa así, claro. Solo me obligó a prometerle que nunca estaría con un chico como él. —Sonríe, intentando calmarme, aunque el incendio que siento por dentro parece imposible de controlar—. Ni tampoco mi abuelo.

—¿Óscar? —pregunto, sorprendido.

—Se dio cuenta uno de los veranos que pasé aquí. Fuimos todos juntos a comer a un restaurante y supongo que estuve mirando más de la cuenta a uno de los camareros.

—¿Qué fue lo que te dijo?

—Que había conseguido algo que otros no alcanzan jamás. Saber lo que quiero, y lo que no quiero en mi vida.

—Tenía razón —murmuro, esbozando una pequeña sonrisa. Al fin y al cabo, yo había tardado casi diecisiete años.

—Lo sé.

Marc se queda en silencio y alza la vista hacia el cielo, que se ha vuelto de un azul marino intenso. A pesar de las luces de Aguablanca, se pueden ver muchas estrellas brillando sobre nosotros. Parecen diamantes cosidos en un manto de terciopelo.

De pronto, una brisa me acaricia los brazos, sobrecogiéndome. Me doy cuenta del tiempo que ha pasado y de que le había prometido a mi padre no regresar tarde. Casi ha pasado la hora de la cena, así que tengo que volver. A pesar de que es lo último que deseo hacer en este instante.

—Debo irme —digo, aumentando a regañadientes la distancia que me separa de Marc—. Prometí que hoy no llegaría muy tarde.

Le tiendo la mano y él la toma entre las suyas, tomando impulso para ponerse en pie. Cuando se coloca frente a mí, percibo lo cerca que estamos el uno del otro y el recuerdo de la otra noche, de ese beso que estuvo a un suspiro de distancia, me golpea bien hondo, provocándome un estremecimiento que hace temblar hasta mis huesos.

—Casio, yo… —Carraspea, girándose hacia mí. Por culpa de la luz de la farola más cercana, su cara parece un cuadro de claroscuro.

Es el momento. Sé que, si acerco un poco la cara, él acortará el espacio que nos separa y me besará. Sin embargo, los nervios me impiden incluso respirar, así que moverme, parpadear siquiera, es una tarea imposible.

—No puedo acompañarte —dice finalmente, aunque no parece que sea eso lo que realmente quería decir—. He quedado para cenar con mi hermano en uno de los restaurantes del pueblo. Está en la dirección contraria.

—Ah —respondo, sintiéndome de golpe como un imbécil.

—Tengo que tomar otro camino.

—Ya, entiendo. —Mi voz es apenas un susurro.

La electricidad parece chispear entre nosotros. No sé qué nos ocurre, de qué tenemos miedo, porque ninguno hace amago de extinguir esos centímetros que nos alejan.

Finalmente, después de casi un minuto en silencio, Marc deja escapar un suspiro casi imperceptible y da un paso atrás, en dirección a la calle que comunica con el centro del pueblo.

—¿Nos vemos mañana?

—Claro.

Muévete. Muévete.

Haz.

Algo.

Ya.

Pero no lo hago.

—Pues... adiós.

Me doy la vuelta y escucho cómo sus pasos se alejan de mí. Yo, sin embargo, soy incapaz de andar. Lo único que puedo hacer es mirar frustrado la valla que tengo frente a mí, junto a una de las canastas. Dios. ¿Por qué soy tan cobarde? ¿Por qué no soy capaz de acabar lo que ayer empecé?

Alzo la mano y la apoyo en uno de los barrotes, apretándolo sin compasión.

No va a ocurrir nada. Si me vuelvo y me acerco a él, Marc no me mirará como Daniel lo hizo, no me amenazará ni se encargará de hacerme la vida imposible. Pero tengo miedo, todavía estoy aterrorizado, y él lo sabe, por eso no da el primer paso. Si quiero algo, soy yo el que tiene que moverse. Y para eso, tengo que afrontar la mirada de

Daniel, su asco, aceptarlo y vencerlo. Porque sé que no todos serán él, y tampoco, que todos serán Laia.

Lo peor de todo, sin embargo, es que no se trata de ellos, se trata de mí. De lo que soy, de lo que siento, de lo que no puedo cambiar, y de lo que *no quiero* cambiar.

Porque me gusta Marc Valls.

Me gusta muchísimo.

—¡Marc! —exclamo, dándome la vuelta de golpe, a pesar de que sé que debe estar a demasiada distancia como para escucharme.

Sin embargo, lo veo a tan solo unos pasos de mí. Está rígido, con los hombros en tensión y los labios apretados. No se marchó. Fue incapaz de alejarse de mí, como yo de él.

Veo cómo entreabre los labios, pero yo no tengo tiempo de escucharlo. Un impulso tira de mí hacia adelante y esta vez, no tengo ningún miedo cuando me dejo llevar.

No sé cómo no nos tropezamos con nuestras propias manos. Yo aferro la pechera de su camisa celeste y él me toma del cuello de mi camiseta, atrayéndome con violencia hacia él. Antes de que mis ojos se cierren por completo, ya me está besando.

La mente se me queda en blanco y no puedo pensar nada más que en sus labios, que se mueven con furia, con necesidad, contra los míos, y sus manos, que ahora reptaron hacia mi cuello y me empujan más hacia él, de forma que no existe ni un solo hueco entre nuestros cuerpos.

Cada roce de su lengua con la mía, es mitad agonía, mitad placer.

Es como si durante todo este tiempo, yo hubiera sido la pequeña chispa que recorre lentamente y sin detenerse la mecha de un cartucho de dinamita, y ahora, por fin, he logrado encenderla. Me siento como si fuera una flor que acaba a de abrir por primera vez sus pétalos, como un ahogado volviendo a respirar, como una ola derrumbándose, rompiendo contra la arena. Es como si el fuego acabase de conocer a la gasolina. Y yo soy un ave fénix, que no puedo convertirme en cenizas por mucho que las llamas me consuman.

Mis piernas tiemblan tanto, que no son capaces de soportar el empujón constante de Marc, así que retrocedo, trastabillando, sin separar ni por un momento mi boca de la suya.

El golpe contra uno de los barrotes de la valla me hace soltar una pequeña carcajada y consigue que Marc se separe un poco de mí, frenético, con el pelo levantado en todas direcciones por culpa de mis manos, que no han dejado de acariciárselo.

Nos miramos el uno al otro, sin resuello y con las mejillas coloradas. Mi sonrisa es tan amplia, que me duelen las comisuras de la boca.

—No pensaba que los chicos de la cruz besasen así.

—Ah, no me digas. —Marc esboza una sonrisa burlona y se acerca lentamente a mí, dejándome atrapado entre la valla y sus ojos, brillantes como los de un gato en la oscuridad—. ¿Y cómo debería hacerlo, entonces?

Sonrío y estiro las manos para colocarlas a ambos lados de su cara, atrayéndolo de nuevo hacia mí.

Cuando vuelvo a sentir sus labios, lo comprendo. Esto vale más que cualquier mirada de asco o cualquier palabra de desprecio. Esto es por lo que en realidad vale la pena luchar.

Esto puede con todo.

Tercera Parte

Allegro
motto vivace

Ágata tardó en sentir el dolor.

Hasta que Ariadne Vergel no la arrojó contra su propia cama, en el diminuto dormitorio que compartía con Emma, no fue consciente de la sangre que sentía en el interior de su boca.

—¿Creías que no me había dado cuenta, zorra estúpida? ¿Creías que podías ser más lista que yo? —Se acercó a la cama, colocándose casi a horcajadas sobre ella, dejándole apenas espacio entre su aliento y la pared—. Es hora de que esta historia acabe.

—Yo...

—No, no te atrevas a mentirme —siseó Ariadne Vergel, interrumpiéndola—. Si lo quisieras de verdad, te mantendrías lejos de él. ¿Es que no lo ves? ¿Qué eres tú? ¿Qué le puedes ofrecer?

—Una vida mejor —contestó Ágata, en un susurro ronco.

—¿Vida? ¿Hablas de vida? —La mujer se echó hacia atrás, riendo—. A su lado, solo lo condenarás. ¿Qué ocurrió la otra noche? ¿Qué ocurrió con tu padre? Sí, niña, no me mires así, sé que se lo llevaron y sé dónde está ahora. Y tú también.

Ágata apartó la mirada, sintiendo cómo las lágrimas se le agolpaban en sus ojos. Había ocurrido hacía tan solo dos días, pero su memoria apenas podía evocar aquel recuerdo.

Todo había sido demasiado confuso. Un camión. Soldados del bando contrario. Golpes. Golpes. Más golpes. La expresión desesperada de su padre. Y los tiros posteriores, haciendo eco por todo el pueblo.

—Estamos en guerra —siseó Ágata, clavando sus ojos violetas en los de la mujer—. El próximo podría ser cualquiera. Podría ser usted.

Ariadne estuvo a punto de replicar, pero de pronto, la puerta del dormitorio se abrió. Tras ella, apareció Brais Vergel, que se limitó a pasear la mirada por Ágata antes de dirigirse a su madre.

—Los invitados esperan en el salón de música.

La mujer suspiró y se apartó de la chica. Sin mirarla siquiera, se pasó las manos por el vestido y alisó los pliegues de su falda. Abandonó la habitación con paso solemne, sin pronunciar ni una palabra más.

Ágata levantó la mirada, observando entre los mechones que se le habían escapado del moño, la alta figura de Brais. Pensó que seguiría a su madre, pero él permaneció junto al marco de la puerta, como si estuviera esperando algo.

—Te equivocas. Los siguientes no seremos nosotros. Siempre hemos estado por encima de un bando, u otro —murmuró de pronto, sobresaltándola—. Jamás se atreverían a hacernos nada.

Miró brevemente por encima de su hombro, atravesándola con sus ojos grises.

—Nosotros somos intocables.

Preludio de Invierno, Capítulo 15, página 203.

Óscar Salvatierra.

25

—Chico, ¡chico! ¡Casio!

—¿Eh? —Me detengo, con la mano alzada y llena de tierra.

—¿Por qué me estás destrozando las pocas flores que tengo?

—¿Eh? —repito, y cuando bajo la mirada, me doy cuenta de que no estoy arrancando una mala hierba, sino un par de margaritas—. Mierda. Lo siento.

Comienzo a escarbar la tierra con mis propias manos y, en un intento desesperado, hundo los tallos de las flores hasta lo más profundo que puedo. Estas, sin embargo, no se mantienen rectas y caen hacia un lado.

—Déjalo, ya no tiene arreglo —suspira Enea, mirándome desde el porche con cierta exasperación—. ¿Dónde te has dejado hoy el cerebro? ¿O es que las hormonas ya te lo han carcomido?

Sacudo la cabeza, sin asentir, aunque probablemente tenga razón. Después de lo que ocurrió ayer por la noche, no puedo dejar de pensar en Marc, en sus manos y en sus labios, moviéndose contra los míos. Aún recuerdo el último beso que nos dimos, mientras me susurraba, por fin, entre risas, su número de teléfono.

—Anda, ven. Acércate y siéntate a mi lado. No quiero que destroces más mi jardín.

—Pero las malas hierbas…

—Son muchas y crecen demasiado deprisa. Por mucho que quieras, no puedes hacer nada.

Suspiro y me acerco a ella, sentándome sobre el escalón del porche. Observo con cierta frustración el jardín, que tiene mucho peor aspecto que cuando llegué, casi veinte días atrás.

—Podría intentar arreglar el muro —comento, observando la valla de piedra medio derruida.

—Este lugar está condenado —susurra Enea, haciéndome desviar la mirada hacia ella—. Se está cayendo a pedazos.

—Podría ser peligroso —comento, levantando los ojos hacia las tejas rojas del tejado, precariamente sujetas unas con otras—. ¿Y si te haces daño?

—Hay pocas cosas que puedan hacérmelo —replica ella—. Aunque creo que deberías preocuparte más por ti mismo, que por mí.

La observo de soslayo, sin pronunciar palabra, a pesar de que sé a qué se está refiriendo.

—No me mires así. Ya te advertí que no era buena idea acercarse a esa familia.

—¿Trabajaste de espía cuando eras joven? —pregunto, con el ceño fruncido—. Porque desde que te conozco, tengo la sensación de que vaya a donde vaya, estás observándome. Vigilándome, más bien.

Enea sonríe y me dedica una mirada burlona, pero no dice nada.

Suspiro y, con los dedos, muevo un par de piedrecitas que descansan junto a mis zapatillas de deporte. Sin levantar la cabeza, digo de pronto:

—He visto fantasmas en La Buganvilla Negra.

Permanezco en silencio unos segundos, sin dejar de rozar las piedras, pero Enea no pronuncia ni una palabra, así que continúo.

—Son tres personajes de esa novela de la que te hablé, de *Preludio de invierno*. Aunque realmente, esos personajes están basados en tres personas que realmente existieron. Una criada, esa mujer de la que me hablaste, Leonor Salvatierra, y la chica de la que estuvo enamorado Óscar, hace muchos años.

Espero que conteste, pero de nuevo, no recibo más que silencio. Levanto la cabeza con cautela, y la observo de reojo. Enea me está mirando fijamente, con sus ojos claros más brillantes que nunca.

—¿Crees que estoy loco?

—Oh, no, claro que no. En esa casa han sucedido demasiados horrores. Hay monstruos allí adentro. —Deja escapar una risa amarga y separa la vista de mí para alzarla en dirección al acantilado—. Así que la vieja sigue ahí dentro, atrapada. Me alegro. Ser un alma en pena es lo menos que se merece.

—Óscar cree que fue su madre la que destrozó su relación con Ágata. —Enea aprieta sus labios y me observa atentamente. Por su mirada, deduzco que quiere que continúe—. Ágata era la chica de la que Víctor, en *Preludio de invierno*, se enamoró. Como Emma, era una criada que trabajaba en la casa.

—¿Y cómo acaba ese libro? ¿Cuál es su final?

—Bueno, en realidad… no parece un final. Es demasiado abierto, quedan demasiadas preguntas sin resolver —contesto, encogiéndome de hombros—. Lo último que se sabe de Ágata es que salta del acantilado, un día en el que hay un bombardeo en Aguablanca.

Enea ni siquiera parpadea. Sigue mirándome, muy seria, con las arrugas crispadas alrededor de sus ojos claros. Casi ni parece respirar. Extiendo la mano hacia ella, preocupado, pero entonces, se aparta de mis dedos y se recuesta sobre la mecedora.

—¿Podrías leérmelo? —pregunta entonces, sin mirarme—. Lo haría yo misma, pero ya te lo dije, no me dieron la oportunidad de aprender a leer. Ya que tu futuro no es ser jardinero, podríamos cambiar las malas hierbas por algún rato de lectura.

—Eh… claro —contesto, confuso por la extraña petición—. Si quieres, voy a casa por él. No tardaré nada en volver.

Ella asiente y esboza una pequeña sonrisa cansada.

—Tranquilo, no voy a moverme de aquí.

Camino a paso rápido hacia casa, sin poder dejar de mirar hacia atrás. No entiendo este súbito interés por la historia, ni el porqué de esa expresión cuando nombré a Leonor Salvatierra. Enea ha dicho que se alegra de que ahora no fuese más que un alma en pena, pero hay algo en su mirada, en la forma en la que tuerce su boca, que me susurra que hay mucho, mucho más.

Me quedo de pronto helado, a un par de metros de la puerta del chalé.

¿Y si Enea conocía a Ágata? ¿Y si odia tanto a Ariadne Vergel, o lo que es lo mismo, a Leonor Salvatierra, porque ella misma sufrió sus maltratos? ¿Y si ella también sirvió en La Buganvilla Negra?

Sin embargo, hay algo que no cuadra. Su edad. Debe tener unos setenta, no más. Óscar ha alcanzado ya los noventa, por lo que se llevan un mínimo de veinte años. Por tanto, es imposible que ella llegase a formar parte de todo lo que se relata en *Preludio de invierno*. No pudo haber conocido a Leonor Salvatierra, ella murió después de la guerra, la propia Enea me lo dijo.

Y, sin embargo…

Me muerdo los labios, pensativo. Enea quiere que le lea el libro porque alguna de las palabras que he pronunciado ha despertado algo en ella, algo que le hace recordar.

Me detengo de golpe en el camino, frenético de pronto.

Sus advertencias sobre la familia Salvatierra, la forma en la que me mira cuando me ve con Marc… hay una unión entre ella y esa familia.

Las manos me comienzan a temblar y la respiración se me acelera cuando mi cerebro comienza a funcionar a toda máquina.

Ágata.

Sus ojos se encendieron cuando escucharon ese nombre.

¿Y si ella la conoció? ¿Y si sobrevivió al salto del acantilado? ¿Y si… fueron dos, y no uno, los que abandonaron La Buganvilla Negra?

Preludio de invierno no es más que la versión de Óscar Salvatierra de todos los acontecimientos que rodearon aquel último invierno de la guerra. Pero jamás se conoce el verdadero punto de vista de Ágata. Óscar solo podía imaginar los fragmentos en los que era la protagonista. Ella debía tener sus propios secretos. Secretos, que no debía revelar a nadie, ni siquiera a él.

Como un embarazo, por ejemplo.

Con la respiración atragantada, entro en el interior de mi casa como un vendaval. Doy portazos y corro escaleras arriba hasta dar con el libro. Respondo alguna tontería cuando mi madre, sentada junto a mi padre en el sofá, me pregunta a qué viene tanta prisa, y salgo por la puerta con la misma rapidez con la que he entrado.

Cuando vuelvo a saltar por el pequeño muro que separa la calle de la parcela del viejo chalé, miro a Enea con otros ojos. Y, mientras avanzo hacia ella, tengo la sensación de que esa extraña magia que parece latir en cada rincón de Aguablanca, que hace respirar a La Buganvilla Negra y convierte a los fantasmas en algo normal, me envuelve y me tira del pelo, empujándome hacia la anciana, que me espera en su mecedora, tal y como me había prometido.

—¿Tengo algo en la cara, chico? —gruñe ella—. ¿A qué viene esa mirada?

Esta vez soy yo el que la observo con burla y no digo nada. Sé que ahora no hablará, algo en su cara me lo dice. Primero tiene que escuchar la historia completa.

Me siento en el escalón del porche y apoyo el libro sobre mis rodillas, pasando las páginas amarillentas con cuidado. Enea se inclina y observa las letras de reojo, fascinada, aunque no pueda entenderlas.

Tomo aire y comienzo a leer.

«Hay familias que nacen y crecen en la oscuridad, como el musgo y los helechos. Y los Vergel pertenecían a esa clase de familia...».

26

Las palmas de las manos me sudan un poco cuando aprieto el timbre de La Buganvilla Negra.

Aún tengo demasiado presente el recuerdo de ese instante en la biblioteca durante la fiesta de cumpleaños de Yago, a pesar de que ya no es el terror lo que me paraliza cuando veo los labios de Marc Valls. Ayer lo comprobé, de hecho, mientras nos besábamos en la playa. Sin parar.

Sin embargo, esta mansión tiene todavía demasiadas historias o misterios como para no ponerme nervioso. Ágata, Emma, Ariadne Vergel. No puedo evitar preguntarme a quién veré hoy.

Tendré que ignorarlas como pueda, si es que realmente aparecen. Estamos a veinte de agosto, a solo diez días de que las vacaciones terminen y tenga que regresar a casa. Y no quiero desaprovechar el tiempo.

Es cierto que Marc y yo vivimos en la misma ciudad, pero no quiero engañarme. Muchas cosas pueden cambiar cuando volvamos.

La puerta se abre y una sonrisa que conozco aparece tras ella.

—Has tardado siglos —dice Marc, tomándome del brazo y arrastrándome al interior.

—¿Están...? —pregunto, inseguro, mirando de soslayo a la galería.

—¿Mis padres? No regresarán hasta la hora de la cena. Están hablando con el abogado de la familia —contesta, con voz sombría.

Marc echa a andar y yo lo sigo, en dirección al salón de música.

—¿Ha ocurrido algo? —pregunto, con cautela.

—Mi abuelo Óscar está mal. Apenas come y desde hace varios días no sale de su dormitorio. Dicen que se está... apagando. —Levanta la mirada hacia las escaleras que conducen al piso superior—. Ya estaba mal antes de que comenzara el verano, pero cuando volvió a encontrarse con *Preludio de invierno*... no sé, empezó a cambiar. Ha vuelto a escribir, pero de una forma errática, descontrolada. Y cuando termina, lo único que hace es destrozar todo lo que ha escrito. Cada vez que le pregunto, él me dice que los recuerdos lo están matando.

Apoyo mi mano sobre su hombro, estrechándoselo con fuerza. Es lo único que puedo hacer, porque no soy capaz de pronunciar palabra. Él enlaza sus dedos con los míos y nos quedamos ahí quietos, al pie de las escaleras.

—Él se quiere morir, Casio. Creo que lleva toda la vida deseando hacerlo —dice entonces, con lentitud—. Nunca ha sido feliz formando parte de esta familia.

—¿Y por qué no se marchó, entonces? están llenos de dinero. Podría haberse ido a la otra parte del mundo de haberlo querido.

—Tú deberías saberlo mejor que nadie —me dice, volviéndose para mirarme fijamente a los ojos.

—Este pueblo es muy pequeño, si Ágata se hubiese quedado aquí, se habrían encontrado de nuevo, ¿no crees?

—No lo sé. Yo pasaba por la puerta de tu instituto todos los días y estoy seguro de que nos cruzamos más de una vez. Sin embargo, no me fijé realmente en ti hasta el día que te encontré bajo la lluvia, intentando recuperar la ropa de un contenedor.

—Aun así... —replico, enrojeciendo al recordar.

No llego a terminar la frase, porque entonces, la voz cascada de Blai Salvatierra hace eco por toda la casa, sobresaltándonos. Está llamando a Marc.

—Espera un momento, voy a ver que quiere. —Su mano se desliza hasta la mía, y me da un ligero apretón—. Espérame en el salón de música.

Asiento y lo veo subir las escaleras a toda velocidad. Hasta que no desaparece en el piso de arriba, no arrastro los pies hacia la sala contigua, donde me espera el violonchelo, apoyado en la silla donde he visto a Marc tocar.

Sin embargo, no es el único que está allí.

—Hace mucho que él dejó de verme.

Ariadne Vergel, o Leonor Salvatierra, como se llamaba en la vida real, me lanza una larga mirada desde el rincón de la habitación.

—Yo solía llamarlo «el niño desviado». Claramente, lo era. No sé cómo mi nieta pudo tardar tanto tiempo en darse cuenta.

Está vestida con la misma bata de seda y el mismo camisón con el que la vi en la ocasión anterior.

La contemplo desde el otro lado de la estancia, sin moverme. Con la luz del atardecer reflejándose en ella, no es ese horrible fantasma que me habló en una noche de tormenta. En estos momentos, no es más que una mujer desdichada que parece terriblemente vieja, aunque no debería tener más de cuarenta años.

—¿Hoy no vas a salir corriendo?

—Al parecer, es corriente ver fantasmas en esta casa —contesto, sintiendo el corazón latir en la garganta.

—Demasiadas penas. Demasiadas traiciones. Demasiados desengaños. —La mujer exhala un largo suspiro y me mira con una mezcla de resentimiento y frustración—. Es lo menos que podía pasar.

—Lo dice como si fuera algo normal —replico, pegando las manos a mis costados para que el temblor no sea tan evidente—. Visité muchos lugares, pero jamás había visto un fantasma.

—Quizás te has encontrado con más de los que crees y no has sido consciente de ello. ¿Me ves diferente a una persona viva? Puede que tú mismo seas uno. —Palidezco al instante y sus labios cubiertos de carmín se retuercen en una sonrisa maliciosa—. Calma, calma. Solo quería hacerte sufrir un poco.

Un ramalazo de furia me sacude y me hace olvidar momentáneamente lo asustado que me siento.

—¿También disfrutaba haciendo sufrir a otras personas?

Su mueca desaparece y, con lentitud, entorna los ojos. Óscar
Salvatierra no se equivocó en describir a su madre en *Preludio de
invierno*. Ahora, frente a ella, me siento como un personaje más de
la novela.

Me aclaro la garganta, obligándome a hablar de nuevo.

—¿También disfrutaba haciendo sufrir a Ágata?

—¿Ágata? —repite ella, con la voz helada.

—No conozco su nombre real, pero sé que sabe quién es. También leyó *Preludio de invierno*, ¿verdad?

Leonor Salvatierra baja la cabeza y sus ojos se tiñen de esa amargura tan característica y profunda que solo he visto en los miembros
de su familia.

—Claro que lo he leído. Fue el primer libro que escribió mi hijo.

—Entonces sabe quién es.

—Por supuesto, cómo olvidarla —sisea ella, haciendo una mueca
de desagrado.

—¿Supo qué fue de ella?

—¿Me preguntas si está viva o muerta? —Leonor menea la cabeza y me dedica una sonrisa burlona a la par que escalofriante—. Si
crees que, porque yo sea un fantasma, puedo ver a los muertos, estás
muy equivocado. La muerte es más complicada que decir simplemente que nos encontramos al otro lado. Tiene capas. Muchísimas.
Yo estoy en una de esas capas, y si ella está muerta, cosa que ignoro,
te aseguro que se encuentra en otra. De lo contario, la habría encontrado.

No entiendo nada de lo que me está contando, pero por mucha
fascinación y terror que me produzca el tema, no quiero olvidarme
de lo que verdaderamente me importa. Del motivo por el que estoy
aquí, estremeciéndome, hablando con una mujer que murió hace más
de cincuenta años.

—¿Cree… cree que podría haber ocultado un embarazo? —pregunto, con lentitud.

Sus ojos se clavan en los míos y sondean en ellos, mareándome. No se mueven en un minuto entero, en el que apenas puedo respirar.

—Por mucho que me duela admitirlo, era una chica lista. Podría habérmelo ocultado, sí —contesta, con recelo—. Pero es imposible que fuese hijo de Óscar.

—¿Qué? ¿Por qué? —pregunto, sorprendido.

—Porque mi hijo es estéril.

Se me escapa una risa tonta y me llevo las manos a la boca. Sin embargo, su expresión no se inmuta.

—Óscar tuvo una hija con la mujer con quien se casó. Su nieta, Mónica.

—Que lleve sus apellidos, no significa que sea su hija. Tú deberías saberlo bien, perteneces a una juventud en la que abundan los chicos como Yago. —Leonor sacude la cabeza y resopla—. De todas formas, cuando Carla, la mujer de Óscar, le fue infiel, no pude culparla. Ella siempre supo que mi hijo no estaba enamorado de ella. Pensaba demasiado en esa maldita criada que saltó del acantilado.

—Eso es imposible —replico, sintiendo cómo la sangre huye de mi cara a desbandadas—. ¿Cómo…?

—Cuando estás muerto, puedes ver todo lo que hacen los vivos —murmura, en un susurro gélido—. Y créeme, a veces dan mucho más miedo que los fantasmas.

El sonido de unos pasos bajando por la escalera me sobresalta. Giro la cabeza, solo lo suficiente como para ver cómo Marc salta del tercer escalón al rellano y camina hacia mí, con una sonrisa dibujada en su rostro.

—Como el monstruo de esta casa.

Miro de nuevo hacia donde se encuentra Leonor Salvatierra, aunque ya no hay rastro de ella. Su hueco ahora solo lo rellena el aire, aunque sus palabras todavía hacen eco en mi cabeza.

—¿Casio? ¿Estás bien? —Me pregunta Marc, palmeándome la espalda—. Parece que has visto un fantasma.

Lo miro fijamente, recorriendo con lentitud su pelo rojo, que cae sobre su frente morena en suaves ondas; sus ojos color miel, que parecen dorados cuando la luz se refleja en ellos; sus labios, gruesos y suaves.

Hasta ahora, no me había dado cuenta de lo diferente que es a Óscar Salvatierra.

27

—¿Estás seguro de que no ocurre nada? ¿Es Daniel? ¿Te ha enviado otro mensaje? —Insiste Marc, observándome con los ojos entornados—. Pareces a punto de desmayarte.

—Es… —Carraspeo y me obligo a que mi voz no suene tan ridícula. No puedo decirle lo que su bisabuela me ha confesado. Él no lo sabe, no puede tener ni idea—. El calor. Hace muchísimo calor.

—¿Quieres agua? —Asiento, aunque estoy seguro de que intuye que el problema es otro—. Te traeré un vaso.

Cuando lo veo desaparecer por la puerta, miro a mi alrededor, esperanzado, pero no aparece de nuevo la esbelta figura de Leonor Salvatierra. Me encantaría que ahora apareciese Ágata, o Esmeralda, Emma en *Preludio de invierno*. Después de lo que acabo de escuchar, tengo muchas preguntas que hacerles. Si lo que dice Leonor Salvatierra es cierto, ellas también han tenido que ver todo lo que ha ocurrido en esta mansión desde que murieron.

—¿Qué miras con tanto interés?

La voz de Marc me sobresalta y, cuando me doy la vuelta con brusquedad, estoy a punto de tirarle el vaso que lleva entre las manos.

—El violonchelo —miento deprisa, bebiéndome el agua de un trago.

—Hoy estás… raro —dice, observándome de soslayo. Sus ojos se desvían de mi cara, todavía pálida, al instrumento que tengo a mi espalda, y observo cómo se iluminan a medias, como si acabara de ocurrírsele una idea—. ¿Te gustaría tocarlo?

Miro por encima del hombro al violonchelo, cuya madera caoba resplandece como oro y sangre bajo la luz del atardecer. Parece tan valioso como frágil.

—No sé si es muy buena idea —contesto, inseguro—. ¿Y si lo rompo?

—No es de cristal. Anda, ven aquí.

Marc me aparta la silla y yergue el instrumento, sosteniéndolo con firmeza del mástil con una mano. Con la otra, me ofrece el arco que ha estado reposando al lado del violonchelo.

Renuente, me siento y dejo que apoye parte del mástil sobre mi hombro derecho. No pesa tanto como creía, aunque me obliga a adoptar una postura que me resulta incómoda.

Con todo el cuidado que puedo, tomo el arco y lo apoyo contra las cuerdas, sin moverlo sobre ellas.

—No es un cigarrillo, Casio —dice Marc, reprimiendo una carcajada—. Tienes que sostenerlo con firmeza, si no se te caerá en cuanto lo muevas.

Sus dedos se deslizan sobre los míos y me obligan a sujetarlo de una forma más correcta. Intento concentrarme, pero es complicado. Los mechones pelirrojos de Marc me acarician la nuca y escucho su respiración suave en mi oído. Su pecho está prácticamente pegado a mi espalda. Y mi corazón va a estallar de un momento a otro.

—Levanta el brazo. Así, un poco más. —Las yemas de sus dedos tocan mi codo, solo lo suficiente para alzarlo—. Ahora mueve el arco con suavidad. Solo tienes que acariciar las cuerdas, no presionarlas.

Lo obedezco como puedo y contrariamente a lo que había pensado, el violonchelo no grita como un gato en celo, si no que consigo arrancar una nota limpia y sonora, que hace eco por los rincones del salón de música.

—Es la nota «si» —me murmura.

No se ha movido de donde estaba, y ahora, su cercanía es más abrasadora que nunca. Él nota la tensión de mis hombros, la pesadez de mi respiración y se acerca todavía más.

Sus manos se apoyan en mis brazos y los aprietan ligeramente, arrancándome un estremecimiento.

—¿Estás bien? —susurra.

Sé que puedo contestarle en voz alta, pero mi mano se mueve sola, y entonces, la nota hace de nuevo eco en la sala.

Sí, contesto musicalmente.

Con el rabillo del ojo, veo cómo sus labios se tuercen en una sonrisa traviesa.

Las yemas de sus dedos se deslizan por mis brazos, ascendiendo, recorriendo mis hombros y demorándose en el borde de mi camiseta. Cuando tocan la piel de mi cuello, me estremezco violentamente, y el arco, apoyado en las cuerdas, produce un sonido extraño, disonante. Casi como un jadeo o un suspiro.

—¿Quieres que siga?

La nota «si» vuelve a flotar en el aire, vibrando como las cuerdas del violonchelo, antes de extinguirse y dejarnos envueltos en un silencio lleno de respiraciones contenidas y corazones acelerados.

Los dedos de Marc recorren la línea de mi mandíbula, bajan siguiendo la línea de mi yugular y se detienen en el cuello de la camiseta, temblorosos.

Las palpitaciones me marean, estoy seguro de que tiene que sentir mi corazón latir rabioso debajo de sus manos.

—¿Puedo besarte?

Vuelvo a mover el arco sobre las cuerdas del violonchelo, pero esta vez, no es esa nota clara, limpia, la que vuela en el aire, sino un puñado de notas que suenan como un gruñido, o un grito. Dejo caer el arco sobre mis rodillas y sujeto con una mano el cuello de la camisa de Marc, atrayéndolo hacia mí.

Esta vez no se trata de ningún roce o caricia. Su boca abrasa la mía, arrancándome el poco aliento que todavía me queda. Me percato vagamente de que sus dedos tiran del cuello de mi camiseta, para atraerme todavía más a él, aunque es imposible. Tengo los ojos cerrados y solo soy consciente de la respiración jadeante de Marc, que suena tan arrítmica como la mía, y de sus labios, que no dejan de luchar contra los míos.

Cuando me desabotona uno de los dos únicos botones de la camiseta, siento como si un collar de plomo, que no había descubierto hasta ahora, cayera al suelo y me dejara libre.

Y, en el momento en que sus manos se internan por debajo de la tela, en mi estómago estalla una bomba nuclear.

Quiero perderme en él, no escuchar nada más que su voz o sentir algo que no sea su sonrisa contra mis labios.

Sin embargo, y por mucho que peleo por ignorar todo lo que no tenga que ver en este momento con él, comienzo a escuchar un susurro lejano en mis oídos y en mi cabeza, débil, pero repetitivo.

Intento olvidarlo, concentrarme en Marc, en sus dedos, en su boca, pero la voz no se detiene, y crece en intensidad hasta que creo reconocer el timbre vagamente. No deja de pronunciar mi nombre. Una y otra vez, sin descanso.

Casio, Casio, Casio, ¡Casio! ¡CASIO!

¿Ágata? Murmura mi cabeza, débilmente. Parece su voz.

Cuando abro por fin los ojos, la veo. Es la chica del vestido negro, la Ágata de *Preludio de invierno*, la chica que enamoró a Óscar Salvatierra.

A pesar de que mira en mi dirección, no es a mí a quien observa. Tiene la mano alzada y el dedo estirado hacia la puerta entreabierta que hay detrás de nosotros.

No me hace falta girar la cabeza para ver a quién señala. Aún con los labios pegados a los de Marc, lo observo a través del espejo que se encuentra frente a mí.

Me quedo paralizado, con los ojos congelados en el reflejo de Blai Salvatierra.

Antes de que sea capaz de separarme de Marc, él hace un gesto con la cabeza y una sombra negra, que reconozco vagamente como

Alonso, empuja la silla de ruedas, haciéndolo desaparecer de mi campo visual.

Antes de poder pensarlo, pongo una mano en el hombro de Marc y lo empujo violentamente hacia atrás, a punto de hacerlo trastabillar. En un intento de sujetarse a algo, sus dedos rozan el mástil del violonchelo, y este acaba cayendo al suelo en su lugar, produciendo un sonido gutural, profundo, que esconde el chirrido de la silla de ruedas al alejarse.

—Casio, ¿qué...?

—Nos vio —murmuro, pálido—. Tu tío, Blai. Nos ha vio.

De pronto, Marc parece a punto de vomitar. Se da la vuelta y observa aterrorizado la puerta entreabierta, que ninguno de los dos llegamos a cerrar.

Vuelvo a mirar hacia el espejo, pero Ágata había desaparecido.

En mitad del silencio espeso, podemos escuchar perfectamente el sonido de las ruedas de gomas al deslizarse por el parqué, alejándose de nosotros.

—Tienes que irte a casa —dice de pronto Marc, girándose hacia mí.

Jamás lo había visto tan espantado. Tiene los puños apretados y sus labios, todavía hinchados por el beso, tiemblan tanto como yo.

—¿Crees que se lo dirá a alguien? —musito, asustado.

La historia que me contó sobre su padre, de todo el daño que le causó cuando era solo un niño, me golpea con la fuerza de una bofetada y hace que me tambalee, asustado.

—Puede que no, o que sí. No lo sé. —Me mira, suplicante—. Tengo que hablar con él. Y tú tienes que irte.

—Puedo ayudarte a explicárselo, yo...

—No, tengo que hacerlo yo solo.

Me levanto por fin de la silla, sintiendo las piernas tan débiles, que no sé cómo no me fallan cuando doy el primer paso.

Marc espera, con la cara arrasada por el miedo y la angustia. Cuando paso junto a él me detengo, dubitativo, y lo sujeto de la muñeca.

—Si tu padre se enterara, no sería como la última vez, ¿verdad? —Lo miro suplicante—. No te volvería a… ya sabes.

A golpear. A humillar. A darte una paliza de muerte por ser simplemente como eres.

—Estaré bien, tranquilo.

Sonríe y yo suspiro, mordiéndome la lengua con rabia. Odio en lo más profundo esa sonrisa falsa.

Marc toma mi mano y tira de ella, obligándome a soltar su muñeca. Me dejo hacer, frustrado, y paso delante de él, internándome en la galería de la planta baja.

Pasamos frente a la puerta abierta que conduce a la pequeña sala de estar en la que estuvimos cenando Yago, Marc y yo hace una semana. En su interior, está Blai Salvatierra, que no vuelve la cabeza, a pesar de que escucha perfectamente nuestros pasos. Ni siquiera separa los ojos del libro que está leyendo a pesar de que yo lo fulmino con la mirada.

Cuando Marc se me adelanta para abrir la puerta principal, adivino que no tendremos mucho tiempo para despedidas.

—Llámame si ocurre algo —murmuro.

Él asiente. Intenta que su sonrisa siga intacta, pero se ha convertido en una mueca horrible en la que el pavor es más que palpable.

—Adiós, Casio.

Cierra la puerta frente a mí y yo retrocedo un poco, frustrado. Examino durante unos segundos la fachada de La Buganvilla Negra, odiando cada centímetro de las piedras que la conforman, y le doy la espalda, listo para dirigirme al chalé.

Sin embargo, no llego a dar ningún paso.

Esmeralda se encuentra a mi lado, con las manos perfectamente cruzadas sobre su delantal almidonado, observándome con una mezcla de rencor y curiosidad.

En otro momento, me habría asustado, pero estoy demasiado preocupado por Marc, por lo que Blai Salvatierra podría decir, así que ni siquiera me produce un escalofrío cuando la encaro.

—¿Qué quieres, Esmeralda? —pregunto, en tono cansado.

—No, llámeme Emma —musita ella, negando con la cabeza—. Desde que el señor Óscar escribió *Preludio de invierno*, descubrí que es mejor ser ella que ser Esmeralda.

Se lleva las manos al vientre y lo aprieta con fuerza, como si un súbito dolor la atravesara. Con los ojos entrecerrados, me observa fijamente, mientras su falda negra ondea furiosamente por un viento que no existe en la realidad.

—Me ha preguntado si quiero algo, y sí, lo quiero. No regrese jamás a esta casa.

No sé qué ocurrirá si la toco, pero me acerco a ella, furioso de pronto, y la acorralo contra la puerta de entrada. Esmeralda retrocede, pero soporta mi mirada sin pestañear.

—¡Estoy harto de esto! Estoy harto de escuchar tantas advertencias —exclamo, levantando la mirada hacia la mansión—. Cuéntamelo. Dime qué diablos hay ahí adentro, qué ocurrió realmente con Ágata, por qué se suicidó Leonor Salvatierra. —Tomo aire entrecortadamente y vuelvo a clavar los ojos en la chica muerta que tengo frente a mí—. Dime quién es ese monstruo al que todos temen.

Ella me mira, abatida y, durante un instante, me parece que la mansión suelta una risita contenida a mi espalda, como si estuviera disfrutando de una broma oscura y secreta.

—Un monstruo no es un monstruo por lo que es. Si no por lo que hace y por las consecuencias que arrastran sus actos. —Cierra los ojos y hunde tanto sus manos en su vientre, que parece que va a atravesarse el abdomen—. Pero si lo que le preocupa es su identidad, cálmese. Lo conoce desde hace mucho. Desde el día que pisó esta casa.

Abro la boca de par en par, listo para hacer mil preguntas más, pero cuando parpadeo, ella ha desaparecido.

—Mierda —farfullo, hundiendo una patada en el césped—. Mierda.

28

El fuego crepitaba en la chimenea cuando Ágata entró en el dormitorio.

Intentó convencer a Emma de que era mejor que se ocupara ella, pero su compañera estaba ocupada en una tarea que le había encargado Brais Vergel. No podía negarse, así que no tuvo más remedio que entrar sola en la habitación de Victor.

Él estaba en la cama, dormido. Sabía que Ariadne Vergel lo había dejado bien tapado, pero ahora, las sábanas yacían enredadas entre sus pies. Se había movido tanto, que hasta su propio pijama era un lío de telas. Dejaba al aire parte de su estómago, que parecía dorado a la luz de las llamas.

Ágata se llevó una mano al pecho y se obligó a dar un paso en su dirección. Caminar por esa mansión siempre la hacía sentirse insegura, como si anduviese demasiado cerca de lobos salvajes. Pero cuando estaba cerca de él, se sentía como si les estuviera ofreciendo su piel desnuda, esperando que la mordieran.

Sabía que algo había nacido entre ellos el día que Ágata decidió no quemar sus páginas. Cada vez que estaban cerca, el aire se retorcía y se estiraba, como si un hilo invisible se tensara entre ellos y los obligase a acercarse el uno al otro.

Ahora, con sus ojos claros posados sobre el muchacho, se daba cuenta de que había cometido un error al entrar en su habitación. Debía haberse negado a aquella orden, aunque eso supusiera su despido. Perder su empleo era menos peligroso que enamorarse de Víctor Vergel.

Con los labios temblorosos, se arrodilló junto a él. Había una palangana llena de agua junto a la cama. La había dejado Emma hacía horas, cuando la fiebre de Víctor lo obligó a tumbarse.

Su piel enrojecida, cubierta de sudor, parecía desprender un calor que llegaba hasta ella. Acercarse a él, apartar la compresa de su frente para cambiarla por otra, le dolía. Cada roce con su piel era una tortura.

Sus dedos vacilaron en su frente cuando colocó el trozo de tela frío sobre ella. Y lenta, muy lentamente, sin que Ágata pudiera controlarlos, comenzaron a deslizarse por su cara. Se quedaron anclados en las mejillas de Víctor, temblando con violencia.

Y de pronto, él abrió los ojos.

Ella se echó hacia atrás, apartándose bruscamente. Víctor, no obstante, fue rápido y atrapó la mano de Ágata antes de que ella pudiera alejarse demasiado.

—Debo marcharme —susurró ella, con los ojos clavados en las llamas de la chimenea.

—Quédate —contestó él, con la voz débil por la fiebre.

Ágata miró hacia la puerta cerrada del dormitorio, tras la que se escondían demasiadas cosas como para ignorarlas. Separó los labios, quizás para contestar, pero los dedos de Víctor se deslizaron hasta su barbilla y tiraron suavemente de ella.

En el momento en que sus ojos se volvieron a encontrar, supo que había dejado que los lobos la devoraran.

Carraspeo, sintiendo la garganta en llamas. Bajo el libro *Preludio de invierno*, dejándolo apoyado sobre mis rodillas huesudas.

—Podríamos dejar la lectura aquí —susurro.

Solo llevo media hora leyendo, pero soy incapaz de avanzar ni un párrafo más. Por muy enamorado que esté de la historia y de este pasaje en particular, mi cabeza no está en La Buganvilla Negra de Víctor y Ágata, si no en la de Marc Valls, en la misma de la que salí ayer prácticamente huyendo, rodeado de fantasmas, oscuridad, y del susurro de unas ruedas de goma al deslizarse por el parqué.

No sé nada de él desde ayer. A pesar de que le mandé unos quince mensajes y lo llamé más de lo que puedo recordar, no obtuve ningún tipo de respuesta.

Los ojos dilatados y llenos de miedo que vi ayer no se han borrado de mi memoria, y no puedo olvidar, por mucho que lo intente, lo que me contó Marc sobre su padre, sobre el daño que le había hecho tantas veces en las que no había podido evitar ser como es.

Enea me observa con los ojos entrecerrados, desviando la mirada de mis manos, que aprietan convulsamente el lomo del libro, hasta el acantilado que asoma a mi espalda.

—¿Sucede algo, Casio?

Niego con la cabeza, aunque por su expresión sé que no me cree. Llevo varios días leyéndole, pero hoy me he saltado palabras y otras tantas he confundido frases, a pesar de que es una historia que podría recitar con los ojos cerrados.

Estoy seguro de que Enea ha notado algo, pero no ha separado los labios para preguntarme. Se ha limitado a prestarme atención, con una mirada felina brillando en sus ojos claros.

—¿Nos vemos mañana? —pregunto, mientras me incorporo de los escalones del porche en donde estoy sentado.

Estoy a punto de saltar sobre el césped, plagado de malas hierbas y flores silvestres, pero la voz férrea de Enea me detiene de golpe.

—Espera.

Me vuelvo con el libro tan apretado contra mi estómago, que siento como si pudiera fundirse con mi propia piel.

—Esa pobre chica, la del libro —dice Enea, refiriéndose a Ágata. Tiene los ojos clavados en mi mirada huidiza—. No seas como ella. No dejes que los Salvatierra te muerdan, Casio.

Intento esbozar una sonrisa, pero esta solo se queda a medio paso de una mueca destrozada.

—A mí los lobos ya me han devorado.

Esta vez sí le doy la espalda y camino rápido hacia el chalé. Siento sus ojos clavados en mi cuerpo, atravesándome, durante mucho tiempo, incluso después de que desaparezca de su vista.

Durante el resto de la mañana me obligo a pensar en cualquier otra cosa, en lo que sea, incluso en Daniel, pero durante el almuerzo, sin soportarlo más, dejo el tenedor a un lado y saco el teléfono móvil del bolsillo para pulsar la tecla de llamada. Creo que esta es la vigésima vez que lo hago.

—Casio, ya conoces las reglas —me dice mi madre, desde el otro lado de la mesa—. Nada de móviles mientras comemos.

Resoplo, enojado, pero cuelgo la llamada y dejo con fuerza el teléfono sobre el mantel, haciendo retemblar los vasos y los platos. Todos se quedan paralizados. Hasta mi hermana, con el tenedor de camino a su boca, levanta la mirada para contemplarme boquiabierta.

—¿Estás bien? —me pregunta mi padre, apoyándome la mano en la espalda—. ¿Ha ocurrido algo?

—No —replico, de inmediato—. Qué va.

Vuelvo a concentrarme en la comida, aunque tengo el estómago cerrado. Cada bocado que trago hace que mi estómago ruja y se estremezca.

De pronto, el timbre de la puerta suena. No, no simplemente suena. Parece desgañitarse mientras alguien, al otro lado, lo aprieta hasta casi destrozarlo. Antes de que me dé tiempo de levantarme de un salto de mi silla, los golpes sobre la puerta comienzan.

—¿Pero qué...? —Oigo que farfulla mi madre, confundida.

Pero yo lo entiendo perfectamente. Es Marc. Tiene que ser Marc. Ha ocurrido algo en La Buganvilla Negra y necesita mi ayuda.

Me abalanzo sobre la puerta de entrada y, cuando la abro de un tirón, espero encontrármelo frente a mí, con la cara arrasada por las lágrimas, tembloroso y muerto de miedo. Sin embargo, cuando pestañeo, a la única persona que veo en el porche es a Mónica Salvatierra.

Separo los labios, pero no soy capaz de pronunciar ni una palabra. Ella, de todas formas, no espera a que yo diga algo. Se acerca abruptamente a mí y me da un empujón tan violento, que estoy a punto de caer de espaldas al suelo.

—¡¿Qué has hecho?! —jadea, con los ojos tan abiertos, que su mirada parece sobrenatural—. ¿Cómo… cómo te has atrevido a tocar a mi hijo?

Su voz hace eco por toda la casa. Escucho cómo, a mi espalda, mis padres se levantan de la mesa, sobresaltados.

—Él… —No sé por qué estoy tan asustado, por qué mi voz brota tan débil de mis labios. Pero mirar a Mónica Salvatierra, soportar cómo me observa, es peor que estar rodeado por diez Danieles que me fulminan con la mirada—. Él también quería.

—¡Marc jamás participaría en esa… esa… aberración!

Sé a lo que se está refiriendo. A la escena del salón de música. Al beso. A las manos de su hijo explorándome debajo de la camiseta. A Blai Salvatierra observándonos a través del reflejo de un cristal.

—¿Qué está ocurriendo aquí? —pregunta mi padre desde el comedor. Su voz se ha vuelto súbitamente fría.

El sonido que produce su silla al arrastrarse por el suelo me hace sentir como si miles de uñas me estuvieran arañando la espalda.

Mónica Salvatierra deja escapar un gruñido entre dientes y me aparta de un manotazo, adentrándose en el interior del chalé.

La miro, horrorizado, y adivino que mi mundo está a punto de romperse en pedazos. Lo que quedaba de mi secreto, está a punto de desgarrarse y convertirse en nada. Corro hacia el interior y me coloco entre mis padres, que la observan con la rabia palpitando en la mirada, y ella, cuya furia no es menor. Mi hermana, la única que continúa sentada, pasea la mirada de unos a otros con curiosidad.

—No, esto es algo entre usted y yo. —Intento sonar firme, pero lo que escapa de mi boca parece más bien una súplica.

En el momento en que los labios de Mónica Salvatierra se curvan en una mueca helada y cruel, adivino que le he entregado mi cuerpo en bandeja, y de que ahora puede hacer lo que quiera con él.

—No saben lo que eres —musita, para sí, aunque en mitad del silencio que reina en el chalé, resuena como un grito.

Lo que soy, repito mentalmente, tragando saliva. Parece que habla de un asesino, de un monstruo.

Mi madre da un paso al frente y sus ojos se elevan hasta la fría mirada de la mujer que tiene delante. Tiene los puños tan crispados, que tiemblan con violencia contra su estómago.

—Salga inmediatamente de aquí —sisea—. Salga antes de que llame a la policía.

Pero la otra mujer ni siquiera parpadea ante la amenaza.

—¡Su hijo abusó del mío! —grita Mónica Salvatierra, en un aullido resquebrajado que me recuerda a los cristales al romperse.

Quizás no sea su voz la que escucho, si no el sonido que produce toda mi realidad al quedar despedazada.

Espero que mis padres se horroricen, que se lleven las manos a la boca, asqueados, pero lo único que hacen es mirarse el uno al otro, confundidos. Helena se limita a soltar una risita nerviosa.

—¿Perdón?

—Su hijo abusó del mío —repite ella, esta vez más calmada, pero más glacial que nunca—. Es un asqueroso desviado.

El aliento se me atraganta. *Desviado*. Casi suena peor que maricón.

Aterrorizado, miro de soslayo a mis padres, que están lívidos. No sé en qué están pensando, no puedo leerlo en su expresión. Lo único que sé es que están más pálidos de los que los he visto nunca, y de que tienen la mirada vidriosa.

Mónica Salvatierra se olvida de ellos y se vuelve hacia mí. Sus manos se alargan hacia el cuello de mi camiseta, pero yo me aparto a tiempo. Sus uñas, cubiertas de laca roja, me rozan el cuello como garras.

Da la sensación de que mis padres están en shock. Su mundo, como el mío, parece abrirse bajo sus pies.

—¡Te dije que no te acercaras a él! Sabía que esto pasaría, ¡Lo sabía! —Parece haber perdido completamente el juicio. Tiene una de sus manos pegada al costado, como si le estuviera costando horrores no levantarla y abofetearme con ella—. En... en cuanto te vi, supe que eras uno de ellos. Uno de esos... repugnantes pervertidos que se aprovechan de chicos como Marc.

—Yo no me aproveché de Marc, ya se lo he dicho —replico, esta vez con más firmeza—. Él también quería.

—¡No mientas! Te aprovechaste de él, de su... confusión.

Aprieto los dientes con rabia y, de pronto, parte del inmenso miedo que me paraliza, desaparece. Acabo de darme cuenta de algo. Ella está mucho más asustada que yo.

Esta vez, no vacilo cuando la miro directamente a los ojos.

—Marc no está confundido. Él tiene muy claro lo que es.

En la mirada de Mónica Salvatierra relampaguea la ira y, antes de que pueda retroceder, mueve la palma de su mano en dirección a mi mejilla. Sin embargo, antes de que ni siquiera la roce, unos dedos firmes y fuertes se enroscan en su brazo y tiran bruscamente de él, apartándola de un tirón de mí.

Me vuelvo, sobrecogido, observando con los ojos muy abiertos a mi padre.

Jamás había visto una expresión así en su cara.

—Creo que mi mujer ya se lo ha dicho —dice, en un tono ronco y gutural—. Lárguese.

La mujer abre la boca para protestar, escandalizada, pero entonces, fueran cuales fueran sus palabras se transforman en un grito de dolor. Baja la mirada, sorprendida, y enfrenta a mi hermana pequeña, que saltó de la silla y le propinó una fuerte patada sin que ninguno se haya percatado.

—Si vuelves a tocar a mi hermano, te arranco el pelo como a mis muñecas —sisea y, para demostrar que habla en serio, señala amenazadora a las pobres figuras medio destrozadas, que yacen desnudas en el sofá.

Nos quedamos paralizados por la sorpresa, pero mi madre reacciona rápido. Se dirige hacia la mujer y tira de su brazo hasta conducirla, prácticamente a rastras, hacia la puerta.

—Su hijo estaba haciendo cosas horribles, ¡estaba tocando a Marc contra su voluntad! ¡Quiere transformarlo, convertirlo en alguien como él! En… en un… —Casi parece atragantarse con su propia lengua—. Homosexual.

Pronuncia la palabra con la misma expresión que si estuviera comiendo pescado podrido.

Da igual cómo y qué diga. Sus argumentos resultan cada vez más ridículos. Quizás, porque nunca fueron argumentos.

—No lo comprenden —insiste, mirando a mi madre, cuando ambas se encuentran por fin frente a la puerta de entrada del chalé.

—Se equivoca —replica ella, sonriendo de forma inesperada—. Lo comprendemos perfectamente.

Y dicho esto, le cierra la puerta en las narices.

No se produce ningún silencio, ya que Mónica Salvatierra se dedica a aporrear de nuevo la puerta con sus puños. Esta vez nadie le abre. Todos permanecemos quietos, de pie. Helena tampoco se mueve, aunque no deja de balancear sus ojos de unos a otros, esperando que alguien hable, pero yo no tengo el valor de separar los labios hasta que no escucho el todoterreno de los Valls arrancar y perderse tras una de las esquinas de la calle.

—Yo… —comienzo, aunque no sé por dónde empezar.

—Vamos a sentarnos —me interrumpe mi madre.

Me toma suavemente del brazo y me empuja hacia la pequeña sala de estar. Mi padre y mi hermana nos siguen, muy de cerca, callados. Los observo de soslayo. Todos tienen la mirada baja, desolada, y los dedos de mi madre tiemblan un poco sobre mi piel.

Quizás no estén enfadados, pero sí decepcionados.

Mis padres, junto a Helena, se dejan caer sobre el sofá, pero yo me quedo de pie, frente a ellos, a poca distancia.

Ahora sí, el silencio es denso e irrespirable.

Veo cómo mi padre entreabre los labios, pero, antes de que llegue a pronunciar la primera palabra, me adelanto, sin poder soportarlo más.

—Lo siento.

—¿Lo sientes? —repite él, con voz temblorosa—. Tu madre y yo sabemos que no abusaste de ese chico.

—No lo digo por eso.

Mis padres se miran entre sí, con una expresión desgarrada partiendo sus caras. Mi madre hace amago de levantarse y avanzar hacia mí, pero yo levanto una mano, rápido, y la detengo en el acto.

—Les juro que lo intenté —susurro, con la voz quebrada—. Intenté reprimirlo al principio. Pero no puedo evitarlo. Y por mucho que luche por contenerlo, vuelve a mí, una y otra vez. Esto solo es una parte más de todas las que me conforman.

Ellos no se mueven, no pestañean, ni siquiera estoy seguro de si respiran.

—Me llamo Casio Oliver. Soy albino. Estoy obsesionado con los libros de Óscar Salvatierra. Y soy gay.

Trago saliva con dificultad, intentando humedecerme la garganta, que parece de pronto en carne viva.

—Siento mucho haberlos decepcionado.

Da igual que esté con las manos extendidas frente a mí, creando un muro entre ellos y yo. Esta vez mi madre se levanta y me sujeta de los hombros, balanceándome con suavidad. Sus ojos están húmedos y sus dedos tiritan en contacto con mi piel.

—Casio, solo podría sentirme decepcionada si te convirtieras en alguien que no eres. Para nosotros, eres perfecto.

Asiento, pero miro con el rabillo del ojo a mi padre, que suspira cuando nuestros ojos se encuentran y aparto la mirada de inmediato, apocado.

—Casio, soy profesor de historia, y estoy obsesionado con ella, ya lo sabes. En todas las épocas, se han dado grandes historias de amor, y te aseguro que algunas de las más hermosas han sido entre hombres. —Se levanta del sofá y se acerca a mí, dándome un largo beso en la frente—. Qué más da. Hombre. Mujer. Ambos son personas. De lo único que tienes que preocuparte es de encontrar a una buena. El resto, es relativo.

No sé qué esperaba exactamente. Nunca me lo había planteado, pero ahora que estoy rodeado por los dos, ambos tocándome de la misma forma que siempre, mirándome como lo suelen hacer, sin que nada haya cambiado, hace que la vista se me emborrone y el aliento se me atragante.

Entre las lágrimas consigo ver la diminuta figura de mi hermana, que se acerca a mí y me da un pequeño puñetazo en el estómago antes de abrazarme con fuerza.

—Para de una vez. Porque si tú lloras, yo lloro también. Y odio llorar.

A pesar de que esa tarde sigo sin recibir noticias de Marc, me encuentro sonriendo sin motivo, mirando de reojo a mis padres cuando ellos no me prestan atención.

Y, cuando llega la hora de acostarse, escribo un mensaje a Laia.

00:15: Se lo he contado a mis padres.

00:16: ¿Y bien?

00:18: Es increíble sentirse libre.

29

Cuando parpadeo, la frágil luz de la luna me araña los ojos. Con un gruñido, me doy la vuelta y echo un vistazo a mi reloj de pulsera, que reposa sobre la mesilla de noche.

No son más de las dos de la mañana, pero algo me despertó, aunque no sé muy bien el qué.

Miro a mi alrededor con los párpados medio caídos y la boca abierta en un largo bostezo. Y de pronto, la débil luz de mi teléfono móvil, al otro lado de la habitación, me llama la atención.

Marc, pienso automáticamente.

Salto de la cama y caigo al suelo de bruces, enredado entre las sábanas. Sin detenerme, me las quito como puedo y me pongo en pie, corriendo hasta el sillón en donde el teléfono no deja de encenderse y apagarse.

Cuando bajo la mirada y leo el nombre de Marc en la pantalla, la llamada termina.

—No —murmuro, sintiéndome de golpe sin aire—. Mierda, mierda.

A toda prisa, devuelvo la llamada. Escucho los tonos. Uno, dos, tres, y al cuarto se corta, como si alguien hubiese colgado. Insisto, cada vez más nervioso. Esta vez solo suena un tono antes de que alguien, al otro lado, me cuelgue. Estoy a punto de insistir de nuevo, cuando de pronto, el teléfono suena con una melodía diferente.

En la pantalla, leo:

«Tiene un mensaje nuevo».

Lo acepto sin dudar, y con el corazón latiendo en la boca, lo leo a toda velocidad.

02:11: Ayud

Ni siquiera es una palabra completa. A Marc no le ha dado tiempo de escribirla. Sin embargo, sé muy bien lo que significa.

Ayuda. Ayúdame.

—Mierda —susurro de nuevo, apretando el teléfono entre los dedos.

Ni siquiera me cambio el pijama por algo más decente. Tomo las zapatillas de deporte y abro la puerta de mi dormitorio en silencio. Corro descalzo por todo el piso superior, sin hacer ruido, sin despertar a mis padres. Bajo las escaleras sin levantar más que un susurro, mientras pienso que soy demasiado lento, que debería moverme más deprisa. Pero si despierto a mis padres, sé que no me dejarán salir a estas horas, sea por el motivo que sea. No puedo permitirme un error así, no puedo fallar y abandonar a Marc.

Tomo las llaves de la mesa que se encuentra junto a la entrada del chalé y las introduzco en la cerradura. Con un giro lento, la puerta cede y yo salgo por fin al exterior.

Esta vez, sin preocuparme de hacer ruido, me calzo las zapatillas de deporte y echo a correr.

No hay una sola nube en el cielo estrellado, aunque el viento sopla con una fuerza incontrolable. Me empuja por la espalda, aumentando la velocidad de mi carrera, guiándome hacia el camino del acantilado que asciende hasta La Buganvilla Negra.

En lo único que pienso es en poner un pie delante del otro, y en no tropezar. No puedo permitirme perder ni un segundo. Y Marc tampoco.

A pesar de que intento ignorarlo, todo lo que me contó aquella tarde, en la cancha de baloncesto, resuena en mis oídos. Las visitas a «especialistas» a las que le obligaba a acudir su madre. Los golpes de su padre.

Jadeo.

Dios. Los golpes de su padre.

Llego a la cima empapado en sudor y sin respiración.

La Buganvilla Negra está inmersa en la oscuridad y en el silencio más absoluto. Ni una sola luz está encendida.

Sin embargo, sé que todo es falso. Sé que, al menos, dos de los habitantes de esta mansión están totalmente despiertos.

Sin dudarlo, tecleo con rapidez un número en mi teléfono móvil, que no he soltado en ningún momento desde que salí corriendo del apartamento, y me lo llevo al oído, esperando.

Apenas cinco minutos después, estoy trepando por la valla que pone límite a la parcela de los Salvatierra.

De un salto caigo sobre el cuidado césped, con el viento rugiendo a mi alrededor. Aquí arriba, sin tantos pinos protegiéndome, tiene más fuerza que nunca.

Con las piernas temblorosas por la carrera, me dirijo hacia la puerta principal. Por supuesto, no está abierta, así que empiezo a pulsar el timbre, una y otra vez, hasta tener la yema del índice completamente aplastada.

El sonido estridente de la campana hace eco por el interior de la mansión y llega hasta mis oídos. No pasa mucho hasta que escucho los primeros gritos y las luces de algunas habitaciones se encienden.

Sin dejar de pulsarlo, oigo entre las campanadas unas voces airadas que se dirigen hacia mí, seguida de unos pasos que parecen golpear con furia cada peldaño de la escalera.

—¡Llama a la policía, Alonso! —oigo que exclama, furiosa, la voz de Mónica Salvatierra—. Será un maldito borracho que...

Su voz se extingue cuando abre la puerta y me ve a mí, en pijama, en el umbral de la mansión.

—¿Qué estás haciendo aquí? —sisea, escupiendo veneno a través de sus ojos claros.

Antes de que conteste, la voz de Alonso, el mayordomo, me interrumpe.

—Tengo a la policía al otro lado del teléfono. ¿Qué quiere que le diga?

—Eso, ¿qué quiere que le digan? —corroboro, observándola con todo el odio del que soy capaz—. ¿Dónde está Marc?

Ella no contesta, aunque palidece un poco.

Sin darle una segunda oportunidad, entro en la mansión. Intenta detenerme, pero esquivo sus manos y consigo abrirme paso a empujones, haciéndola a un lado con brusquedad.

—¡Esto es allanamiento de morada! —oigo que grita a mi espalda—. ¡Podría denunciarte, maldito degenerado!

—¡Hágalo! —contesto, también chillando.

Alonso sale del salón de música y me observa de arriba abajo, algo confuso. Él también intenta detenerme, pero es demasiado lento y yo me escurro entre sus brazos, corriendo escaleras arriba, en dirección al piso superior.

—¿Marc? ¡¿MARC?! —vocifero, mientras subo los peldaños de dos en dos.

He tenido que despertar a toda la mansión, porque escucho los quejidos de Blai Salvatierra, que pregunta desde su cama, sin posibilidad de averiguarlo por sí mismo, qué diablos ocurre. También oigo la voz de Yago, pero el terror que aúlla en mi cabeza es demasiado sonoro como para que pueda molestarme en escuchar nada más.

Las voces de Marc y su padre, sin embargo, continúan en silencio.

Me detengo frente a su dormitorio, en esa misma habitación en la que me confesó que, por primera vez en su vida, no quería que terminase el verano.

—¿Casio? —oigo que murmura una voz cascada, a mi espalda.

Giro la cabeza solo para ver la figura de Óscar Salvatierra. Se ha asomado desde una habitación contigua, que debe ser su dormitorio. Desde la última vez que lo vi, parece haber menguado de altura y de tamaño. Y ahora, vestido con una bata que le queda grande y con la mirada llena de desconcierto y confusión, parece un cadáver andante y perdido.

—¿Qué ocurre?

No tengo tiempo de explicárselo. Tiro del picaporte, pero a pesar de que este se mueve, la puerta no.

—Ha cerrado con llave —comenta una voz conocida, junto a mi oído.

Ni siquiera tengo que volver la mirada para saber que el fantasma de Leonor Salvatierra acaba de aparecer a mi lado.

—Cuando lo hace, siempre es de madrugada —añade, otra voz distinta. La de Esmeralda, que acaba de aparecer a mi izquierda—. La única forma de entrar es echar la puerta abajo.

Sin dudarlo, retrocedo un par de pasos y me abalanzo contra el tablero de madera, hincando el hombro y parte de mi cuerpo en él. A pesar de que esta se sacude con violencia, no cede.

Óscar me observa, con los ojos desorbitados, sin entender nada. Parece a punto de decirme algo, pero en ese momento, Yago aparece en escena, con los ojos inyectados en sangre por culpa del sueño, o quizás por el alcohol de esa noche, porque un ligero olor me abofetea cuando se acerca a mí.

—¿Qué estás haciendo?

No necesito contestarle, porque en ese momento, Mónica Salvatierra sube corriendo las escaleras y se queda paralizada en el rellano, observando con ojos vidriosos cómo me arrojo contra la puerta cerrada del dormitorio de su hijo, una y otra vez, mientras parte de su familia me rodea.

A pesar de que parece deseosa por decir mil cosas, no separa los labios.

Yago se vuelve hacia ella, con los ojos cargados de odio y agotamiento. Parece comprenderlo todo de pronto.

—Mamá, por favor. —Su voz suena suplicante—. Dime que no ha empezado de nuevo.

Mónica Salvatierra sacude la cabeza, pero no pronuncia ni una sola palabra.

Y de pronto, en el instante entre embestida y embestida contra la puerta, escuchamos la voz de Marc. Llega desde el dormitorio al que desesperadamente intento entrar, y suena tan débil y quebradiza, que me deja sin respiración.

Es mi nombre lo que pronuncia. Sabe que estoy aquí.

Yago ahoga un jadeo y su madre se lleva la mano al pecho, arrugando con sus dedos la tela de su camisón.

Vuelvo a arrojarme contra la puerta, pero esta vez, Yago me ayuda, y en esta ocasión, se sacude con más violencia.

—¡Más fuerte! —grita, antes de que golpeemos la madera con todo nuestro peso.

Esta vez, la puerta cede cuando al otro lado, la cerradura se resquebraja y cae al suelo del dormitorio.

Yago y yo entramos en la habitación dando trompicones, a punto de perder el equilibrio. Él consigue sujetarse al escritorio a tiempo, pero yo no. Sin embargo, lo que veo me hace insensible al fuerte golpe que me doy cuando caigo de bruces.

Marc se encuentra frente a mí, a apenas dos metros de distancia. Y su padre también.

Está en un rincón, hecho un ovillo, sin camiseta y con los pantalones y la ropa interior bajada. Por suerte, la oscuridad que reina en la habitación ensombrece la mayor parte de su cuerpo. No obstante, acierto a ver gotas de sangre salpicando sus tobillos.

Parece agotado, incapaz de moverse, incluso de respirar. Tiene el pelo húmedo de sudor y pegado a la cara empapada por las lágrimas. En sus ojos leo algún tipo de reconocimiento cuando nuestras miradas se encuentran, pero no estoy seguro. Creo que está a un paso del desmayo.

Albert Valls está a su lado. Todavía viste con pantalón y camisa, aunque a esta última se le han saltado varios botones, como si Marc se los hubiera arrancado en un amago de defensa. En su rostro sudoroso hay instalada una dura e implacable expresión; sus ojos, tan distintos a los de su hijo, se han vuelto negros. Una extensa magulladura ocupa toda su mejilla derecha.

Sí, estoy seguro de que Marc ha intentado defenderse antes de que su padre utilizara el cinturón que sujeta en la mano.

La hebilla plateada está salpicada de sangre.

Durante un instante, nadie es capaz de decir nada. Ni Yago, que parece a punto de vomitar, ni Óscar, que busca con desesperación un lugar al que sujetarse. Da la sensación de que va a caer al suelo, inconsciente, de un momento a otro.

El sollozo ahogado de Mónica Salvatierra es el que por fin rompe el silencio.

—Esto es culpa tuya —murmura, lanzándome una mirada.

Entonces lo comprendo todo. Entiendo por qué aquella noche me amenazó junto a la puerta de su casa, por qué me siseó que no volviera a acercarme a su hijo, por qué ha venido esta mañana al chalé, fuera de sí. Sospechaba que esto podría pasar.

Reacciono de golpe y, a gatas, me arrastro hacia Marc. Temo tocarlo, cubrirlo con algo de ropa. Parece que, si lo rozo, se romperá en mil fragmentos. Él me dedica una sonrisa agotada y murmura algo que no soy capaz de comprender.

—Largo —oigo que sisea Albert Valls, a mi espalda.

Me vuelvo con lentitud, cubriendo a Marc con mi cuerpo. Estoy temblando de ira, de odio. Siento el deseo irrefrenable de destrozar a este hombre con mis manos, de convertirlo en los mismos pedazos minúsculos a los que ha reducido a su propio hijo.

La ira que aúlla en mi interior es demasiado inmensa como para poder convertirla en palabras.

—Largo —repite.

—Está enfermo —replico, escupiendo a sus pies.

Siento el dolor después, porque cuando veo la hebilla del cinturón serpentear hacia mí, ya me ha golpeado.

Me llevo la mano a la mejilla, sobrecogido, mientras él me observa con el mismo asco con el que se mira un insecto.

—Ustedes son los enfermos.

Mónica Salvatierra se abalanza sobre su marido, deteniéndolo antes de que alce de nuevo el brazo. Yo desvío la mirada de ellos a mi mano, que se ha mojado del líquido oscuro que brota de mi mejilla.

—¡¿Cómo puedes hacer esto?! —grita Yago, desgañitado. Parece querer decir muchas más cosas, pero no encuentra las palabras para hacerlo.

Esta vez es a él a quién tiene que detener su madre, porque está a punto de arrojarse sobre su padre, que continúa con el cinturón bien sujeto entre sus dedos. A pesar de que Mónica lo sujeta con todas sus fuerzas, abrazándolo, él no deja de debatirse y gritar palabras que pronto se convierten en insultos.

Óscar se ha convertido de nuevo en Víctor Vergel, en ese pobre chico confuso por lo que hace su familia a sí misma y a los demás. Tiene las manos raquíticas pegadas al pecho, arañándose con los dedos la tela de la bata.

Leonor Salvatierra y Esmeralda también están aquí. Observan la escena una muy cerca de la otra, junto a la puerta. También descubro a Ágata, a la que hacía mucho que no veía. Está oculta entre las sombras, sentada sobre la cama de Marc.

A pesar de que la oscuridad se come casi todo su rostro, soy capaz de vislumbrar sus labios torcidos en una extraña sonrisa. Hay euforia y desconsuelo en ella, es todo lo que siente al observar la caída de esa aparente familia perfecta que la mató poco a poco en *Preludio de invierno*.

En mitad de todo este caos, en la que las llamadas de Blai Salvatierra desde su dormitorio, preguntando a chillidos qué ocurre, se mezclan con los sollozos de Mónica Salvatierra, los insultos de su hijo, las respiraciones entrecortadas de Marc y la mirada inexpresiva de Albert Valls, que nos contempla a todos como si fuéramos los verdaderos culpables de todo lo que ha ocurrido, se escucha un rumor lejano.

Nadie más parece oírlo. No es un susurro de ningún fantasma más, es un sonido tan real, tan alejado de esa asfixiante atmósfera que parece proteger La Buganvilla Negra, que me hace respirar de nuevo.

Mónica Salvatierra parece escucharlo también. Se separa bruscamente de su hijo mayor y, con las lágrimas todavía colgando de sus pestañas, se dirige hacia la ventana más cercana y la abre de un tirón.

Por encima del viento, el sonido se hace más fuerte, y acaba con todo lo demás.

Son sirenas.

Apenas pasan un par de segundos hasta que unas luces rojas, azules y blancas se reflejan en la cara pálida de la mujer.

Lenta, muy lentamente, se vuelve hacia nosotros. Pasea su mirada gris por todos, incluso por los rostros de los fantasmas, aunque ella no sea consciente, y se detiene en mí.

Ni siquiera parpadeo al enfrentar su mirada. El mismo ardor que me abrasa la cara, me recorre por dentro. Sabe que soy culpable de que esas sirenas estén cada vez más cerca.

Fui yo quien ha llamado a la policía antes de entrar en La Buganvilla Negra.

—¿Qué has hecho? —murmura.

—Acabar con todo esto.

30

Mónica Salvatierra observa horrorizada a su marido, pero él sigue sin mostrar ningún signo de alarma. Mira su mano, salpicada de sangre, de la misma forma en la que observaba el teléfono del que no se separaba.

Ella corre hacia él y lo obliga a soltar el cinturón. Hace amago de agacharse para recogerlo, quizás para esconderlo, no sé, pero Yago se interpone en su camino y lo aleja con el pie.

—Hijo, no… —suplica ella, extendiendo las manos hacia él.

—Es la única forma —contesta Yago, con firmeza—. Creía que esto se había acabado hacía mucho.

Mónica Salvatierra deja escapar un grito de frustración y corre hacia la puerta, atravesando sin saberlo los cuerpos de Leonor y Esmeralda.

—¡Alonso! —aúlla; su voz hace eco en todos los rincones de la mansión—. ¡No abras la puerta! ¡No la abras bajo ninguna circunstancia!

Él contesta desde la habitación de Blai, al que seguramente está sentando en su silla de ruedas. No sé si recuerda que, cuando todos corrimos escaleras arriba, la puerta principal se quedó abierta de par en par. Yo, al menos, sí lo hago.

Escuchamos sus pasos apresurados, que recorren el pasillo y bajan los peldaños de dos en dos, pero es demasiado tarde.

La policía es más rápida.

Las pisadas del mayordomo terminan rápidamente escondidas por otras más potentes y por voces que hacen eco por el pasillo, y ascienden hasta nosotros.

—¡Aquí arriba! —grito, con todas mis fuerzas—. ¡En el primer piso!

Parece que Mónica Salvatierra está a punto de abalanzarse sobre mí, pero Yago me cubre, sin dudar, así que solo puede observarme con rabia entre los huecos que deja el cuerpo de su hijo mayor.

Tres policías irrumpen en el dormitorio y la luz se enciende, aunque nadie ha tocado el interruptor. Desvío la mirada hacia la derecha, y veo a Ágata, que ahora se encuentra junto a la puerta, al lado de los recién llegados.

Sin dejar de sonreír, aparta el dedo del interruptor.

Son dos mujeres y un hombre. Los tres parecen un tanto confusos, hasta que sus miradas convergen en Marc, que sigue tirado en el suelo, con la ropa enredada en sus tobillos.

Ahora, con la luz encendida, la sangre es más roja que nunca.

La mujer frunce el ceño y se inclina hacia uno de sus compañeros, murmurándole algo en el oído. Este no dice nada. Asiente y desaparece a paso rápido por la puerta.

—Hemos recibido una denuncia de malos tratos practicados sobre un menor —dice ella, mientras el otro policía se dirige hacia donde nos encontramos Marc y yo, acurrucados el uno sobre el otro.

—¿Estás bien, chico? —pregunta.

Todo lo que puede hacer Marc es musitar algo sin sentido.

—¿Es usted Albert Valls? —pregunta la policía, volviéndose hacia el aludido.

Él parece despertar de pronto de una ensoñación. Mira a su alrededor, a todos los que los rodeamos, a la forma en la que se encoge su hijo, tras de mí, pero no da la sensación de que se encuentre arrepentido o asustado. Solo parece ligeramente derrotado y molesto.

—Quisiera llamar a mi abogado —contesta, con voz neutra.

—Podrá hacerlo cuando llegue a la comisaría —replica la policía, desenganchando algo brillante y que tintinea de su cinturón.

Unas esposas.

Está a punto de colocarlas en las muñecas de Albert, pero Mónica Salvatierra la sujeta con furia del brazo, obligándola a retroceder un paso.

El rostro de la policía se tensa.

—No puede hacernos esto —susurra, entre aterrada y furiosa—. Desconoce quiénes somos, ¿verdad? Mi familia lleva generaciones ayudando a este maldito pueblo, contribuyendo a su economía. Mi marido es dueño de una cadena de hospitales que recorre todo el país, y yo poseo innumerables terrenos y negocios de los que dependen muchas personas. Si nosotros caemos, muchos lo harán con nosotros. —Sacude la cabeza, observando a la otra mujer con seguridad—. ¿No lo ve? No somos como el resto.

Somos intocables, parece que me murmura la voz de Brais Vergel, desde las páginas de *Preludio de invierno*.

—Desde luego. Eso puedo verlo. —La policía aparta con tanta rudeza el brazo, que Mónica está a punto de caer de espaldas—. Vuelva a tocarme y la detendré por obstrucción a la justicia.

Ella palidece, y observa con impotencia cómo le colocan las esposas a su marido. En el momento en que el «clic» de la cerradura hace eco por toda la habitación, nuevas pisadas resuenan en el piso de abajo.

No son más policías, sino un equipo médico que cruza la habitación sin mirar a nadie que no seamos Marc o yo.

Un enfermero me examina la cara, farfullando algo sobre que necesitaré puntos, pero apenas puedo escucharlo. Tengo todos los sentidos concentrados en mis ojos, que devoran a Marc. En la forma en la que ha quedado su piel, en cómo se le retuerce la cara cuando tiene que tumbarse, boca abajo, en la camilla que han traído.

Apenas unos segundos después, lo levantan en el aire mientras los dos policías que quedan en la habitación nos obligan a apartarnos, para dejar espacio.

Los ojos de Marc y los míos se encuentran, y no se separan hasta que la camilla atraviesa el marco de la puerta y desaparece en el pasillo. Leo muchas cosas en ellos. Dolor. Preocupación. Agradecimiento. Pero, sobre todo, mucho cansancio.

Es el mismo agotamiento que imaginaba en los ojos oscuros de Víctor Vergel. Lo mismo que veo ahora en la mirada arrugada de Óscar Salvatierra.

—Me temo que tendrán que acompañarnos a la comisaría —dice de pronto la policía que ha esposado a Albert Valls, sobresaltándonos a todos en mitad del silencio.

Pasea la mirada por todos, deteniéndose en mí y en la sangre que corre por mi barbilla.

—Pero te llevaremos antes al hospital, tienen que curarte esa herida.

Sacudo la cabeza y soy vagamente consciente de que el policía que tengo al lado me sujeta del codo y me ayuda a incorporarme.

Obligan a Albert Valls a andar, pero antes de que llegue siquiera a alcanzar la puerta, una figura se interpone.

Es Óscar Salvatierra. Tiembla de pies a cabeza, y parece tan frágil como una hoja a punto de ser arrancada de su árbol por un vendaval. Si todo lo que ha ocurrido es una locura, para él debe ser un infierno. Nadie se ha molestado en traducirle nada con el lenguaje de signos. Aunque, por la forma en la que mira al marido de su hija, me hace pensar que lo ha adivinado todo.

—¿Cuántas veces lo has hecho? —murmura, con ira—. ¿Cuántas veces lo has hecho bajo este techo? ¿Cuántas veces te has aprovechado de mi condición?

Albert Valls ni siquiera parpadea y Óscar retrocede, con una de sus manos nudosas pegada al pecho. Mira a un lado y a otro, con ansiedad y, durante demasiado tiempo, clava los ojos en el lugar en donde se encuentran Leonor y Emma, observando todo en silencio.

Por la forma en la que sus ojos se dilatan, creo que, durante un instante, puede verlas también.

—Esta casa ha visto demasiado —susurra, como para sí—. Yo he visto demasiado.

Y de pronto, cae hacia atrás y se golpea de lleno contra la pared.

Suelto un grito y Yago hace amago de alcanzarle, pero Óscar resbala, inconsciente, hasta quedar tumbado de medio lado en el suelo.

El policía que me sujetaba se lanza sobre él y lo coloca boca arriba, intercambiando gritos con la mujer que custodia a Albert Valls. A pesar de que veo cómo mueven los labios, no escucho nada, hay un rugido ensordecedor que hace eco en mi cabeza y en mis oídos.

Todos se abalanzan sobre Óscar, gritando su nombre, intentando hacerle despertar. Sin embargo, a la única que veo con claridad es a Ágata, que acaba de aparecer de la nada, arrodillada junto al anciano.

Aunque nadie puede verla, ninguno la atraviesa. Forman entre todos un espacio inconsciente que solo ella llena.

Ya no sonríe como antes, con esa expresión satisfecha y triste.

Cuando el policía pide a gritos otra ambulancia por la radio, la chica levanta la cabeza y me mira. Le corren lágrimas por la cara.

—El tiempo se acaba.

A pesar de que todos se apelotonan en torno a Óscar y de que uno de los policías ha comenzado a bombearle el pecho con sus puños, yo solo soy capaz de mirarla a ella.

—Él no va a poder terminar la verdadera historia de *Preludio de invierno* —me susurra—. Por favor, ayúdale. Termínala por él. Ya sabes cómo hacerlo.

Cuarta Parte

Moderato espressivo

El cielo rugía, y no solo por los truenos.

Los aviones volaban como buitres por encima de La Buganvilla Negra, amenazándola desde su altura. Y, varios metros por debajo, Aguablanca estaba prácticamente en llamas.

Víctor observaba todo aquello desde el borde del acantilado, con la cara empapada, de lágrimas o de lluvia, no estaba muy seguro. Sabía que podía morir, que todos podían morir. Hacía no mucho, un grupo de bombarderos como los que se encontraban por encima de su cabeza, habían reducido un pueblo a ruinas.

Aguablanca también podía correr el mismo destino.

Una de las bombas había caído demasiado cerca de La Buganvilla Negra. Algunas de las paredes se habían derrumbado, enterrando a algunos de los criados en su interior. Entre ellos, a Emma, la amiga de Ágata.

Él había estado cerca, pero había tenido suerte de salir ileso.

Sin embargo, todo eso le daba igual si no la encontraba. Desde que el ataque aéreo había comenzado, Ágata había desaparecido.

La había buscado por todas partes, pero no había hallado pistas sobre su paradero. Brais le había insinuado que quizás hubiese huido del pueblo, asustada por las bombas, pero Víctor estaba seguro de que se equivocaba.

Ágata jamás se marcharía. No sin él.

De pronto, una figura vestida de negro salió corriendo del interior de la mansión. Víctor la reconoció de inmediato. Era ella. Corría con desesperación, con la cara pálida y cubierta de tierra y lágrimas. Sin embargo, el camino que seguía no conducía a ninguna parte. Solo al vacío.

—¡Ágata! —gritó, por encima de los relámpagos.

Ella se detuvo en el acto y volvió la cara hacia él. Víctor jamás había visto una expresión así. Tan desconsolada, tan derrotada. Sus ojos violetas, que tanto le habían fascinado, se habían apagado hasta convertirse en dos esferas lóbregas que solo desprendían oscuridad y sufrimiento.

—No me sigas, Víctor —respondió ella, con una voz que no sonaba como la suya—. Es mejor así.

—¿Qué? —El mismo paso que dio él adelante, ella lo retrocedió—. ¿De... de qué estás hablando?

Ágata no dijo nada más. Le dio la espalda y echó a correr como alma que lleva el diablo, en dirección al acantilado.

Un aullido desgarrado arañó la garganta de Víctor.

Se abalanzó hacia adelante, imprimiendo toda la fuerza que podía a sus piernas. Estaba demasiado lejos de ella, así que tenía que correr más deprisa, sin detenerse, sin tropezarse. Si cometía un solo error, la perdería por completo.

Y no podía. No podía perderla después de ese preludio de invierno.

Repitió su nombre tantas veces como le permitió su aliento, mientras sus pies no dejaban de moverse, cada vez más rápidos. A pesar de que Ágata ya estaba cerca del borde, podía alcanzarla. Solo tenía que correr un poco más. Solo un poco más.

Pero de pronto, un fuerte peso lo golpeó de lleno, cortando en seco su carrera.

Soltó un jadeo y cayó de bruces al suelo, llenándose la cara de barro. Ahogando un rugido de frustración, intentó incorporarse, pero unos brazos se envolvieron en su abdomen y tiraron de él, arrojándolo de nuevo al terreno.

De soslayo, pudo ver la cara pálida de Brais.

—¡No voy a dejar que cometas una locura! —lo oyó exclamar.

Víctor dejó escapar un sollozo y arañó el césped encharcado intentando incorporarse, a pesar de la fuerza con la que lo apresaba su hermano pequeño.

Levantó la mirada y alcanzó a ver entre la lluvia, la figura de Ágata, ya en el mismo borde del acantilado. Se arrastró por el suelo, con el peso de Brais sobre la espalda, sintiendo cómo sus músculos gritaban de dolor.

No podía dejarla ir, no podía...

Gritó su nombre por última vez en el momento en que ella saltó.

Un rayo alumbró el mundo en ese momento y Víctor, a pesar de la distancia, pudo ver perfectamente el cuerpo de Ágata flotar en el aire, con el pelo suelto, ondeando alrededor de su cabeza como una corona dorada, antes de caer hacia las piedras.

Hacia el mar.

Preludio de invierno. Capítulo 35, página 391.
Óscar Salvatierra.

31

Antes incluso de que aparezca, adivino que es mi padre.

Llega corriendo, doblando la esquina del pasillo con el rostro blanco y con el teléfono móvil en las manos. Sin embargo, cuando me ve solo, sentado en la hilera de sillas de plástico que hay junto a la sala de urgencias, se detiene en seco.

Veo cómo se lleva con rapidez el teléfono a la oreja y farfulla algo tan deprisa, que no puedo escucharlo. Supongo que al otro lado estará mi madre, asustada.

Sé que me espera una bronca telefónica monumental, pero para mi sorpresa, apenas unos segundos después, cuelga.

Sin decir ni una palabra, se acerca a mí dando zancadas y se sienta a mi lado.

—La policía me lo contó todo.

Respira hondo varias veces, antes de tener valor y observar fijamente la herida de mi mejilla, ya cosida.

—¿Te duele?

—Ya no —replico, encogiéndome de hombros.

Pasan casi cinco minutos antes de que vuelva a separar los labios.

—¿Y Marc? ¿Cómo se encuentra?

—No lo sé. No soy familia, así que no me dejan verlo. Yago me ha dicho que pasará la noche en observación. —Hundo la mirada en las manos. Entre las uñas, aún me quedan restos de mi propia sangre—. Óscar también está dentro. Creen que sufrió un infarto.

Él sacude la cabeza y parece que le pasan mil cosas por la mente antes de volverse hacia mí y sujetarme con fuerza de los hombros.

—No puedes volver a hacer eso. A salir por la noche, a hurtadillas. Ponerte en peligro de esta manera... —musita, con la voz ronca, sin separar sus ojos de los míos—. Podrías haber sido tú el que tuviese que pasar una noche en el hospital.

—Sí —contesto, con lentitud, consciente de toda la verdad que contiene esa frase—. Podría haberlo sido.

Sé que mi padre entiende el significado de mis palabras. Marc no es la primera persona que acaba tras las puertas de un hospital por ser simplemente quién es. No será la última. Puede que, dentro de unos años, o meses, o días, sea a mí al que le toque estar tumbado en una camilla, porque a la persona que decidió atacarme le parecí diferente.

Él traga saliva y aprieta las manos sudorosas contra la tela de sus pantalones vaqueros. Lo hace varias veces antes de volverse de nuevo hacia mí.

—Estoy muy orgulloso de ti, Casio. Lo que has hecho hoy... —Sonríe débilmente, y me revuelve el pelo como solía hacer cuando era pequeño—. La mayoría de la gente no hace cosas así.

—Sé que era lo que debía hacer —contesto, con voz débil—. Pero no sé si era lo que Marc quería. Su padre llevaba años tratándolo así. Su madre lo sabía, Yago lo sospechaba... y nadie hizo nada. ¿Y si me equivoqué? ¿Y si...?

—No, no. Claro que hiciste bien. Ese hombre... esa familia estaba haciendo algo horrible. Era la mejor y la única forma de detenerlo. —Mi padre suspira y echa un vistazo al cartel de la sala de urgencias—. No entiendo cómo ese chico ha podido soportarlo durante tanto tiempo.

Cabeceo, aunque no estoy de acuerdo con él. Yo jamás le conté a nadie lo que sucedió con Daniel, ni cómo me trataron mis compañeros, y todavía no sé muy bien el por qué.

Es difícil aceptar que es tu mejor amigo el que te hace daño. Es más fácil esconderlo, mirar hacia otro lado, sufrir en silencio. Contarlo, denunciarlo, es aceptar en voz alta que esa persona a la que quieres tanto es la misma que te está destrozando.

Supongo que para Marc era menos doloroso soportar los golpes y las visitas a esos extraños especialistas, que aceptar que sus padres no lo querían por ser como es.

A mí me mataba saber que mi mejor amigo me había rechazado, así que no puedo alcanzar a entender qué se sentirá cuando son tus propios padres quienes lo hacen.

Mi padre suspira y me rodea los hombros con su brazo, atrayéndome hacia él. Apoyo la cabeza en su pecho y escucho su corazón latir descontrolado bajo mi oído.

—Lo importante es que esta historia se ha acabado —murmura.

Me mantengo en silencio, porque sé que se equivoca.

No, esta historia no se ha acabado. Todavía quedan varias páginas pendientes.

Cuando salto por encima del viejo muro de piedra, Enea me está esperando en el mismo lugar de siempre.

Sus ojos se dirigen de mi mejilla recosida al libro que sostengo entre las manos, para volver de nuevo a mi herida.

—Buenas tardes —saludo, alzando la mano.

Ella suelta un gruñido como respuesta y golpea con la vieja zapatilla el suelo del porche, indicándome que me siente a su lado. Yo la obedezco, colocando *Preludio de invierno* sobre mis rodillas, esperando a que diga algo, porque sé que tiene mucho que decir.

—Te lo advertí.

—Lo dices como si supieras lo que me ha pasado.

—Es que lo sé, chico. Este pueblo es pequeño y la gente es muy indiscreta. No hay nada mejor que comentar las desgracias ajenas, sobre todo las que les ocurren a las familias con dinero. —Enea agita la cabeza con pesar y me observa de soslayo la mejilla herida—. ¿Cómo estás?

—Bien, supongo. Todavía no lo tengo muy claro.

—¿Y tu amigo?

—En la comisaría. Ha ido a declarar con su hermano.

—¿Eres consciente de que acabas de destruir un imperio? —Fulmino con la mirada a Enea, que me contempla de reojo—. Oh, no me mires así. Créeme, Casio, que esa familia se separe es lo mejor que ha podido suceder. Había demasiado veneno ahí dentro, demasiados fantasmas. Hay cosas que están mejor separadas que juntas.

Yo también lo creo, pero no puedo olvidar que, de ahora en adelante, puede que Marc ya no tenga padre, ni siquiera madre. Desde que lo detuvieron, Mónica Salvatierra no se ha separado de su marido, ni siquiera cuando las cámaras los filmaron y aparecieron ayer en las noticias de la noche.

—¿Cómo está Óscar? —me pregunta, con el tono más ronco de lo normal—. He oído que sufrió… un infarto. Que está en el hospital.

Hay algo en la forma en que huye de mi mirada, que despierta mis sospechas. Intento sonar neutro, aunque el corazón me late a toda velocidad.

—Marc me ha dicho que esta mañana pidió el alta voluntaria. Ya debe estar en La Buganvilla Negra.

—Entiendo.

La observo, inquisitivo. Tiene las manos unidas encima de su regazo para que no tiemblen más de lo que ya lo hacen, y sus ojos claros, se han vuelto de golpe muy brillantes. Parece hacer verdaderos esfuerzos para no echarse a llorar.

—¿Estás… preocupada por él?

—¿Qué? No, no, claro que no. Ese hombre no es más que un Salvatierra más —replica, con una voz que pretende ser dura, pero que está a kilómetros de serlo—. Está tan podrido como el resto de su familia.

No lo dice para convencerme a mí, aunque intente esconderlo. Respira hondo varias veces, tratando de calmarse y, al cabo de unos segundos, se vuelve hacia mí con brusquedad, fulminándome con la mirada.

—¿No habías venido a leerme ese maldito libro? —me espeta—. No sé a qué diablos estás esperando.

La miro durante algunos segundos fijamente, esperando que diga algo más, porque sé que tiene muchísimo más que decir. Sin embargo, ella aparta la cara y se limita a liquidar con sus ojillos claros las malas hierbas, que han terminado por colonizar todo el jardín.

—Está bien —contesto, abriendo el libro por la página en la que nos habíamos quedado—. Leeré.

Y leo. Leo muchísimo. Tanto que, al cabo de casi tres horas, la voz se me entrecorta, y la garganta me duele tanto como la herida que me parte la cara en dos.

—¿Por qué no paramos un poco? —pregunto.

—No, ni hablar —replica ella—. Sé que te irás en pocos días y no quiero que me dejes sin conocer el maldito final de esta apestosa novela.

A *Preludio de invierno* solo le quedan treinta páginas. Acabo de leer la muerte de Esmeralda, y ahora, en los ojos de Enea, puedo leer la furia, el daño y la confusión. Ya no me cabe duda. Su expresión la rebela. Ella conoce muy bien esta historia.

Quizás Ágata se la contó antes de morir.

—Si te duele la garganta, bebe un poco de agua. Ahí atrás tienes una fuente. Y tranquilo, es potable —añade, chascando la lengua con fastidio—. Los chicos de hoy en día son unos debiluchos.

La obedezco y, mientras me dirijo a la parte de atrás del chalé, me percato de que la parcela parece más abandonada que nunca. En realidad, está casi en ruinas. Solo estaré una semana más en Aguablanca y cuando me vaya, Enea se quedará sola, y no podrá defender su casa, su propiedad. Cuando vean las condiciones en las que vive, se la llevarán a una residencia de ancianos.

Pero... si consigo averiguar si realmente es hija de Ágata, ella formará irremediablemente parte de los Salvatierra. Una fracción de la herencia le pertenecerá. Después de todo lo que ha ocurrido, la aparición de una hija perdida no debería sorprender a nadie.

Bebo agua y, con rapidez, vuelvo al porche. Quiero ver su cara cuando termine la historia. Quiero escuchar lo que tiene que decir. Creo que lleva esperando a alguien que la escuche durante toda su vida.

Así que vuelvo a tomar el libro entre mis manos y continúo.

Treinta páginas después, siento la garganta en carne viva y escucho los sollozos contenidos de Enea, a mi lado.

Con lentitud, cierro *Preludio de invierno* y lo dejo a un lado. No sé por qué, pero tengo la sensación de que esta vez, no lo volveré a leer en mucho tiempo.

Miro de frente a Enea, que tiene los labios apretados y se lleva los dedos a los ojos, apartándose las lágrimas cada vez que se le escapan. Parece que cada centímetro de su cuerpo le duele. Casi es como observar de nuevo la expresión destrozada de Óscar aquella noche, después de descubrir a Marc en el dormitorio, tras la paliza.

—Habíamos hecho un trato —digo, con extrema lentitud—. Primero te arreglaba el jardín. Luego te leía. Pero a cambio de información.

Ella asiente y se vuelve hacia mí, con el rostro completamente empapado. Sus ojos, a causa del sol y las lágrimas, parecen violetas.

—¿Qué quieres saber?

—¿Eres la hija de Ágata? —pregunto, inclinándome hacia ella.

Enea hunde la mirada en los azulejos del porche y no la mueve de allí. Ni siquiera cuando me contesta.

—Ágata nunca tuvo hijos, Casio.

—¿Qué? —exclamo, acercándome a ella—. ¿Cómo puedes estar tan segura?

—Porque yo soy Ágata.

32

La miro de arriba abajo, boquiabierto, confundido, sin entender absolutamente nada.

Ella no puede ser Ágata. Ágata debe tener en la actualidad noventa años, los mismos que Óscar Salvatierra. Y Enea, a pesar de su fragilidad, de la intensa soledad que la acompaña, no aparenta más de setenta y algo.

—Esta historia tiene muchos errores, Casio —susurra ella, mirando de soslayo el libro que todavía tengo entre las manos—. Esmeralda no murió por ningún ataque, se suicidó con una de las cuerdas que utilizábamos para tender. Yo no salté por el acantilado después de que Leonor Salvatierra me amenazara, me obligaron a hacerlo.

—¿Qué? —exclamo, sintiendo cómo un escalofrío sube por mi espalda—. ¿Quién te empujó?

Intento sujetarla del hombro y acercarla hacia mí, pero ella se revuelve y se aparta, esquivándome.

—¿Fue...? —Lee el resto de mi pregunta en mis ojos.

—No, no fue Leonor Salvatierra. Esa mujer era una auténtica zorra, pero en esa historia no fue más que otra víctima. Como Esmeralda. Como Óscar. Y como yo.

Sacudo la cabeza, cada vez más perdido.

—Entonces, ¿quién...?

—Fue Blai, Casio. Siempre fue Blai.

La miro con los ojos como platos, mientras recuerdo la sonrisa fácil de ese anciano indefenso en silla de ruedas. Ese mismo anciano indefenso que nos vio a Marc y a mí a través del reflejo de un espejo y volvió a desatar la pesadilla.

—Fue el culpable de que Esmeralda decidiera terminar con su vida. Fue él quien hizo a su madre tan desgraciada, al descubrir el monstruo que ella misma había criado. —Con unos dedos nudosos se aparta las lágrimas que todavía brillan en sus ojos—. Esmeralda era mi amiga. Mi única amiga. Y se lo dije cien veces. Le dije que tuviera cuidado con Blai. Pero ella estaba enamorada y él se aprovechó de ello. Sé que Blai la había besado en la oscuridad de algún pasillo, y Esmeralda había llegado a creer que él la llevaría lejos de Aguablanca, que se casaría con ella, que la respetaría como nunca lo había hecho nadie. Tenía unas ideas románticas que no eran reales. Y... y... cuando por fin se dio cuenta...

—¿Qué ocurrió? —Tengo la garganta tan seca por la impresión, que cada palabra que pronuncio me araña por dentro.

—Estaba buscando a Esmeralda. La necesitaba para que me ayudara con la limpieza, pero no conseguía dar con ella. Leonor Salvatierra también quería verla por algún motivo y no dejaba de dar gritos preguntándome dónde se encontraba. Revisamos la mansión de arriba abajo, pero nadie la había visto. Entonces, Óscar apareció y nos preguntó si habíamos visto a Blai. Por lo visto, llevaba horas buscándolo.

Enea niega con la cabeza y me contempla con la mirada turbia, a través de los escasos mechones de pelo blanco que caen sobre su frente. Ahora que veo sus ojos, los noto más violetas que nunca.

—Debió de ver algo en mi expresión, porque me preguntó si ocurría algo. No recuerdo si le contesté, porque salí corriendo.

—¿Y Óscar no te siguió?

—Leonor Salvatierra no era ninguna idiota y sabía todo lo que ocurría bajo su techo. Supongo que intuyó lo que realmente había pasado y mandó a Óscar a hacer alguna tarea que lo mantuviera entretenido.

Enea vuelve la cabeza y observa con rencor el camino que asciende hasta el acantilado.

—Ella sí lo hizo, sí me siguió. Y cuando llegamos al dormitorio que compartía con Esmeralda, el daño ya estaba hecho. —Se lleva las manos a los ojos, ocultando la cara tras sus dedos arrugados—. Es una imagen que jamás podré quitarme de la cabeza. Había sangre entre las sábanas arrugadas. Y un silencio desgarrador. Cuando abrimos la puerta y vimos a Blai sobre Esmeralda, él ni siquiera se inmutó. Se apartó de ella, se subió la ropa interior y los pantalones, sin ni siquiera pestañear, y le preguntó a su madre a qué venía esa cara de susto.

Enea hace amago de sujetarme de las manos, pero se detiene en el último momento. Me observa con tristeza y vuelve de nuevo la cabeza hacia donde se encuentra La Buganvilla Negra.

—He vivido muchos años, Casio, pero jamás he vuelto a ver la expresión que vi en Esmeralda ese día. No se movía, no parpadeaba, no sé hacia dónde miraba. Permanecía tumbada en la cama, con las sábanas revueltas, en la misma postura en la que Blai la había dejado. Tenía los ojos abiertos, pero estaba muerta, Casio. Estaba muerta por dentro.

Asiento y cuando consigo volver a hablar, mi voz se convierte en una especie de jadeo atragantado.

—¿Qué ocurrió después?

—Leonor me ordenó lavarla y vestirla. Hizo como si no le importara, pero yo sabía que no era así. Hay males que se pueden reconocer, aunque tengas el corazón negro y podrido. Y ella sabía que lo que había hecho su hijo lo convertía en un monstruo.

Trago saliva con dificultad, y en el centro de mi cabeza, puedo ver de nuevo a Esmeralda, con la cara partida en dos por el dolor.

—Hice lo que se me ordenó. La lavé, la ayudé a vestirse. Le pregunté qué había ocurrido y, cuando respondió, te juro, Casio, que alguien que no era ella hablaba por su boca. Me dijo que todo había comenzado como siempre, con un beso a escondidas, pero que, de repente, Blai quiso más. Ella no, le pidió que parara, y cuando por fin se resistió, él... él la golpeó y la arrastró hasta el dormitorio. Su fantasía se quebró, rompiéndola a ella también. Mientras hablaba, tenía esa expresión perdida, dentro de su propio mundo. La obligué a acostarse, le prometí que me encargaría de sus tareas, que haría todo lo que necesitase. Lo único que hizo ella fue sonreírme. —Enea suspira, sacudiendo la cabeza con pesadez—. Nunca volví a escuchar su voz. Horas después, el ataque sobre Aguablanca comenzó y corrí a avisarle. Quería sacarla de la mansión a tiempo, antes de que las bombas la destruyeran. Sin embargo, cuando entré en el dormitorio... lo que quedaba de ella era solo un cuerpo colgando de una cuerda de tender. Nada más.

Me aprieto los dedos contra la boca, sintiendo cómo los dientes se me clavan en los labios. Me duele un poco, pero no me detengo. Es la mejor manera que encuentro para calmar las náuseas que noto en el inicio de la garganta.

—El acantilado —logro articular, con dificultad—. ¿Qué ocurrió en el acantilado?

—Yo quería huir con Óscar. Nos daba igual el dinero, o convertirnos en unos fugitivos. Solo queríamos alejarnos de allí. Al menos, yo. Él... —Suspira y sacude un poco la cabeza—. Cuando el ataque comenzó y descubrí que Esmeralda se había suicidado, me di cuenta de que aquella era nuestra oportunidad. Si alguien nos veía huyendo, no nos detendrían. Pensarían que solo nos estábamos alejando del pueblo para evitar las bombas, así que busqué a Óscar.

—Y lo encontraste.

—No exactamente. Blai me encontró primero.

—¿Blai? —repito, tragando saliva.

—Era como una pesadilla, Casio. La tormenta, los aviones volando sobre nuestra cabeza, las bombas cayendo sobre el pueblo y sobre el mar...

Recuerdo esa atmósfera extendiéndose por los últimos capítulos en *Preludio de invierno*. Si cierro los ojos, puedo escuchar las palabras escapar de las páginas y susurrarme al oído.

La primera explosión hizo que Víctor dejara la pluma a un lado y levantara la vista de la hoja que escribía. Antes le había parecido escuchar el ronroneo de un motor, pero apenas le había hecho caso. En ese momento, sin embargo, saltó de la silla y se dirigió corriendo hacia el balcón de su dormitorio, que abrió de par en par.

Con los ojos desorbitados, apoyó sus manos sobre la barandilla, y deslizó su mirada del cielo tormentoso al mar, y del mar al pueblo. Un bombardero, decorado con un símbolo que conocía bien, no era el único que se encontraba sobre Aguablanca, no era el único que parecía un buitre abalanzándose sobre sus víctimas para desgarrarlas.

Solo transcurrieron unos segundos hasta que el sonido de los aviones cruzando el cielo, los gritos de los habitantes, y el hedor picante y agrio de la sangre, al entremezclarse con la humedad de la lluvia, llegase hasta él.

—Blai se encontraba en mitad de toda esa locura. Como si nada de aquello lo afectara, como si todo el caos no fuera más que parte de él.

Soy incapaz de moverme, de decir algo. Casi me tengo que obligar a respirar. Parece que dos manos de hierro aprietan mis pulmones, impidiendo que entre el oxígeno en ellos.

—Óscar se encontraba a unos pasos y, a pesar de toda la locura que nos rodeaba, escuchó todo lo que me dijo. Blai sabía que estábamos enamorados. Y sabía que nuestra relación estaba condenada al fracaso. —Enea aprieta los dientes y la ira oscurece su mirada—. No puedes imaginarte las cosas que me dijo. Óscar estaba tras él y no negaba ninguna de sus palabras. Decía que hiciera caso a su hermano.

Que hiciese lo que él me decía. Yo... yo no entendía nada, Casio. Óscar parecía asustado, no dejaba de pronunciar mi nombre. Había algo en su mirada, una súplica que yo no era capaz de comprender. Parecía pedirme perdón a través de ella. No... no te imaginas cómo me sentí. Durante ese instante, comprendí a Esmeralda, la comprendí de verdad. Yo también deseé tener una cuerda de tender a mano para envolverme con ella.

Siento ganas de gritar. Todo había sido un malentendido, un maldito malentendido. Óscar no sabía lo que realmente estaba ocurriendo porque no podía escuchar nada. La bomba le había destrozado los tímpanos. Enea no lo sabía, pero Blai sí, y se había aprovechado de ello.

—Pero entonces, vi la culata de una pistola asomar por el bolsillo de Blai. Yo retrocedí, y le grité a Óscar que su hermano estaba armado. Él, de nuevo, no hizo más que aullar mi nombre e intentó avanzar hacia mí. Ese perdón que suplicaba a través de su mirada me dolía más que la amenaza que suponía ese arma. —Ella niega con la cabeza y se aparta de un manotazo las pocas lágrimas que le quedan—. Lo comprendí todo. Blai no me iba a dejar salir de allí con vida. Yo suponía una amenaza para él, para su madre, para toda la familia. Así que hice lo primero que se me pasó por la cabeza. Corrí hacia el acantilado.

Podía verlo en mi cabeza. La Ágata de *Preludio de invierno*, corriendo por toda la parcela de La Buganvilla Negra, con la falda negra revoloteando sobre sus rodillas, con el pelo suelto y mojado, mirando hacia atrás, despavorida.

En la historia, no había nadie que la persiguiera. Óscar había creído que huía de su propia culpa, de las palabras con las que la había amenazado su madre. En la realidad, huía de Blai.

—Escuché cómo Óscar volvía a gritar mi nombre y cómo pretendía perseguirme. Sin embargo, su hermano lo detuvo y dijo que ahora solo él podía arreglarlo, que solo había una forma de hacerlo.

El corazón me late atropelladamente dentro del pecho. No puedo controlarlo, pero las imágenes me rodean como un remolino, asfixiándome, mareándome. Es como si yo estuviese allí, contemplándolo desde todos los ángulos.

Enea corriendo, desesperada, asustadísima. Óscar gritando, sordo, sin entender qué está ocurriendo. Blai, señalándose a sí mismo, haciendo comprender a su hermano que era el único que podía hacer algo por ella.

Para Óscar, Blai era el salvador, el único que podía comunicarse ahora con la persona a la que más quería del mundo. Para Ágata, Blai no era más que el asesino. El monstruo de la Buganvilla Negra.

—Llegué hasta el filo del acantilado. El viento me azotaba con tanta fuerza, que tenía que agarrarme a las buganvillas que trepaban por la fachada para no caer. El camino era tan estrecho, que solo podía poner un pie delante de otro. No había espacio para más.

Sigo viéndolo. Esas páginas de *Preludio de invierno*, que tantas veces he leído, y las palabras de Enea, forman un mapa tan perfecto en mi cabeza, que me succionan hacia dentro, hasta su mismo centro. Yo también me siento mojado, como Enea caminando por el borde del acantilado, también siento la desesperanza corriendo como sangre por mis venas, la misma que tuvo que sentir Óscar al ver cómo la persona que más quería del mundo se dirigía hacia su final.

—Blai también caminó por el borde del acantilado, haciéndome retroceder. A Óscar lo obligó a permanecer a su espalda, le prometió que todo estaría bien en sus manos. Él lloraba y no hacía más que gritar mi nombre, no hacía más que decir que me quería. Llegó un punto en el que el camino se estrechaba tanto, que no podía dar un paso más sin perder el equilibrio. Así que me detuve y encaré a Blai, que había sacado su pistola y me encañonaba con ella. Yo apenas podía ver a Óscar, que esperaba en el borde, y no dejaba de chillar. El cuerpo de su hermano nos cubría la vista del otro. Yo le grité, le pregunté a voces cómo podía dejar que su hermano estuviese a punto de matarme. Blai no hacía más que sonreír, como si todo aquello le pareciera de lo más divertido. —Enea levanta la cabeza y mira hacia el acantilado, apenas visible desde su porche—. Me dijo que tenía diez segundos para decidir. Saltar, o esperar a que me disparara. Por mucho que yo intentaba comunicarme con Óscar, hacerle comprender lo que me estaba haciendo su hermano, Blai canturreaba una cuenta atrás en voz alta. Casio, esos segundos fueron los más infinitos de mi vida. Comprendí que nadie me ayudaría, que Blai ganaría y que yo tendría que morir. Cuando la cuenta atrás llegó a cero, Óscar avanzó por fin hacia mí, pero era demasiado tarde. El dedo de Blai ya estaba apoyado sobre el gatillo.

—Entonces saltaste —susurré.

—Más o menos —contesta ella, sonriendo súbitamente—. No me dejé caer simplemente. Si iba a morir por culpa de esa maldita familia, esa misma familia que había terminado con mi padre, que había destrozado a Esmeralda, que nos había separado a Óscar y a mí, debía irme por todo lo alto. Tenía que hacer algo para que no fuera en vano.

Entorno la mirada y observo su media sonrisa, perplejo. En *Preludio de invierno*, Ágata mira a Víctor, destrozada, con lágrimas en los ojos, y se arroja contra las piedras y el mar.

—¿Qué fue lo que hiciste? —pregunto, con voz ronca.

—¿Por qué crees que Blai Salvatierra va en silla de ruedas?

Parpadeo y los ojos se me abren mucho por la impresión. Intento decir algo, pero mi voz se ha perdido en algún rincón de mi garganta.

—Supongo que no se esperaba lo que iba a hacer, porque no consiguió apartarse a tiempo cuando me abalancé sobre él. Óscar intentó alcanzarnos, pero no lo consiguió.

Es como si lo viera con mis propios ojos. No, es como si yo también estuviera rodando sin control, cayendo desde decenas de metros de altura, mientras Ágata aprieta el cuello de la camisa de Blai entre sus dedos, y él manotea en el aire, desesperado, intentando aferrarse a algo.

—Rodamos por la pared del acantilado hasta llegar a una de las pequeñas explanadas del camino. Yo tuve suerte. Blai, no tanta.

Veo a Enea, con el traje de criada sucio y empapado, roto, con la cara y los brazos arañados por la caída. Y, algo más alejada de él, en mitad del camino, a Blai, inconsciente, con las piernas dobladas en un ángulo extraño, con una herida en la espalda que no descubriría hasta mucho después, cuando intentase ponerse en pie.

—La pistola había caído junto a mí, a apenas unos centímetros de mi mano —continúa Enea, entrecerrando los ojos al recordar—. La tomé y apunté con ella a Blai. Sabía que estaba vivo porque veía como respiraba, pero estaba inconsciente. Ni siquiera se inmutó cuando apoyé el cañón del arma en su cabeza.

Estoy sobrecogido, a pesar de que conozco el final de la historia. Si Enea hubiese apretado finalmente el gatillo, Blai Salvatierra, ese anciano siempre risueño, oscuro en su interior, no me habría estrechado la mano la tarde en la que lo conocí.

—Estuve a punto de hacerlo, Casio. Lo odiaba con toda mi alma. No, todavía lo odio con toda mi alma. Él era lo peor de toda su familia. Era el hueso de esa manzana podrida que eran y son los Salvatierra. Quería apretar ese gatillo. Lo quería de verdad.

—Pero no lo hiciste —murmuro.

—No, no lo hice —suspira ella. Parece que su mirada se apaga—. Porque no quería envenenarme, no quería ser como él. Si lo mataba, estaría irremediablemente unida a esa familia para siempre.

Habrían cambiado muchas cosas si Enea hubiese decidido disparar. Quizás, Óscar nunca habría escrito *Preludio de invierno*, quizás, su madre no se habría suicidado y jamás habría tenido nietos. Marc nunca habría nacido y yo jamás me lo habría encontrado mientras caminaba descalzo y empapado durante un día de lluvia.

De no ser por ese gatillo que Enea se negó a apretar, yo quizás estaría en un rincón de mi habitación, en mi casa, odiando y temiendo lo que soy, completamente solo.

No hay duda. Cuando una mariposa agita las alas en un rincón del mundo, en el lugar menos esperado estalla un huracán.

—Ese es el verdadero final de *Preludio de invierno*, Casio. Las últimas palabras no son para describir cómo Ágata pierde toda esperanza y acaba suicidándose. No, el final de la historia termina con una chica herida, que baja por el camino de un acantilado, con una pistola en la mano.

33

Enea parece mil veces más mayor cuando termina de hablar.

Tiene los ojos húmedos, gotas de sudor le brillan en la sien, y las manos, convertidas en puños, tiemblan ligeramente.

No parece que acabe de contarme una historia. Parece más bien que acaba de vomitar toda su vida, que ha sacado todo lo que tenía dentro y le hacía daño, y la ha dejado sin nada, completamente vacía.

—Supongo que no hay final feliz para *Preludio de invierno* —suspira, dedicándome una débil sonrisa.

Me incorporo con rapidez y me arrodillo frente a ella. Intento tomarle de nuevo de las manos, pero ella se aparta y pega su espalda al respaldo de la mecedora.

—No —replico, con firmeza—. Óscar no conocía tu versión de la historia cuando escribió el libro. Y tú no conoces la suya.

—¿Qué no la conozco? Llevas tres malditas horas leyéndomela.

—En el libro no está todo. Óscar se olvidó de poner algunos detalles. El hecho de que fuiste tú quién dejaste a Blai sentado para siempre en una silla de ruedas, por ejemplo. —Entorno la mirada y me acerco un poco más a ella—. O que por mucho que gritaras, era imposible que pudiese escucharte.

Enea frunce el ceño y una expresión confusa se instala en sus ojos.

—¿De qué estás hablando, chico?

—Una de las bombas cayó muy cerca de él. Lo dejó sordo.

Ella parpadea, como si acabase de despertar de un sueño muy profundo. Niega con la cabeza varias veces y me observa como si estuviera pidiéndome algo que ni ella misma sabe.

—¿No lo viste herido? ¿No te diste cuenta de que algo extraño le ocurría?

—Yo... yo... —Enea jadea y se lleva las manos al pecho. Se lo aprieta con tanta fuerza, que sus uñas se clavan en la tela de su vestido—. Todos estábamos cubiertos de tierra. Sí, claro que había sangre. Yo tenía la piel y la ropa cubiertas de ella. Pero no era mía. Y creía que la suya tampoco lo era.

—Óscar no podía saber lo que estaba ocurriendo. Estaba tan confuso como tú. No podía escuchar lo que decía Blai. Para él, su hermano solo intentaba comunicarse contigo, creía que intentaba ayudarte.

—Pero el acantilado... la pistola...

—Yo estuve allí. Si Blai estaba de espaldas a él, era imposible que viera que te estaba amenazando. Piénsalo —insisto—. Piénsalo. Óscar no es como su familia. No es como Blai. Él no sabía nada. No entendía lo que estaba ocurriendo.

—Pero... él... —Enea niega varias veces con la cabeza y observa con desesperación el camino que lleva al acantilado—. Tiempo después de que terminara la guerra, después de que Leonor se suicidara, subí de nuevo a La Buganvilla Negra. Lo vi con una mujer en el jardín. Iban del brazo y parecían tan felices que...

—Óscar nunca se olvidó de ti, créeme. —La miro a los ojos, intentando que comprenda—. Y tú tampoco lo olvidaste. Por eso los dos se quedaron en Aguablanca.

Me incorporo y sigo su mirada, que se pierde en los pinos y las acículas que cubren el sendero que lleva a La Buganvilla Negra.

—Todavía no es tarde. Está a solo un paseo. Solo tienes que llegar hasta él.

—Casio, no. Yo... —Enea duda, y niega lentamente con la cabeza—. Han pasado demasiados años.

—¿Y qué? —exclamo, impaciente—. Tienen que hablar, tienen que explicarse el uno al otro lo que realmente ocurrió.

—Es tarde. Puede que… por Dios, ¿cuántos años tiene ya? Seguramente, ni siquiera se acuerde de mí.

—¿Qué? ¡Claro que te recuerda! ¿Por qué crees que sigue viviendo en esa casa que tanto odia? Lleva toda la vida esperándote.

Le ofrezco mi mano, con los dedos completamente abiertos.

Tengo que reunirlos, algo, muy dentro de mí, me obliga. No puedo dejar que la historia termine así. Con Víctor y Ágata separados, pero solo por unos cientos de metros de distancia.

Pienso llevarla hasta La Buganvilla Negra, aunque sea cargándola sobre mi espalda.

—Vamos. Tienes que subir. Yo te acompañaré.

Enea mira con tristeza mi mano y después pasea su mirada por la parcela del chalé, carcomida por las malas hierbas y las flores silvestres, que han crecido a un ritmo desenfrenado estos días, sin dejar apenas un fragmento de césped libre.

—No puedo salir de aquí, Casio —susurra, con voz desgarrada—. Simplemente, yo… no puedo.

—Entonces lo traeré a él.

—¿Qué?

Doy un paso atrás y miro hacia lo alto del acantilado, donde apenas se puede vislumbrar la fachada blanca de La Buganvilla Negra.

—Lo traeré, Enea. Te lo prometo.

Creo que ella va a decir algo, porque mueve los labios, pero yo soy más rápido. Me doy la vuelta y echo a correr, a tanta velocidad, que me tengo que sujetar con una mano el sombrero de paja para que no salga volando.

Enfilo el camino empinado sin dudar. Parece que tengo alas en los pies. Y si cierro los ojos y me concentro, me parece que la brisa del atardecer, que me acaricia la espalda, se convierte en manos frágiles que me empujan a seguir hacia adelante.

Mientras corro, con el aliento atorado en los pulmones y los ojos húmedos por la velocidad de la carrera, el móvil que llevo en el bolsillo de mis pantalones comienza a vibrar, y una melodía pegadiza hace eco en las hojas de los árboles, rompiendo el silencio y mis resuellos.

No dudo en aceptar la llamada cuando leo el nombre que aparece en la pantalla.

—¿Marc?

—¿Casio? ¿Pasa algo? Parece como si estuvieras…, ¿corriendo?

—Es que estoy corriendo —contesto, sin disminuir la velocidad—. Voy hacia La Buganvilla Negra.

—¿Qué? —Puedo leer la incredulidad en su voz—. ¿Por qué?

—Encontré a Ágata, Marc. ¡La encontré

—¿A quién?

—A Ágata, la Ágata de *Preludio de invierno*. Está viva y está aquí, en Aguablanca. —Hablo tan rápido y las palabras se confunden tanto con mi respiración agitada, que no sé si me entenderá—. Mierda, Marc. Llevo yendo casi un mes a su casa a arreglarle el jardín.

Durante un instante, ninguno de los dos dice nada.

—Mierda —jadea Marc, al otro lado de la línea.

—Mierda —corroboro, con una sonrisa.

Levanto la vista y mis ojos se encuentran de pronto con la pradera verde de lo alto del acantilado. A apenas unos metros de distancia, se encuentra La Buganvilla Negra.

—Tengo que dejarte, acabo de llegar.

—Estoy saliendo de la comisaría. Terminé por fin mi declaración. En cuanto llegue a Aguablanca, te llamaré de nuevo.

—De acuerdo.

Estoy a punto de colgar, pero de pronto, su voz me detiene.

—Casio…

—¿Sí?

—Gracias. —Escucho cómo traga saliva, cómo su respiración se arremolina en torno al micrófono del teléfono—. De verdad. Muchas gracias. Por todo.

Esta vez soy yo el que resuella y el que tiene que tragar saliva para poder hablar.

—Marc, sabes que yo…

—Lo sé.

—Pero…

—De verdad. Lo sé.

Sonrío y esta vez cuelgo el teléfono.

Ya no corro cuando me acerco a La Buganvilla Negra, aunque no por eso mi corazón late más lento, o el ritmo de mis respiraciones se relaja.

No sé si Albert Valls estará ahí dentro, o su mujer, o Blai Salvatierra. No diré que no tengo miedo, porque estaría mintiendo. Posiblemente pasarán muchos años hasta que olvide esa hebilla plateada dirigiéndose hacia mi cara. No. Mentiría de nuevo. No creo que pueda olvidarla nunca. No solo se ocupará de recordármelo la herida que me cruza la mejilla, o la cicatriz que seguramente quedará en ella.

El mundo tendría que cambiar mucho para hacerme olvidar el momento en que Albert Valls decidió azotarme con su cinturón.

Entrar de nuevo en esa casa es peor que ver de nuevo a Daniel, a un metro de distancia, o a Aarón, sonriéndome de manera horrible mientras se lleva mi ropa entre sus brazos. Sin embargo, cuando me encuentro junto a la puerta de barrotes, no dudo y la empujo con todas mis fuerzas, haciéndola gemir en sus bisagras.

Atravieso el jardín, mientras miro a mi alrededor. No veo a ningún fantasma. Ni a Leonor Salvatierra, ni tampoco a Esmeralda.

Cuando llego a la puerta principal, pulso el timbre y espero, mientras el sonido de las campanas hace eco por todo el interior.

No tardan en abrir la puerta. Por suerte, no se trata de Albert Valls, ni siquiera de Mónica Salvatierra.

Alonso, el mayordomo, me mira con ojos desorbitados. Parece que, de todas las personas que podía encontrarse llamando al timbre, yo era la menos esperada.

Me observa de arriba abajo, fríamente, antes de hablar.

—Deberías marcharte. Puedo llamar a la policía.

No sé por qué, pero sus palabras no acrecientan el miedo que siento. Al contrario, lo apaga un poco.

—Hágalo. Me gustaría saber qué delito estoy cometiendo.

—No eres bienvenido en esta casa.

Alzo los ojos con exasperación e intento esquivarlo y entrar. Sin embargo, él se mueve rápido y me cubre el camino, sin dejarme traspasar el umbral de entrada.

Resoplo y pruebo de nuevo, pero él adivina mis movimientos y se coloca en medio. No tiene intención de moverse, lo veo en sus ojos, en la forma en la que me cierra el paso.

Miro la fachada de la mansión, frustrado. No puedo volver por el camino del acantilado y decirle a Enea que no he podido ver a Óscar. Después de todo lo que ha pasado, después de todo lo que sé y de lo que he visto, no puedo dar la vuelta simplemente y marcharme.

Así que me pongo las manos en torno a la boca y comienzo a gritar con todas mis fuerzas.

—¡Óscar! ¡Soy Casio! ¡Casio Oliver! —Alonso mira a un lado y a otro, incómodo, sin saber qué hacer. Puede evitar que entre en la mansión, pero no puede impedirme chillar—. ¡Óscar! ¡Enea está viva! ¡Y necesita hablar con usted! —Tomo aire bruscamente, y vuelvo a gritar—. ¡Enea está…!

La puerta de La Buganvilla Negra se abre de par en par, y unas manos nudosas y llenas de manchas, apartan violentamente a Alonso.

Sin embargo, no es Óscar Salvatierra. Es Blai, que me observa rabioso desde su silla de ruedas.

—¿Qué acabas de decir? —sisea.

34

Con lentitud, bajo las manos y las coloco en mis costados. En el momento en que veo a Blai Salvatierra aparecer en la puerta, se convierten inconscientemente en dos puños temblorosos.

No digo nada. Me limito a observarlo con los ojos entrecerrados y la sangre rugiendo en mis oídos. Hay tanto, tantísimo que me gustaría decirle, que la lengua me pica y la garganta me arde.

—¿Podrías dejarnos solos, Alonso? —Antes de que el otro hombre pueda abrir la boca, Blai añade—. Muchas gracias.

El mayordomo duda durante un instante, pero finalmente sacude de la cabeza y se aleja por el pasillo. En cuanto sus pasos dejan de hacer eco, Blai vuelve la cabeza y se centra únicamente en mí.

—Repite lo que has dicho —susurra.

Ya no queda nada de ese anciano risueño y débil. Sus ojos, aunque arrugados, dan miedo. Son tan oscuros como las tinieblas que parecen bailar permanentemente en el interior de la mansión.

—No es usted con quién he venido a hablar —replico.

—Si quieres llegar hasta mi hermano, tendrás que pasar antes por encima de mí. Así que habla.

En realidad, ahora que no está Alonso, creo que podría entrar en La Buganvilla Negra, aunque fuese a la fuerza. No sería difícil. Solo tendría que tirarlo de su silla de ruedas y saltar sobre él. Por mucho que lo intentase, no podría alcanzarme.

Doy un paso atrás, sin embargo. No puedo hacer eso, aunque se trate de alguien como Blai Salvatierra.

—No hace falta que lo repita —contesto, al fin—. Usted me ha escuchado bien.

—Enea no puede estar viva —sisea Blai, golpeando el reposa-brazos de su silla, con la mano abierta—. Murió hace muchos años.

—Llevo arreglándole el jardín desde hace semanas.

Parece que tiene ganas de escupirme, de retorcerme el cuello con sus dedos ásperos.

—No tiene ningún sentido. Esa zorra *no puede* estar viva.

Un escalofrío de rabia me eriza hasta el último poro de la piel. Ahora soy yo el que siente ganas de clavarle las manos en el cuello. Por su expresión, él mismo parece invitarme a ello. Le encantaría. A Mónica Salvatierra y a Albert Valls también.

El mismo chico que denunció los malos tratos es el mismo que ataca a un anciano indefenso.

Desde que Marc salió del hospital, no ha pisado esta mansión, ni ningún lugar en el que se encuentren sus padres. Así que no pienso permitir que una estupidez mía eche por tierra la denuncia y lo obligue a volver a su lado. No puedo imaginarme qué le haría su padre después de todo lo que ha pasado.

Respiro hondo y me obligo a relajar los puños.

—Supongo que debe parecerle frustrante —consigo decir, con la voz más calmada—. Todo lo que hizo para deshacerse de ella. Y cómo, a pesar de sus esfuerzos, se convirtió en la heroína de *Preludio de invierno.*

—Esa chica iba a destruir nuestra familia. Igual que has hecho tú —gruñe, señalándome con el índice—. La gente de fuera no entiende lo que significa pertenecer a una gran familia como la nuestra. No comprende qué clase de sacrificios hay que hacer.

—¿Sacrificio? ¿Supuso un sacrificio para usted lo que le hizo a Esmeralda?

Blai palidece y veo cómo la nuez de su garganta se mueve arriba y abajo, varias veces, antes de que pueda respirar de nuevo.

—¿Cómo sabes eso?

—Enea me lo contó. —Doy un paso al frente, recortando la distancia que existe entre los dos—. Me lo ha contado todo.

—Yo no la maté.

—Claro que lo hizo. Hay muchas formas de matar —replico, mientras en mi cabeza aparece la cara de Daniel, sonriendo, mientras yo camino descalzo y desnudo en mitad de la lluvia—. En cuanto a Enea y Óscar, usted hizo todo lo que pudo para mantenerlos separados. Pero no lo ha conseguido.

—¿Crees que no? —bufa Blai, esbozando una sonrisa socarrona—. Me da igual que ella siga viva. ¿Has visto a mi hermano? Está en la cama de su dormitorio, mirando al techo, sin moverse. No voy a permitir que ella entre en esta casa y Óscar no podrá salir por su propio pie.

—Eso tendrá que decidirlo él.

—Casio, se está muriendo. —Los ojos de Blai resplandecen con un brillo extraño—. Debería estar en un hospital, el médico se lo advirtió. Solo está aquí porque quiere morir en casa.

La sangre me hierve en las venas y el calor es tan insoportable que me siento a punto de entrar en combustión espontánea. Me está llevando al límite, como hizo con Ágata. Me está empujando hacia el borde del acantilado, mientras él sostiene un arma entre las manos.

Él cree que solo tengo dos opciones. Pero se equivoca, como se equivocó con Ágata. Todavía existe una tercera.

—¿No está asustado? —pregunto, de pronto.

Blai arquea las cejas y me observa, algo confuso.

—¿Asustado?

—Si Óscar muere, usted se quedará en esta casa. Solo. —Ladeo la cabeza y miro más allá de él, ahí donde el pasillo se vuelve demasiado oscuro como para distinguir algo—. Si yo fuera usted, estaría aterrorizado.

—No dices más que tonterías, chico.

Blai aprieta los labios y coloca su mano en el marco de la puerta, con intención de cerrarla. Sin embargo, yo soy más rápido y coloco la puntera del pie contra el borde, impidiendo que la mueva.

—Usted mismo lo dijo. Esta mansión está plagada de fantasmas.

—Es solo una forma de decir que se trata de una casa vieja, nada más —replica.

Me dejo caer al suelo, arrodillándome frente a él para colocarme a su misma altura. Enredo los dedos en el reposabrazos de la silla de ruedas y tiro de ella hacia mí. Blai, de inmediato, gruñe algo entre dientes y se echa hacia atrás, intentando mantener la máxima distancia entre él y yo.

Por primera vez, el asco que leo en sus ojos me parece hasta divertido.

—Yo he visto algunos.

—Estás loco, chico.

Tira de las ruedas, pero la silla, bien sujeta por mis manos, no se mueve.

—Marc los veía cuando era un niño. Incluso su hermano, Óscar, llegó a verlos durante un momento, antes de que se lo llevaran al hospital.

Blai separa los labios, pero no parece saber qué decir. A pesar de que todavía me sigue observando con la ira palpitando en sus ojos, palidece cada vez más.

—¿Pero sabe qué es lo mejor? —continúo, suavizando el tono de mi voz hasta convertirlo en un susurro—. Que todos están relacionados con usted.

Aprieta los dientes, con furia y miedo, y mira por encima de su hombro en dirección al interior de la mansión. Intenta evitarlo, pero puedo sentir cómo se estremece.

—Al principio, cuando empecé a verlos, pensé que era por mi obsesión por *Preludio de invierno*. Pero no, me equivocaba.

Sonrío al pasillo oscuro que se extiende tras él. Las sombras que se alzan y se mezclan con las fotografías en blanco y negro de las paredes, parecen decenas de figuras.

—No están aquí por Óscar. O por mí. Están por usted. Esperándolo.

Las pupilas de Blai se han dilatado hasta devorar su iris. De golpe, todo su cuerpo tiembla. Baja la cabeza y ve, horripilado, las manchas de la edad que cubren su piel, las arrugas que se acumulan en sus nudillos, lo frágiles que son sus piernas bajo la tela de sus caros pantalones.

Sabe lo que significa.

Me incorporo con lentitud y doy un paso hacia su dirección. Él no se mueve, no deja de contemplar sus dedos artríticos, que ahora tiemblan libremente, a pesar de estar convertidos en puños.

Paso por su lado, pero Blai ni siquiera hace amago de detenerme. Parece haberme olvidado por completo.

Asomo la cabeza al interior de la mansión y, sin esperar ni un segundo más, comienzo a correr.

Avanzo como un loco por el pasillo, en dirección a las escaleras que comunican con la planta superior de la mansión y con los dormitorios. Sin embargo, freno en seco cuando paso por delante de la biblioteca.

La puerta está abierta y, de espaldas a mí, veo en el sillón, donde lo encontré por primera vez, a Óscar Salvatierra.

No soy capaz de ver su perfil, pero sí llego a avistar su mano, arrugada y llena de manchas, sosteniendo un libro.

No está en la cama de su dormitorio, agonizando, como había dicho Blai Salvatierra.

Entro en la habitación, con el corazón latiéndome en la base de la garganta, sin ser capaz de respirar con normalidad. Los dedos se me cierran en torno al marco de la puerta.

—Señor Salvatierra, Óscar, soy yo… Casio. —Mi voz jamás había sonado tan temblorosa ni tan débil—. No… no sé si llegó a escucharme antes, pero…

El anciano no habla, no se mueve. Sin embargo, observo cierta tensión en la mano que sujeta el libro. Puedo ver cómo la página se arruga un poco bajo las yemas de sus dedos.

—Tiene que acompañarme. He encontrado a Enea. Está viva y está esperándolo. Deben... deben aclarar muchas cosas. Todo lo que ocurrió en *Preludio de invierno*... no, todo lo que sucedió aquella tarde, fue un malentendido. Un gigantesco malentendido.

Óscar se pone en pie con agilidad, con más de la que le he visto nunca. No se vuelve, sin embargo. Sigue de cara a las estanterías y a la chimenea apagada.

El libro que sostenía cae al suelo y sus dos manos se convierten en dos puños convulsos.

Sé que debería callarme, que son ellos los que tienen que hablar, pero no puedo detenerme cuando vuelvo a separar los labios.

—Creo... no, lo sé. Sé que todavía lo quiere. Lleva todos estos años aquí, en Aguablanca, igual que hizo usted por ella. Está esperándolo... —La voz se me quiebra de pronto. Sacudo la cabeza, intentando calmarme en vano—. Enea no puede subir hasta aquí, yo tengo que llevarlo hasta ella. Así que, por favor, acompáñame. acompáñame. ahora. Solo tiene que ir a verla para terminar esta historia.

Óscar se vuelve por fin y los débiles rayos del atardecer caen sobre su cara, haciendo que brille como nunca por las lágrimas que se la han empapado.

Hay miles de preguntas en sus ojos, puedo leerlas, pero hay otra emoción más fuerte que las controla. Decisión.

Antes de que dé el primer paso, sé que ha decidido acompañarme.

—Vamos. —Su voz jamás ha sonado tan clara, tan fuerte. Es como si hiciera eco en todos los rincones de la mansión—. Por fin es hora de irse, Casio.

No parece él. Sus piernas se mueven con una rapidez extraña y cuando pasa junto a mí, parece arrastrarme con él, como si una fuerza sobrenatural lo envolviera y empujara hacia su cuerpo todo lo que se encontrase a su alrededor.

Con los ojos desorbitados, corriendo como no lo he hecho nunca, cruzo los pasillos de La Buganvilla Negra, dejando atrás sus tinieblas y sus fotografías en blanco y negro.

Casi me cuesta seguir su paso.

Cruzo frente al salón de música y veo a Leonor Salvatierra, junto al violonchelo de Marc, que todavía sigue ahí. Ella me mira, con una sonrisa extraña colgando de sus labios y, de pronto, desaparece, de la misma forma en la que el viento disuelve la niebla.

En el momento en que lo hace, sé que no volveré a verla.

Cuando llegamos al hall de entrada, Blai Salvatierra sigue todavía ahí.

Sus ojos se abren desmesuradamente, horrorizados, cuando Óscar pasa frente a él, corriendo como un niño pequeño, sin ni siquiera mirarlo. Él se inclina sobre la silla e intenta atraparlo, pero es demasiado lento. Cuando sus dedos se agitan en el aire, los pies de Óscar ya pisan el césped de la parcela.

—¡No me abandones! —grita, en un alarido desesperado.

Paso junto a él, sin dejar de correr, intentando no mirarlo. Sin embargo, cuando estoy cruzando la puerta de entrada, no puedo evitar mirar por encima del hombro.

Blai no está solo.

Esmeralda está inclinada sobre él y lo rodea con sus brazos blancos, sin llegar a tocarlo. Y extrañamente, aunque sé que Blai no puede verla, creo que es consciente de que está ahí, con él, y de que no desaparecerá hasta que él también lo haga.

—¡Vamos, Casio! —grita Óscar, que corre frente a mí—. ¡No es momento de mirar atrás!

Sonrío y, durante un instante, me parece que el cuerpo de Óscar se endereza, radiante, y las arrugas y las manchas desaparecen de su piel. Ya no es un anciano al borde de la muerte.

Es Víctor Vergel, que corre al encuentro de Ágata.

35

Óscar Salvatierra vuela por el camino que desciende por el acantilado. Casi parece que sus pies no tocan el suelo y que unas alas invisibles se agitan en su espalda.

Me es difícil seguirle el ritmo. La pendiente es pronunciada y está llena de piedras con las que no quiero tropezar. A él, sin embargo, parece no importarle. Esquiva unas y otras, colocando los pies en el lugar exacto para no resbalar.

Parece un niño pequeño en mitad de una carrera.

—¡Os... Óscar! —exclamo, gritando entre jadeos—. ¡No debería correr tanto! ¡Su... su corazón!

Él me contesta con una risotada y continúa bajando a una velocidad suicida. Sobre todo, para alguien de su edad.

El camino, de pronto, pierde toda la inclinación y las ramas de los árboles que nos cubren, se separan. A la izquierda, a tan solo unos metros de distancia, puedo ver las tejas caídas del chalé de Enea. Algo más apartado, asoma el tejado del nuestro.

—Es ahí —digo, señalando a la vieja casa, casi en ruinas.

Óscar asiente con la cabeza y rodea el pequeño muro de piedra. No corre, pero anda con rapidez, mirando con ansiedad a un lado y a otro.

De pronto, se para en seco y sus pupilas se dilatan.

Yo me detengo tras él y sigo su mirada, que se interrumpe en la pequeña figura que espera en el porche, sentada sobre una vieja mecedora.

Es Enea.

Cuando nos ve, se incorpora de inmediato y da un paso atrás. Parece que va a tomar impulso para saltar.

Francamente, después de cómo vi correr a Óscar Salvatierra, no me sorprendería nada verlos hacer un porté.

Sin embargo, ninguno de los dos se mueve. Permanecen inmóviles, separados por un ridículo muro de piedra y unos pocos metros de malas hierbas.

El sol está a punto de ponerse tras el mar, pero una extraña luminosidad parece rodearnos. Se refleja en las paredes blancas del chalé, en las ventanas llenas de polvo, pero, sobre todo, se refleja en ellos, que parecen dos figuras hechas de cristal. O de diamante.

—Por eso me pusiste Ágata en ese maldito libro —dice de pronto Enea, sobresaltándome.

Sigue quieta, resguardada bajo el porche. Desde donde estoy, la puedo ver estremecerse.

—Ya sabes que siempre me encantaron tus ojos —contesta Óscar, encogiéndose ligeramente de hombros—. Parecían dos piedras preciosas cuando el sol se reflejaba en ellos.

—Es un nombre estúpido.

—Bueno, yo siempre he sido un poco estúpido.

Él sonríe y se lleva la mano a la cabeza, tocándosela con nerviosismo. Parece un chico. Parezco yo cada vez que me encuentro demasiado cerca de Marc.

Enea da un paso al frente, pero se detiene de golpe. A pesar de que sonríe, las manos le siguen temblando y tiene los ojos llenos de lágrimas.

—Lo sigues siendo —añade, con ese gruñido suyo que tantas veces he escuchado—. Porque no sé a qué esperas para venir aquí.

La sonrisa de Óscar se amplía y, por fin, se atreve a cruzar el muro.

He estado esperando durante años conocer el verdadero desenlace de *Preludio de invierno*, pero me doy la vuelta cuando las viejas figuras de Víctor y Ágata están a punto de fundirse.

Sí, yo esperé mucho. Pero ellos han esperado más.

Se merecen estar a solas.

Clavo los ojos en el sol sangriento, que ya tiene la mitad de su cuerpo hundido en el mar y sonrío con tantas ganas, que siento una extraña tirantez en los labios.

Ojalá Marc estuviera aquí, a mi lado. Ojalá él también fuera consciente de lo que está ocurriendo. Ojalá pudiese vivir, como yo estoy viviendo, el verdadero desenlace de *Preludio de invierno*.

Estoy observando el cielo, sin dejar de sonreír, cuando mi teléfono móvil comienza a vibrar y a sonar, rompiendo ese silencio mágico.

Farfullando por lo bajo, lo saco bruscamente del bolsillo de mi pantalón con intención de apagarlo. Sin embargo, el nombre que leo en la pantalla consigue estirar todavía más mi sonrisa.

—Marc.

—¡Casio! —exclama él, al otro lado de la línea.

Su voz suena extraña. Ronca, desafinada. Un escalofrío me recorre por dentro y mi sonrisa desaparece de golpe.

—¿Estás bien? —pregunto, nervioso—. ¿Ha ocurrido algo en la comisaría?

—¿Qué? No, no. Todo ha ido bien. Solo… —Habla tan atropelladamente, que casi no consigo entenderlo—. ¿Dónde estás? ¿Conseguiste llegar a La Buganvilla Negra? ¿Sigues ahí?

—No. Subí, pero…

—¿Has oído que mi abuelo…?

—Tranquilo —lo interrumpo y escucho cómo jadea al otro lado de la línea.

Con el rabillo del ojo, puedo ver las figuras de Enea y Óscar. No sé si es porque no las estoy mirando directamente, o si es a causa de la oscuridad que comienza a expandirse, pero las veo ligeramente borrosas, tan cerca una de la otra, que parecen una sola.

—Tranquilo —repito, sonriendo de nuevo—. Óscar está conmigo. Hablé con él y me acompañó.

—¿Qué...? —Su voz se disuelve en un murmullo que no soy capaz de entender—. ¿Qué acabas de decir?

—Tu abuelo. Está aquí, conmigo.

Se produce un silencio prolongado al otro lado de la línea. De no ser porque puedo escuchar la respiración atragantada de Marc, creería que me ha colgado.

—¿Está... contigo? —repite, con demasiada lentitud.

—¿No recuerdas lo que te conté cuando me llamaste? —pregunto, impaciente—. Encontré a Ágata, la misma Ágata de *Preludio de invierno*. Tenía que hacer que se reunieran, como fuese. Después de todo lo que ha ocurrido, no podía dejar que pasara más tiempo. Ya ha transcurrido demasiado.

Espero a que Marc diga algo, pero solo lo escucho tragar saliva con dificultad.

—Encontré a tu abuelo leyendo en el sillón de la biblioteca. Solo tuve que decirle que había encontrado a Enea para que me siguiera. Tendrías que haberlo visto correr —añado, soltando una carcajada.

Del sol ya no queda más que una fina línea dorada, que parece hundirse como un cuchillo en el mar, creando una gran herida sangrante y dorada.

El día está a punto de convertirse en noche.

—Casio, eso es imposible —musita Marc, con la voz quebrada.

—Yo también creía que era imposible, pero si lo hubieses visto...

—No, Casio —me interrumpe él. Esta vez detecto algo más en su voz. Un sollozo. Está llorando—. Es imposible que estés con él, porque mi abuelo está en casa. En la cama. Alonso acaba de llamar.

En el instante en que el sol emite su último destello, la voz de Marc resuena en mis oídos.

—Ha muerto.

Me quedo helado. Aturdido. Paralizado. Incapaz incluso de respirar. De girar la cabeza y observar el lugar desde donde me llegan las risas de Enea y Óscar.

—No, no, estás equivocado —jadeo, sintiendo de pronto cómo el mundo comienza a dar vueltas a mi alrededor, descontrolado.

—Alonso subió a echarle un vistazo. Quería ver cómo estaba —continúa Marc, con la voz desafinada—. Se dio cuenta enseguida. Había muerto mientras dormía.

—Pero yo... lo vi. Se encontraba en el sillón, de espaldas a mí. Estaba leyendo un libro. Solo tuve que hablarle y...

—Casio.

Escuchar cómo Marc pronuncia mi nombre solo me asusta más. Hace que las risas y las voces de Enea y Óscar resuenen de forma extraña en mi cabeza.

—Tú mismo acabas de decirlo. Estaba de espaldas a ti.

—¿Y qué? —pregunto, casi agresivo.

—Si le hablaste, él no pudo haberte escuchado. Es sordo, ¿recuerdas, Casio? Es sordo.

De pronto, el teléfono que tengo entre los dedos, pesa demasiado y termina cayendo al suelo, a pesar de que Marc sigue al otro lado de la línea y lo escucho repetir mi nombre, una y otra vez.

Tiene razón. Marc tiene razón.

Y, sin embargo, Óscar me escuchó. A pesar de que era humanamente imposible que pudiera hacerlo.

Estoy en shock, todo a mi alrededor se ha convertido en un borrón oscuro en el que soy incapaz de distinguir nada. Hay un aullido ensordecedor haciendo eco en mis oídos. Es mi sangre, latiendo con violencia, o mi propia voz, no sé, que grita algo que no comprendo.

Ya no escucho las voces de Óscar y Enea, y siento terror de pronto de volverme.

Pero sé que tengo que hacerlo. Porque si no veo a nadie, si en ese chalé, no hay más que tejas rotas y malas hierbas, sabré que me he vuelto loco. Que todo lo que vi este verano, que Leonor, Esmeralda, Enea, Ágata, no eran más que parte de mi imaginación.

Mis pies se mueven y arrastran con lentitud a todo mi cuerpo. Poco a poco, me vuelvo y encaro, aterrorizado, el viejo chalé de Enea. Y allí, en su mismo centro, dos figuras me devuelven la mirada. Son Óscar y Enea, pero a la vez no lo son. Son mucho más jóvenes, casi parecen tener mi edad.

Ella lleva un vestido negro, que se agita por el viento a pesar de que no corre ni una ligera brisa, y él, un traje antiguo y elegante.

No son Óscar y Enea sin más, son los Víctor y Ágata de *Preludio de invierno*, los que vivieron la verdadera historia que se cuenta a medias entre sus páginas.

Están uno junto al otro, con las manos unidas.

Enea se adelanta un poco, aún con los dedos enredados en los del chico, y se inclina ligeramente hacia donde me encuentro.

Con la mirada desorbitada, veo cómo ladea la cabeza y entreabre los labios para hablarme.

—¡Gracias por t...!

De pronto, las luces de las farolas parpadean y se encienden. Y ellos desaparecen como si nunca hubiesen existido, dejando flotar esa palabra incompleta en el aire, creando un eco armónico que parece estremecer al propio mundo.

Quinta Parte

Vivace

Víctor Vergel escribía para olvidar.

Desde aquella horrible noche, en la que parte de su alma había muerto, no había dejado de hacerlo.

Su madre, a pesar de verlo reclinado sobre la mesa del salón, horas y horas, no hacía otra cosa que apartar la mirada. Tampoco ordenaba a las criadas que buscaran sus folios y los arrojaran al fuego. Al fin y al cabo, después de la muerte de Emma y de la desaparición de Ágata, las dos que le quedaban estaban demasiado ocupadas ayudando con las labores de reconstrucción, como para jugar al escondite con un adolescente que no dejaba de escribir.

A Víctor le daba igual el lugar. El antiguo despacho de su padre, el comedor, las escaleras. En poco tiempo, la vista se le empeoró y no tuvo más remedio que usar gafas para poder seguir escribiendo. Se convirtió en un fantasma silencioso que siempre tenía los dedos llenos de tinta.

Su madre no sentía más que desolación al mirarlo. Después de aquella noche, ella también había cambiado. Pasaba la mayor parte de las horas encerrada en su dormitorio, llorando.

Víctor lo sabía, pero jamás volvió a dirigirle una palabra después de que Ágata saltara. Daba igual cuantas veces le jurase su madre que ella no tenía nada que ver, daban igual los sollozos que se escuchaban tras las paredes. Por mucho que pasasen los años, Víctor sabía que jamás podría perdonarla.

Brais era el único que permanecía inmutable a aquella atmósfera de duelo, miedo y llamas. Aunque a Víctor no le sorprendía, siempre había sabido que era el más fuerte de los tres.

Era al único al que no le contestaba, chillando, cada vez que le interrumpía su escritura.

Como aquella vez, por ejemplo.

—Victor, la mesa está preparada. Te estamos esperando.

Él levantó la mirada hacia su hermano pequeño. Vestía un traje nuevo, llevaba el pelo rubio perfectamente peinado hacia la izquierda, y sus ojos permanecían serenos, tranquilos.

A su lado, Victor se parecía más a los obreros que arreglaban los desperfectos de la mansión, con los pantalones manchados, y su camisa sucia y desabotonada.

—Ya voy —suspiró, dejando los folios a un lado.

Brais asintió y se llevó los dedos al cuello, aflojándose el pañuelo que lo rodeaba.

—El tiempo está cambiando. Ya comienza a hacer calor.

Victor se quedó quieto y volvió la mirada hacia la ventana más cercana. A través de ella, pudo ver el mar azul, brillando con fuerza, y las acículas volar, empujadas por el viento que acariciaba a los pinos.

Durante casi un minuto entero, no pudo despegar los ojos del paisaje.

—Es la primavera —susurró—. Se está acercando.

No supo por qué, pero Victor creyó leer el miedo en los ojos de su hermano pequeño.

Preludio de invierno. Capítulo 40, página 405.

Óscar Salvatierra.

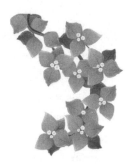

36

El veintiséis de agosto amanece con el cielo despejado. El mar apenas tiene olas, parece un espejo azul, en el que se reflejan las gaviotas que vuelan sobre él.

Una ligera brisa, algo más fría de lo habitual, empuja las ramas de los pinos, que se inclinan hacia la ventana de mi habitación.

En la cama no tengo más remedio que cubrirme con la sábana. No es una amenaza, pero sí una advertencia. Al verano le queda poco para terminar.

Suspiro, mirando al techo. Sé que tendría que levantarme, es tardísimo. La hora que marca el teléfono móvil que escondo bajo mi brazo, me indica que ha pasado el mediodía.

No me importaría dormir varias horas más. Ayer estuve hablando con Marc hasta las cinco de la madrugada. No fue un día fácil para él, tampoco para mí.

Cuando Óscar Salvatierra murió, todo se convirtió en un caos.

Marc tuvo que volver corriendo, junto a Yago, a La Buganvilla Negra. Fueron los primeros en llegar, antes incluso que el médico que debía certificar la muerte y el juez, que debía ordenar el levantamiento del cadáver, así que tuvo unos minutos, a solas, para despedirse de él.

Su muerte no hizo más que acrecentar el desastre que ya se cernía sobre Albert Valls y Mónica Salvatierra. Esa misma noche, en los programas del corazón, aparecieron nuevos titulares sobre la familia. En uno de ellos, que rezaba: «Semana negra para los Salvatierra», se podía ver la figura de Marc, con la cara difuminada, acompañado de su hermano, justo antes de entrar en la mansión.

Laia me había escrito varias veces, preocupada. Al parecer, toda nuestra clase se había enterado de lo que le había ocurrido a la familia de ese famoso chico de la cruz, que siempre pasaba frente a las puertas del instituto. El morbo estaba a la orden del día, y la televisión y la denuncia que yo había puesto no ayudaban.

El velatorio se hizo en La Buganvilla Negra. Y, por primera vez en días, Marc tuvo que volver a ver a sus padres.

Por teléfono, me dijo que no había sido tan horrible como se había imaginado. Sus padres ni siquiera le habían prestado atención. Él y Yago también se habían visto obligados a ignorarlos. Lo que no le fue tan fácil de soportar, fue la mirada de todos sobre ellos. Al parecer, despertaban más expectativas que el ataúd abierto de su abuelo.

Al final, tuvieron que llamar a seguridad porque un par de periodistas consiguieron colarse en el interior de la mansión, haciéndose pasar por amigos lejanos del fallecido. Cuando consiguieron echarlos, les habían hecho fotos suficientes a toda la familia como para llenar una revista.

Uno de ellos acabó con la nariz rota, por el puñetazo que le había dado Yago cuando los había descubierto. Por suerte, Marc logró sujetar a su hermano antes de que llegase a abalanzarse sobre el segundo.

—Ojalá hubiese estado ahí —murmuré, cuando escuché su suspiro, al otro lado de la línea.

—Sí. Ojalá —corroboró él, con tristeza.

Pero los dos sabíamos que era imposible. Si hubiese puesto un pie en La Buganvilla Negra, Mónica Salvatierra o Albert Valls se habrían encargado de echarme a patadas. Por supuesto, estaban al tanto de mi última visita, y creían que yo había «destrozado» los últimos momentos de vida del patriarca de los Salvatierra.

Blai, al parecer, se había encerrado en su dormitorio y se había negado a bajar a la planta baja, en donde se llevaba a cabo el velatorio. Apenas hablaba desde que su hermano había muerto.

Yo todavía no tengo muy claro qué ocurrió esa tarde, cuando creí ver a Óscar Salvatierra sentado en el sillón de su biblioteca. De lo que sí estoy seguro, es que Blai Salvatierra también lo vio.

Quizás sí sabía lo que realmente estaba frente a él, no como yo. Quizás, supo que Óscar ya estaba muerto cuando pasó por su lado.

El sonido súbito del picaporte al moverse me devuelve a la realidad. Parpadeo y me vuelvo hacia la puerta, sobresaltando a mi hermana, que me observa por una rendija.

Cuando nuestras miradas se encuentran, se apresura a cerrarla.

—No te preocupes, Helena. Ya estoy despierto.

—No estoy preocupada por ti —contesta, con rapidez—. Solo he venido a ver cómo estabas porque mamá me lo ha dicho.

—Qué sorpresa —suspiro, incorporándome por fin.

Aún medio dormido, me dirijo hacia el pequeño armario del dormitorio y abro las puertas de par en par, observando el interior. Nunca he ido a un funeral, así que no sé qué ponerme.

Dudo, pero al final tomo unos pantalones oscuros y una camiseta negra.

Cuando bajo las escaleras, mis padres me esperan en la cocina. Me han preparado algo para comer, a pesar de que hace mucho que ha pasado la hora del desayuno.

Mi madre me mira de arriba abajo e intercambia una mirada nerviosa con mi padre mientras yo me siento en la mesa.

—Así que vas a ir.

—No pueden prohibirme visitar un lugar público —contesto, masticando sin ganas la tostada.

—No, claro que no. Pero no sé si quiero que te acerques a ese matrimonio de… Dios, ni siquiera sé cómo llamarlos.

—Mamá, tranquila. No pueden hacerme más daño del que ya me han hecho.

Sus ojos se ensombrecen y su mirada se desliza por mi mejilla izquierda. A pesar de que la piel ya está casi unida, la costra y los hilos se marcan más que nunca sobre mi piel pálida.

—Está bien. Puedes ir, pero nosotros te llevaremos.

—¿Qué? ¿Por qué? —protesto, dejando la tostada a un lado.

—No discutas, Casio. Solo te estamos haciendo un favor —interviene mi padre, esbozando una pequeña sonrisa—. El cementerio está casi a las afueras del pueblo. En coche no tardaremos más de cinco minutos.

Parece que soy yo el que les hace el favor cuando vuelvo a morder la tostada

—De acuerdo.

La sonrisa de mi padre se ensancha. Se inclina para darme un beso rápido y se mete la mano en el bolsillo del pantalón, del que saca un par de monedas que deja sobre la mesa, a centímetros de mi plato.

Cuando levanto los ojos hacia él, su expresión se ha tiznado de tristeza.

—Uno no puede visitar a los muertos sin llevar un buen ramo de flores.

A pesar de las buenas intenciones de mis padres, no tienen más remedio que dejarme frente a la puerta del cementerio y marcharse a casa.

No hay sitio para dejar el coche. La única zona de aparcamiento con la que cuenta el cementerio está plagada de automóviles caros y relucientes, y de conductores que gruñían entre dientes cuando veían a nuestro viejo coche acercarse demasiado a las puertas rociadas de cera.

—Tendrás cuidado, ¿verdad? —me pregunta mi madre, por décima vez, cuando abro la puerta.

—Estaré bien. Los fantasmas no pueden hacerme nada —añado, disfrutando de mi broma privada.

—Me preocupan bastante más los vivos que los muertos —replica ella, resoplando por lo bajo.

—No tardes demasiado en volver, ¿de acuerdo?

Asiento, mientras mi padre gira la llave de contacto y mete primera. Con un fuerte rugido, el coche se pone en marcha y se aleja de mí, dejándome rodeado de decenas de coches que podrían estar en cualquier revista de automovilismo.

Me vuelvo hacia las puertas abiertas del cementerio y alzo la mirada hacia la tapia. Desde allí, doce apóstoles me observan entre los cipreses. Parecen retarme a entrar.

Respiro hondo, me ajusto bien el sombrero en la cabeza y cruzo las puertas del cementerio con paso decidido.

No hay nadie que me detenga. Uno de los guardas, que se encuentra junto a la entrada, me lanza una mirada, pero desvía los ojos rápidamente cuando ve el ramo de flores que sostengo entre las manos.

El cementerio de Aguablanca está situado en lo alto de una pequeña loma, junto a la carretera de salida del pueblo. No es grande, pero está bien cuidado, y la mayoría de sus lápidas se orientan hacia las casas blancas y el mar.

No hay nichos, solo tumbas excavadas en el césped que piso, y algún que otro pequeño panteón familiar, repleto de flores.

Uno de ellos atrae mi atención. Las puertas están abiertas y decenas de personas vestidas con trajes y vestidos negros, lo rodean.

Con cuidado, intentando no atraer demasiado la atención, me acerco a ellos. Sin embargo, varios se vuelven hacia mí, con los ojos clavados en mi sombrero de paja. Con rapidez, me vuelvo hacia la primera lápida que veo y me inclino junto a ella, como si estuviera rezando.

Entre la maraña de faldas vaporosas y tocados, puedo ver la casulla blanca del sacerdote. A su lado, me parece percibir la sombra de un ataúd.

Creo que está hablando, pero sus palabras no llegan hasta mí. Los murmullos de los asistentes las disipan.

Me inclino un poco más, bien escondido entre las dos lápidas, y consigo ver por fin a Marc. Está sentado entre el sacerdote que habla y Yago. Tiene la cabeza gacha y su flequillo pelirrojo cae sobre sus ojos, ocultando su expresión. Su hermano, al contrario, mantiene la cabeza levantada y, de vez en cuando, tiene que frotarse la manga del traje contra los ojos para que las lágrimas no le empañen la vista.

Albert Valls y Mónica Salvatierra también se encuentran allí, aunque están en el extremo opuesto. Ambos llevan puestas unas enormes gafas oscuras y, como ya me había contado Marc durante el velatorio, hay más miradas clavadas en ellos que en el ataúd de Óscar Salvatierra.

De Blai no hay ni rastro.

Permanezco en la misma posición mientras pasan los minutos. Es incómodo, pero es la única forma que tengo de estar cerca de Marc.

En varias ocasiones, desvío la mirada de él y escudriño mi alrededor. Una parte de mí espera ver de nuevo a Enea, o a Óscar, aunque fuese en la distancia. Sin embargo, no hay rastro de ellos. Desde aquella noche, en la que los vi convertidos en Ágata y Víctor Vergel, no he vuelto a verlos.

Quizás es porque, como dicen en algunos libros, los fantasmas solo se quedan entre nosotros cuando tienen asuntos pendientes. Quizás, el asunto pendiente de Enea era Óscar. Quizás, el de Óscar era Enea.

De pronto, un murmullo me hace centrar de nuevo la mirada en el funeral.

Algunas personas se están apartando para que Alonso, que lleva una funda negra, enorme, ajustada a su espalda mediante correas, se pueda acercar a la entrada del mausoleo. Cuando pasa junto a Marc, se detiene, y deposita cuidadosamente la carga sobre el césped del cementerio.

Él se incorpora y levanta por fin la cara. Tiene los ojos rojos, pero no vacila cuando los susurros crecen a su alrededor.

Durante un instante, creo que me ve, aunque desvía rápidamente la mirada hacia lo que Alonso acaba de depositar junto a él.

Su violonchelo.

Con un cuidado que me hace estremecer, saca el instrumento de su funda y se vuelve a sentar, esta vez con el mástil apoyado en su hombro. Alonso le tiende un estuche abierto, y de él, saca el arco.

Solo afina dos o tres cuerdas, pero el sonido que produce con ellas y hace eco en cada rincón del cementerio, consigue desvanecer todos y cada uno de los comentarios y cuchicheos.

Me espero una melodía lenta y profunda, cargada de sentimiento. Por eso, cuando comienza a tocar, me sobresalto.

El arco se desliza por las cuerdas con rabia, golpeándola más que acariciándola. A pesar de la distancia, veo cómo los dedos de Marc pellizcan las cuerdas con fuerza, tensándolas, arrancando las notas unas tras otra.

Hay tanta furia en esa melodía, que hasta duele escucharla.

Él mantiene los ojos abiertos mientras toca, mirando al frente, a un punto determinado que nadie más aparte de Marc puede vislumbrar. Mientras lo observo, me pregunto a quién ve realmente.

No es como la vez anterior que lo escuché a escondidas. Reconozco la melodía. Estoy seguro de que es famosa, que la he oído en alguna película, o en algún disco.

De pronto, el ritmo cambia drásticamente, y la música se convierte en una caricia lenta, susurrante, aguda, que relaja el ambiente durante unos segundos. Pero apenas dura, porque el tornado musical regresa, esta vez con más fuerza.

Parece que Marc tiene un altavoz en cada cuerda que roza con el arco. Cada vez que suena, me repica hasta en los huesos.

Sin embargo, cuando parece que la obra está a punto de perder el control, de perderse en ese torbellino de rabia y desconsuelo, la melodía dulce regresa. Y cuando lo hace, veo a Mónica Salvatierra sacar un pañuelo de tela de su chaqueta negra y enjugarse los ojos tras sus enormes gafas oscuras.

La música sigue fluyendo, lenta y dulce, hasta diluirse por completo en un débil acorde final, que suena como un suspiro. Como una despedida.

Pasa demasiado tiempo hasta que el sacerdote encuentra de nuevo las palabras para volver a hablar.

Y pasa todavía más hasta que me doy cuenta de que estoy llorando.

37

Cuando el funeral termina, me apresuro a retroceder hacia la entrada, donde se concentran los cipreses.

Sé que Mónica Salvatierra y Albert Valls no pueden prohibirme estar en un cementerio, pero no quiero atraer más atención de la que ya provoca mi piel blanca y mi enorme sombrero de paja.

Miro a mi alrededor, asegurándome de que no hay nadie más que yo y los muertos, y me meto la mano en el bolsillo, sacando el teléfono móvil.

Estoy a punto de escribir un mensaje, cuando una voz, a mi espalda, me sobresalta.

—No hace falta, ya estoy aquí.

Me vuelvo bruscamente y observo a Marc, apoyado en el tronco del ciprés más cercano. Me observa con los brazos cruzados y una pequeña sonrisa en los labios.

Es todo un chico de la cruz, incluso en un lugar como este. Va vestido con un traje negro y una corbata oscura, a juego. A su lado, con mi camiseta negra y mi estúpido sombrero, no parezco más que un niñito perdido.

—¿Cómo sabías que iba dirigido a ti?

Él se encoge de hombros y se separa del árbol, caminando hacia mí con rapidez y deteniéndose a tan solo un par de pasos.

Con un movimiento rápido, su mano se desliza por mi nuca y tira de mí, hacia él, deteniéndome a tan solo unos centímetros de distancia.

Mi corazón, de golpe, parece a punto de reventar.

—Tienes los ojos rojos.

—Bueno, es un funeral —respondo, sintiendo cómo la sangre me azota las mejillas—. La gente suele llorar en los funerales.

Su sonrisa se estira un poco más y sus dedos abandonan mi cuello, haciéndome sentir de pronto desamparado.

—Te vi cuando llegaste. Pasar desapercibido no es lo tuyo —añade, con una risita.

—No me digas —contesto, con sorna, señalándome el enorme sombrero.

A Marc le tiembla un poco el labio de pronto y baja la mirada, hundiéndola en sus lustrosos zapatos negros. Cuando vuelve a levantarla, sus ojos de color miel se han vuelto dorados.

—Oye, yo... —Clava la mirada en mí y parece absorberme a través de ella—. Gracias por venir.

Noto un nudo en la garganta que me impide respirar. Sin embargo, trago saliva y lo obligo a hundirse en mi estómago.

—No podía no hacerlo.

Marc sacude la cabeza, volviendo a sonreír. Sin embargo, es la sonrisa más triste que veo desde que lo oí hablar por primera vez de su padre.

—Siento no haberte visto estos días —comienza a decir, con voz ronca—. Pero desde que salí del hospital, esto... está siendo una pesadilla.

—No, no. Lo entiendo —lo interrumpo—. Yo... yo también siento lo que te dije cuando... cuando tu abuelo... —Suspiro. Soy incapaz de seguir. Niego con la cabeza y clavo la mirada en la lápida más cercana, con la cara ardiendo de vergüenza—. Debes creer que estoy loco.

—¿Qué? No, claro que no. —Marc se adelanta y me sujeta de los hombros—. Ya te lo dije una vez. Yo también los veía. A los fantasmas. Sin parar. —Vacila un poco y su sonrisa se endulza—. La verdad... es que ese día te tuve cierta envidia.

—¿Envidia?

—Mi abuelo decidió aparecerse ante ti, no ante su nieto —dice, como si fuera obvio.

—Una vez me dijiste que tú también podías verlos.

—Sí, cuando era un niño.

—¿Cuándo fue? ¿Cuándo dejaste de verlos?

—¿Recuerdas al chico de mi clase? ¿Ese al que mi padre echó de nuestra casa? —Cabeceo, con la rabia mordiéndome la lengua—. Después de que me pegara por primera vez, dejé de ver a mi bisabuela Leonor. Aunque, si te digo la verdad, no es alguien al que eche de menos. Creo que no le caía demasiado bien.

Esta vez no contesto, y nos quedamos de pronto en silencio. A lo lejos, se escuchan los murmullos de los invitados que todavía pululan cerca del lugar de donde han enterrado a Óscar Salvatierra.

—¿Era feliz?

—¿Qué?

—Cuando viste a mi abuelo por última vez. ¿Era feliz?

En mi cabeza, puedo ver a Enea, convertida en la Ágata de *Preludio de invierno*, hablándome, mientras Víctor le sujeta la mano, sonriendo, con los ojos brillantes y una sonrisa de par en par.

—Creo que era muy feliz, sí.

Marc asiente y me dedica una de sus sonrisas. La verdadera. La misma que me dedicaba al principio de conocernos y ponían mi cabeza y mi corazón a mil.

De pronto, una fuerte brazada de viento nos sacude, a punto de arrancarme el sombrero de la cabeza. Sin embargo, soy rápido y me lo sujeto con las dos manos, hundiéndomelo todavía más.

De soslayo, miro al ciprés más cercano, que se inclina hacia nosotros. Sus hojas, sacudidas, parecen susurrar algo.

—El verano está a punto de terminar —digo, suspirando.

—Para mí, es el último día.

Me quedo durante un instante quieto, observando las ramas, que no dejan de balancearse a un lado y a otro. Y entonces, muy despacio, me vuelvo hacia él, con los ojos entrecerrados.

—¿Qué quieres decir?

—Hoy es mi último día aquí, en Aguablanca. Cuando los asistentes del funeral se marchen, Yago y yo volveremos a casa, a Madrid.

Lo miro con los ojos muy abiertos, seguro de que he tenido que escuchar mal.

—Creía que te volverías a final de mes. Para eso... queda casi una semana.

—Así es siempre, en circunstancias normales —suspira Marc, evitando mi mirada—. Pero Yago y yo tenemos que sacar nuestras cosas de casa. Después de todo lo que ha pasado, no podemos seguir viviendo con mis padres. Tú mismo has tenido que verlo ahora, en el funeral. Ni siquiera nos hemos mirado.

Sus palabras son perfectamente razonables, pero caen sobre mí como pedradas.

Los puños se me crispan y el nudo de mi garganta crece hasta hacerse insoportable. El calor de las lágrimas me abrasa la cara y tengo que morderme el labio con fuerza para que el dolor me quite las ganas de llorar.

—No lo sabía —murmuro.

Marc se mete las manos en los bolsillos, todavía sin ser capaz de devolverme la mirada.

—Lo decidimos el día que murió mi abuelo, pero no te dije nada porque... bueno, así era más fácil.

Lo miro durante un instante con fijeza.

—Parece que tuviésemos que despedirnos para siempre —murmuro, casi con ira.

Marc me observa con una mezcla de súplica y desesperación, y se acerca a mí a trompicones. Sin embargo, yo me aparto con rudeza, manteniendo la distancia entre los dos.

—Casio, no sé qué va a pasar —dice, arrugando el entrecejo—. Este primer trimestre seguiré yendo a Santa Cruz porque mis padres ingresaron el dinero cuando terminé el curso, pero después... no sé, no tengo ni idea de qué ocurrirá. Puede que podamos seguir viviendo como hasta ahora, pero puede que no. Depende del juicio. Depende de mis padres. Depende de demasiadas cosas que están fuera de mi control.

—¿Y pensabas irte sin decirme nada?

—¿Qué? Claro que no —exclama Marc, consternado—. Pensaba ir a tu casa después del funeral, pero has terminado adelantándome, como siempre.

Esta vez, cuando se acerca, yo no retrocedo, ni tampoco me aparto cuando me sujeta de los brazos. No se da cuenta de que me aprieta con demasiada fuerza, de que casi me hace daño.

Yo lo miro, desafiante, sin separar los labios.

—No me crees —farfulla. Parece una pregunta, pero no lo es—. ¿Por qué?

—Tú mismo lo has dicho —replico, súbitamente furioso—. Puede que las cosas no vuelvan a la normalidad. Puede que sí. Puede que vuelvas a ser simplemente un chico de la cruz que pasa cada mañana delante de mi instituto.

Marc me observa con los ojos muy abiertos, confuso.

—¿Por qué iba a hacer algo así?

—Porque aquí soy Casio, el que reunió a Víctor y a Ágata, el que dio un final a *Preludio de invierno*. Allí no soy más que el chico al que le desaparecían los libros, al que empujaban y le robaban la ropa para que caminara medio desnudo en mitad de la lluvia. —Tengo los dientes tan apretados, que los siento crujir en el interior de mi boca—. Tú me viste. Viste lo que era allí.

Los dedos de él se crispan sobre mi piel y me empuja hacia atrás, a punto de hacerme tropezar con la lápida más cercana.

—¡Y tú me viste a *mí*! —ruje, con una voz que no parece suya—. ¿Te sientes avergonzado porque te vi aquel día? ¿Y cómo crees que me siento yo? ¿Cómo crees que me sentí cuando me encontraste ahí, medio desnudo, mientras mi padre…? —La voz se le apaga poco a poco, y sus manos se aflojan, dejándome marcas rojizas en la piel—. Los dos nos vimos siendo vulnerables. Es cierto. Pero eso no cambia una mierda lo que siento por ti.

Noto cómo mi cara se ruboriza hasta adquirir el color de su pelo y aparto la mirada, avergonzado.

—Para mí tampoco —farfullo, entre dientes.

Marc resuella y se inclina sobre mí, esta vez sin apretarme con las manos.

—Casio, me salvaste la vida —susurra, lentamente—. Me salvaste.

Sus ojos brillan demasiado. Parece hacer los mismos esfuerzos que yo por no llorar.

—Tú a mí también —contesto, con un hilo de voz.

—No. Tú te salvaste a ti mismo.

Se separa de mí, solo un instante, antes de que levantemos los brazos a la vez, y nos abalancemos el uno sobre el otro. Lo abrazo con más fuerza de la que he abrazado a nadie en mi vida. Él me lo devuelve con tanta necesidad, que puedo sentir sus huesos sobre los míos.

—No quiero que termine el verano —susurro, con la cara hundida en su hombro.

—Yo tampoco.

Marc respira hondo y se separa de mí, a regañadientes. Sin embargo, antes de que llegue a dar ni un solo paso, lo sujeto del brazo y lo obligo a inclinarse sobre mí.

Es solo un beso corto. Si lo prolongase, no podría separarme de él.

Un carraspeo nos sobresalta a ambos, de pronto. Me doy la vuelta, descubriendo a Yago a unos pocos metros de distancia, observándonos con una sonrisa divertida en los labios.

Casi puedo sentir cómo echo humo por las orejas.

—¿Lleva todo el rato ahí? —pregunto, con un hilo de voz.

—Seguro que sí —contesta Marc, poniendo los ojos en blanco.

No es el único que nos mira. Algunos de los asistentes al funeral, los más rezagados, tienen los ojos puestos en nosotros. Más de uno está boquiabierto.

Antes del verano, les habría dado la espalda y habría huido, corriendo, a esconderme a algún lugar. Ahora, lo único que hago es devolverles la mirada con cierta exasperación.

—¿Qué pasa? —exclama Marc, con una sonrisa burlona dibujada en los labios—. ¿Nunca vieron a dos chicos besándose?

Me echo a reír con fuerza y le doy un empujón, mientras él se aleja trastabillando, riendo también.

Está a punto de marcharse. Lo sé. Sin embargo, antes de darme la espalda por completo, gira la cabeza y me observa una última vez.

—Es verdad que hay muchas cosas que están fuera de nuestro control, pero nosotros no somos Víctor y Ágata. Recuérdalo. Esto no es *Preludio de invierno*.

—Ah, ¿no? —pregunto, sonriendo, a pesar de que la tristeza me está desgarrando por dentro—. ¿Qué es entonces?

—Los preludios son solo piezas introductorias. Nosotros somos mucho más. Algo más grande. —Tuerce los labios, pensativo, y de pronto sonríe—. Somos una sonata. Una sonata de verano.

No sé por qué tengo otra vez ganas de llorar, pero me aguanto las lágrimas como puedo, mientras Yago me dedica como despedida una de sus típicas sonrisas y Marc desaparece entre los cipreses, en dirección a su hermano.

Yo me quedo ahí, solo, despidiéndolo con una mano, mientras me sujeto el sombrero con la otra, para que el viento frío no me lo arranque.

Me estremezco cuando una nueva brazada me sacude.

—Sí —murmuro—. Ha terminado el verano.

38

No queda mucho para que atardezca cuando por fin vislumbro el chalé desde el camino.

Sin embargo, a pesar de que puedo ver las luces encendidas desde la calle, y de que sé que mis padres me estarán esperando, impacientes, giro en la primera esquina en vez de en la segunda.

No sé exactamente por qué me dirijo al hogar de Enea. Quizás, porque por casualidad, vi su lápida mientras me dirigía hacia la salida.

Mientras la leía, recordaba las palabras de Blai. No me había mentido cuando me había dicho que había muerto hacía mucho. Cuando yo nací, ella llevaba ya cuatro años muerta.

Observo el chalé, medio oculto en las sombras que empiezan a extenderse por la calle.

Ahora entiendo muchas cosas. La extrañeza de Marc cuando le hablé por primera vez de este lugar, la confusión de la agente inmobiliaria, la forma en la que Enea me rehuía siempre, procurando no tocarme.

Llevo más de medio mes arreglándole el jardín a un fantasma.

Este lugar debería darme escalofríos, pero después de todo lo que he visto, de lo que he vivido, he aprendido a perder el miedo a los muertos. Ellos me asustan mucho menos que los vivos.

Suspiro y echo un vistazo a mi alrededor, vigilando que no haya nadie cerca. Antes de darme cuenta de lo que hago, ya he traspasado el muro de entrada.

Las malas hierbas se han multiplicado y han crecido tanto que algunas de ellas me acarician las rodillas cuando atravieso la parcela. Ahora que Enea no está, el chalé parece más abandonado que nunca.

Hay más tejas caídas que la última vez y la puerta de madera, parece tan podrida, que temo que se rompa cuando apoyo una mano en ella. Sin embargo, con un ligero empujón, cede y se abre frente a mí, sin necesidad de usar ninguna llave.

Miro a mi alrededor una vez más, pero no hay nadie más en la calle aparte de este viejo chalé en ruinas y yo, así que, con un suspiro, me adentro por fin en su interior.

Apenas soy capaz de dar un par de pasos. No solo por la impresión. Hay tantos escombros repartidos por el suelo y tanta naturaleza salvaje que ha crecido a la fuerza, a través de ellos, que temo tropezarme con algo.

Todavía hay algunos muebles de madera en pie, pero la mayoría se encuentran divididos en astillas gigantescas, tirados en el suelo, mezclados con porcelana amarillenta, mantas agujereadas y jirones de cortinas.

No hay luz cuando aprieto el interruptor. El único aparato electrónico que encuentro es una vieja radio, que se halla dentro de la chimenea de ladrillo, partida en dos.

—Si alguna vez hubieses intentado entrar, lo habrías descubierto —musita de súbito una voz, a mi espalda.

Me vuelvo con brusquedad, enfrentando a la figura que antes no había estado ahí.

Que no debería ver siquiera.

—Enea —musito.

—Sí, aunque ahora me parezco más a la Ágata de *Preludio de invierno*, ¿verdad? —pregunta ella, riendo.

Doy un paso atrás, no porque tenga miedo, sino porque quiero verla mejor. La chica que se encuentra a apenas un metro de distancia no tiene nada que ver con esa anciana de gesto arrugado, que me gruñía cada vez que entraba en su campo visual. Parece tener mi edad. Su piel es morena y limpia, y su larga melena rubia está recogida en un moño prieto. Su cuerpo delgado está cubierto por un uniforme de asistenta, de falda negra y delantal blanco.

—Creía que no volvería a verte.

—Tenía que despedirme —contesta, murmurando, antes de mirar en dirección a las ventanas sucias de polvo—. Aunque no tenga demasiado tiempo.

Sigo su mirada. A través del cristal, consiguen entrar las últimas luces del atardecer. Al igual que la última vez que la vi, está a punto de que se haga de noche.

—¿Esta vez será para siempre? —pregunto, con un hilo de voz.

Ella asiente, sonriendo con tristeza.

—Toda historia tiene su punto final, y tú se lo has puesto a esta. —Ladea la cabeza y se acerca un paso más a mí, escudriñándome con más atención—. Después de todo lo que has visto, después de todo lo que has vivido, dudo que puedas volver a ver a algo como yo.

Le devuelvo la mirada, sin vacilar.

—Si me hubieses contado la verdad desde el principio, todo habría sido más fácil.

—Nadie puede escoger el camino sencillo, Casio. Ser... lo que soy, ahora mismo, es algo parecido a estar perdido en un sueño. El tiempo y el espacio no son lo mismo que para ti. Cambia, igual que cambio yo. A veces, soy la Enea que falleció hace veinte años. —Su sonrisa se alarga, y de pronto, es de nuevo esa vieja anciana gruñona—. Otras, soy solo un recuerdo de la chica que trabajó como sirvienta en la mansión de los Salvatierra.

Cuando parpadeo, su pelo blanco ha desaparecido y su piel se ha limpiado de arrugas.

—¿Valió para algo?

—¿Qué si valió para algo? —repite ella, acercándose más a mí—. Conseguiste reunirme con la persona a la que llevaba esperando más de setenta años.

Esta vez, extiende las manos e intenta tocarme. Sin embargo, sus dedos se desvanecen al entrar en contacto con los míos. Yo no noto su piel, solo una ligera corriente que me hiela hasta los huesos.

—No, no lo hice. Óscar estaba muerto. Tú también.

—Casio, hay muchas formas de morir, y una gran parte de mí lo hizo cuando tenía diecisiete años.

Hundo la mirada en el suelo, donde las sombras se extienden por los escombros como serpientes negras, a punto de atraparme.

Al sol le queda un suspiro para esconderse y los zapatos oscuros de Enea, que entran en mi campo de visión, parecen transparentarse, como si estuvieran a punto de desaparecer.

—Sí, ya no queda mucho tiempo —suspira ella, siguiendo mis ojos—. Hay alguien que me está esperando.

Asiento, levantando la cabeza para mirarla. No sé muy bien cómo despedirme. Me gustaría reducir la distancia que nos separa y abrazarla con fuerza, pero sé que mis manos no pueden tocar algo que no existe en mi mundo.

—Te echaré de menos —susurro, con la voz extrañamente ronca.

Enea me sonríe, con sus ojos violetas más brillantes que nunca.

—Yo también, Casio.

Miro de soslayo hacia la ventana. Los últimos rayos del sol agonizan en el horizonte, y las farolas de la calle, parecen chispear, amenazando con encenderse de un momento a otro.

—Cada lugar y cada tiempo tiene su historia particular. Yo tuve la mía. Óscar tuvo la suya. —Me froto los ojos y fuerzo la mirada, a pesar de que la piel de Enea es ya prácticamente transparente. Puedo ver los escombros que cubren el suelo a través de ella—. Ahora te toca a ti.

Levanta una mano de dedos traslúcidos y la apoya sobre mi cabeza, como si quisiera acariciarme el pelo. Noto cómo algunos mechones se mueven, empujados por una brisa fresca.

—Ninguna época es fácil. Cada cual tiene su lucha y tú has descubierto la tuya muy pronto. Por muy dura que sea, por imposible que parezca de ganar, no te rindas. No dejes que te venza. —Si no fuera porque los fantasmas no pueden llorar, juraría que estoy viendo lágrimas en los ojos de Enea—. Pero, sobre todo, no dejes que te cambie.

Acerca tanto su cara a la mía, que me mareo entre los límites borrosos de su piel y los escombros que puedo distinguir a través de ella.

—Ya te lo dije en una ocasión, Casio. Eres muy especial.

Entreabro los labios para decir algo, pero no soy capaz de pronunciar ni una sola sílaba. Noto los ojos en llamas y una bola pesada en la base de mi garganta, impidiéndome respirar.

—Ah, algo más.

Enea se aparta de mí y, de pronto, no es más que esa anciana gruñona que me miraba tras un ceño eternamente fruncido.

La miro, expectante, con el corazón latiendo pesadamente contra mi pecho.

—Nunca te hagas jardinero. Eres terrible.

Sonríe y, de pronto, desaparece.

Me quedo quieto y suelto el aire de golpe. Miro a mi alrededor, a pesar de que sé que ella ya no está aquí, de que ya nunca más estará.

Como si hubieran estado esperando a que se marchara, las sombras entran como tinta derramada por la ventana, haciéndose más gigantescas que nunca cuando las farolas de la calle se encienden.

Pasan varios minutos antes de que recobre el uso de mis músculos y consiga dar un paso. Con los hombros hundidos y arrastrando los pies, atravieso el pequeño recibidor en ruinas y salgo al exterior.

Enredo los dedos en el picaporte de la puerta y tiro de ella, cerrando algo que sé que nunca volveré a abrir.

Respiro hondo, sintiendo todavía el corazón latir con demasiada pesadez y me doy la vuelta para bajar del porche. Esta vez, no me importa pisotear las malas hierbas que han terminado por hacerse dueñas de la parcela.

Tardo varios pasos en darme cuenta de que no estoy solo.

Al principio, cuando descubro la pequeña figura apostada junto al muro de piedra, pienso que se trata de otro fantasma. No obstante, cuando me acerco un poco más, descubro que solo es mi hermana pequeña, que me espera sentada en el muro de piedra.

—Helena —murmuro, sorprendido—. ¿Qué haces aquí?

—Te vi desde la ventana y te seguí —contesta ella, como si espiar a alguien fuera lo más normal del mundo.

—Mamá y papá se enfadarán si se enteran de que has salido de casa sin permiso.

—No lo saben, y no lo sabrán si no dices nada —dice, lanzándome una mirada cargada de intenciones—. ¿Qué hacías ahí adentro?

Salto por encima del muro, observándola de soslayo, calibrando qué respuesta darle.

—Despedirme de una amiga.

—¿Hablas de esa vieja que parecía una bruja?

Pestañeo durante un instante, boquiabierto, pero no puedo evitar que se me escape una sonrisa cuando vuelvo a mover los labios.

—Sí, se llamaba Enea.

Ella me mira muy seria, como si estuviera pensando en algo muy importante. Parece que va a decir algo, pero entonces, de un salto se coloca frente a mí y extiende una de sus pequeñas manos.

La miro fijamente, interrogante.

—Solo esta vez —advierte—. Porque lo necesitas.

La sonrisa se me pronuncia, comprendiendo lo que pretende.

Extiendo la mano y enredo mis dedos en los suyos. En el momento en que lo hago, Helena echa a correr, tirando de mí en dirección al chalé.

39

8:05: ¿Estás triste?

8:06: ¿Por qué iba a estarlo? Solo se acaba el verano.

8:06: El sarcasmo se te da fatal.

8:08: Y a ti, ser sutil.

8:09: Volver a casa tiene sus cosas buenas. Por fin podrás ver a Marc.

8:11: Sí.

8:11: ¿Sí? ¡¿Sí?! Desde que se fue, no has parado de hablarme de él. Leo el nombre de Marc cada cinco minutos.

¿Solo se te ocurre contestar eso?

8:15: Estoy terminando de hacer la maleta, Laia. Mi madre me va a matar como no deje de una vez el móvil.

—¡Casio, te estamos esperando!

Hablando del rey de Roma. Mi madre me lanza una mirada de advertencia, asomada a la puerta del dormitorio.

—Solo faltas tú.

A toda prisa, guardo el teléfono en el bolsillo de mi pantalón y esbozo una sonrisa nerviosa.

—Perdón. Enseguida bajo.

Mi madre menea la cabeza y se aleja por el pasillo arrastrando los pies.

Doblo la última camiseta que me quedaba y la arrojo al interior de la maleta, con demasiada fuerza, porque rueda sobre ella y acaba en el suelo, al otro lado de la cama. Dando un bufido, me inclino para recogerla, pero al hacerlo, mis ojos tropiezan con el libro que reposa sobre la mesilla de noche.

Es *Preludio de invierno*.

Me olvido de que mis padres me esperan abajo, con el coche cargado y preparados para salir, y paseo distraídamente los dedos por el lomo, hasta envolverlo por completo.

Con la camiseta doblada en una mano, y el libro en la otra, me acerco a la ventana abierta. A través de ella, puedo ver el paseo marítimo de Aguablanca, y la playa, ya con apenas sombrillas.

Me inclino todo lo que puedo, asomando medio cuerpo.

Si fuerzo la mirada, veo parte del acantilado. Sus rocas se hunden en el agua y las olas chocan contra él, una y otra vez, incansablemente, levantando brazadas de espuma blanca que casi llegan a rozar la pared de la mansión que se asienta en su cima.

Puede que, en los días de invierno, las buganvillas que caen sobre las paredes del hogar de los Salvatierra parezcan negras como la brea, pero ahora, con el último sol de agosto desplomándose sobre ellas, parecen más coloridas que nunca.

Un color extraño. Entre rosa y lila. Violeta, tal vez. Como los ojos de Enea.

—¡Casio! —exclama, esta vez, la voz de mi padre.

—¡Ya voy!

Abandono la ventana y corro hacia la maleta, arrojando el libro y la camiseta en su interior. Sin tener demasiado cuidado, me siento sobre ella y la cierro a la fuerza. Con una mano, la bajo de la cama y tiro de ella, mientras que, con la otra, me coloco el sombrero que me espera a los pies de la cama.

Bajo las escaleras de dos en dos, sin mirar ni una vez atrás, sin necesidad de obligarme a ello y atravieso por última vez esa misma puerta a la que Marc llamó con mi sombrero de paja en la mano.

—¿Por qué tardaste tanto? —pregunta mi hermana, cuando llego al coche. Me lanza una mirada severa desde su asiento—. Seguro que estabas haciendo guarradas en el baño. Ana me dijo que su hermano lo hace todos los días.

—Qué novedad —suspiro, pasándole la maleta a mi padre—. Algún día tendré que conocerlo.

—Lo harás. Creo que va a ir a tu mismo instituto.

—Genial —contesto, poniendo los ojos en blanco.

Me dejo caer en mi asiento, mientras mi madre y mi padre terminan de acomodar el equipaje en el maletero.

No quiero pensar en el nuevo instituto, en todo lo que conllevará, así que saco otra vez el móvil y leo el mensaje que me acaba de enviar Laia.

> 8:24: No estés triste. Sé que este agosto ha sido especial para ti, pero el otoño te da algo que el verano no ha podido darte: la posibilidad de arreglar las cosas.

Me yergo y aprieto el teléfono con fuerza, incapaz de separar los ojos del mensaje.

> 8:25: Espero que no hayas olvidado la promesa que me hiciste.

Dejo el teléfono sobre el asiento y vuelvo la cabeza hacia la ventana cuando el coche se pone en movimiento. Mi padre mete primera y el coche da un ligero tirón hacia adelante, internándonos en la carretera de salida.

Me revuelvo sobre el asiento y me quito el cinturón, ignorando las quejas de mi madre. Helena pregunta si también puede hacer lo mismo, y mi padre la amenaza con no ver a su querida amiga Ana hasta principio de curso, lo que lleva a que ella proteste, gritando.

Yo los ignoro a todos. Solo tengo ojos para el pueblo, el mar y el acantilado, que cada vez se alejan más de mí.

No. Soy yo el que me alejo de ellos.

De súbito, la carretera hace una curva cerrada y veo un cartel que nos indica que pronto nos incorporaremos a la autopista.

Cuando vuelvo de nuevo la mirada hacia atrás, Aguablanca ya ha desaparecido entre las lomas suaves, los pinos y el mar.

Respiro hondo y, con lentitud, vuelvo a sentarme bien y a abrocharme el cinturón de seguridad.

Mis ojos se hunden en el asfalto negro, que se extiende hacia adelante, haciéndose infinito.

40

Después de un mes fuera, mi habitación me parece más desconocida que la de Aguablanca.

Todo sigue como lo dejé. Los libros en la estantería, el portátil sobre la cama, las puertas del armario sin cerrar, varias gorras apelotonadas en un rincón. Todo es mío y, sin embargo, parece que ya no me pertenece.

Quizás no es la habitación la que resulta extraña. Quizás soy yo el extraño.

Dejo la maleta en el suelo y me tiro sobre la cama, con la vista clavada en la ventana.

Poco después de que entrásemos en la autopista, comenzó a llover, y desde entonces, no ha parado. Todavía no es la hora de comer, pero el cielo está tan oscuro, que han tenido que dejar las farolas encendidas.

El tráfico, como siempre, es frenético. Desde la cama, puedo escuchar las bocinas de los coches, sonando sin parar, mezclándose con los gritos de los conductores impacientes.

El cielo azul de Aguablanca y la espuma del mar, no me parece más que un sueño lejano.

—Eh.

Vuelvo la cabeza, observando a mi padre, que asoma la cabeza por el marco de la puerta.

—¿Por qué no deshaces la maleta? Tienes tiempo hasta el almuerzo.

—Sí —contesto, levantándome con pesadez—. Ya voy.

Me quedo sentado en el borde de la cama, mientras los pasos de mi padre se alejan por el pasillo. En vez de hacer lo que me ha dicho, los ojos se me desvían hacia el corcho que se encuentra sobre mi escritorio.

En él, tengo clavadas viejas entradas de cine, algún que otro recorte de revista, pero, sobre todo, tengo fotos. Decenas de fotos. En una de ellas, puedo verme a mí mismo con seis años, sosteniendo entre los brazos a Helena que, a pesar de ser un bebé, me fulmina con la mirada de la misma forma en la que lo hace ahora. También están mis padres, sentados conmigo en un vagón de una montaña rusa. Mi madre ríe sin parar y me abraza. Mi padre parece a punto de vomitar.

Luego, están ellos.

Laia.

Asier.

Daniel.

Estamos juntos en casi todas. En excursiones, en clase, en el recreo, en el cine, en la piscina, en la terraza, intentando ver las estrellas fugaces. Son tantas y están tan apelmazadas unas sobre otras, que a veces no se ve más que un trozo de cara, o de cuerpo.

Puedo sentir a Laia, a mi lado, mirándome como lo hizo en la playa. *Tienes que arreglarlo*, escucho que dice su voz, dentro de mi cabeza. *No puedes permitir que esto acabe así.*

—No —murmuro, con los ojos hundidos en las fotografías—. No puedo.

Abro el armario de par en par y saco el primer jersey que encuentro. No me detengo mientras me lo pongo. Recorro el pasillo a pasos rápidos, en dirección a la entrada.

—¿Casio? —Mi madre se asoma a la galería, observándome con sorpresa—. ¿Qué… qué haces?

—Tengo que irme —respondo, tomando las llaves—. Es importante, mamá.

Mi padre aparece en el otro extremo del pasillo. Intercambia una mirada rápida con ella, y ambos asienten imperceptiblemente.

—Toma el paraguas —dice, mientras señala con el índice a la puerta de entrada.

—Gracias —contesto, agarrando el primero que veo en el paragüero.

Coloco la mano en el picaporte, pero me detengo y echo la mirada atrás, observándolos.

—En serio, gracias —repito, sonriendo—. De verdad.

No sé si entienden lo que verdaderamente intento decirles, si son conscientes de todo lo que tengo que agradecerles, porque vuelven a intercambiar otra mirada, esta vez confusos.

Algún día se los explicaré.

Les dedico una última mirada y desaparezco tras un rápido portazo.

Echo a correr por el pasillo común del edificio. Ni siquiera me detengo para tomar el ascensor. A toda prisa, bajando los peldaños de dos en dos, desciendo los cinco pisos que me separan de la planta baja. En el portal, estoy a punto de atropellar a uno de mis vecinos. Creo que grita mi nombre, molesto, aunque no estoy muy seguro. En el momento en que su alarido llega hasta mí, ya me encuentro en plena calle.

La lluvia sigue cayendo con fuerza, así que abro el paraguas e intento cubrirme lo mejor posible, aunque el viento consigue que el agua me empape el jersey y los pantalones.

La casa de Daniel está a veinte minutos de la mía, en la misma calle de nuestro antiguo instituto. Sin embargo, apenas tardo más de cinco.

Cuando doblo la esquina y alcanzo las viejas puertas de hierro de mi antiguo instituto, me detengo, sin resuello. No puedo evitar apoyarme en ellas, intentando recuperar algo de oxígeno.

Por encima de la masa de coches que se apelmazan en la calle, pitando sin parar, puedo ver el gigantesco edificio de Santa Cruz, tan gris como las nubes que cubren el cielo.

Tomo aire de nuevo, y retomo el paso, esta vez más calmado.

Cruzo la calle y me detengo frente al edificio. Con lentitud, apoyo la mano en la enorme puerta de entrada y sonrío cuando siento cómo cede bajo mi peso.

Es una suerte que esté abierta. De haber llamado al timbre, no creo que Daniel me hubiese dejado entrar.

Esta vez, tomo el ascensor y, durante el trayecto, aprovecho para escurrir mi jersey empapado. Cuando llego a la última planta, se ha formado un charco de agua a mis pies.

Salgo al pasillo, conteniendo la respiración. Estoy muerto de miedo, no puedo negarlo. Quizás hice mal en venir. Quizás tendría que haber elaborado un plan antes de llegar, o al menos, pensar en algo racional. Ahora que estoy solo frente a la puerta del lugar donde todo comenzó, no se me ocurre nada que decir.

Sin embargo, antes de ser consciente de lo que hago, mi dedo ya se ha apoyado sobre el timbre y lo ha pulsado con fuerza.

No dejo de llamar hasta que la puerta se abre.

—¿Casio? —La madre de Daniel me observa, extrañada, pero sonriente—. No… no sabía que ibas a venir.

—Lo siento —respondo, con la voz entrecortada—. Debería haber llamado.

—No te preocupes. Daniel se habrá olvidado de decírmelo, como siempre. Vamos, entra. Hacía demasiado que no te veía.

Entro al piso con cautela, intentando limpiar todo lo posible mis zapatos en el felpudo. Mientras ella me sigue hablando, miro a mi alrededor.

No han cambiado los muebles, todo sigue exactamente igual a como estaba la última vez que estuve aquí, pero me parece un lugar completamente distinto.

—¿Te quedarás a comer? —pregunta, sin dejar de sonreír, dirigiéndose hacia el comedor.

—Eh… no, solo vine a darle algo a Daniel.

—Entonces no te acompaño. Ya sabes dónde está su habitación.

—Estoy a punto de dar el primer paso, pero entonces, ella añade—. Después de tanto tiempo, se alegrarán de verte.

—¿Se alegrarán? —repito, palideciendo. El significado del plural me quema la lengua.

Ella no me contesta, así que no tengo más remedio que averiguarlo por mí mismo.

Atravieso el mismo pasillo que recorrí la última vez en sentido contrario, corriendo, con las lágrimas cayéndome como ríos por la cara. En esta ocasión solo camino, aunque creo que tengo tanto miedo como la vez anterior.

Me detengo frente al dormitorio de Daniel. Tiene la puerta cerrada, como siempre, y se escuchan risas al otro lado. Cuento en silencio hasta tres y, con un movimiento rápido, apoyo la mano en el picaporte y abro con brusquedad.

En el momento en que la puerta se mueve, las carcajadas se cortan de un tajo y dos pares de ojos se clavan en mí, tan afilados como un puñal.

No, Daniel no está solo. Con las piernas enredadas con los cables de la vieja videoconsola, Asier me observa como si fuera un fantasma, o un asesino, o las dos cosas a la vez.

—Casio —susurra.

—Hola, Asier.

Parece aún más enorme desde la última vez que lo vi, en la graduación del instituto, casi tres meses atrás. No obstante, parece empequeñecer de súbito cuando observa los hilos que me cruzan la mejilla, entrando y saliendo de mi piel.

—¿Qué te ha pasado? —pregunta, en voz baja.

—Es una historia larga de contar.

Daniel se levanta de un salto y recorre la escasa distancia que nos separa en un suspiro. Me mira de arriba abajo, ruborizado por la rabia. Sus ojos se detienen en mi paraguas, que gotea agua sobre su suelo enmoquetado, y en mi cara, enrojecida por la carrera.

De haberle dado menos asco tocarme, creo que me habría dado un puñetazo.

—¿Qué mierda haces aquí?

Asier mira a Daniel, con los ojos entrecerrados, pero no dice nada. Se limita a observarnos, en tensión.

—Necesito hablar contigo —respondo, con una calma que no siento en absoluto.

—Me importa una mierda lo que necesites. Lárgate de aquí.

—Eh. —Esta vez, Asier se incorpora y se coloca entre los dos—. Tranquilo, Daniel.

Él lo ignora. Se echa a un lado, con rudeza, apartándose también de mí. Sin embargo, yo doy un paso adelante y recorto la distancia que nos separa.

—No, no pienso moverme de aquí hasta que me escuches.

Las pupilas de Daniel están dilatadas y me devoran con una furia desbordante. Es como estar de nuevo frente a Mónica Salvatierra, mientras la hebilla del cinturón de Albert Valls araña el suelo.

Sí, es como estar de nuevo en La Buganvilla Negra, de madrugada. Vuelvo a encontrarme frente a un cuerpo desnudo, indefenso, defendiéndolo con lo poco que tengo. Sin embargo, esta vez no es Marc el que se encuentra tras de mí. Soy yo el que está tirado en el suelo, asustado y sangrando.

Daniel gruñe algo entre dientes, pero termina asintiendo con la cabeza. Por si acaso, vuelve a retroceder otro poco más, hasta que su espalda toca la pared.

Asier parece más confuso que nunca. No deja de pasear la mirada de uno a otro, con los ojos muy abiertos.

—Sé que ya no eres mi amigo, y sé que es algo que no cambiará por mucho que lo intente —comienzo, enfrentando su mirada asesina—. Pero no puedo permitir que este año sea como el anterior.

Daniel arquea las cejas y se relaja lo suficiente como para dedicarme una sonrisa burlona.

—Ah, ¿no?

—No. Si mis libros vuelven a desaparecer, si acabo de nuevo con los bolígrafos hechos pedazos, si vuelvo a escuchar los mismos insultos, una y otra vez... tendré que contárselo a algún profesor, ¿entiendes?

Él se ríe, pero sus carcajadas burbujean de ira contenida.

Asier, a su lado, ni siquiera sonríe. Mira de soslayo a Daniel, esta vez con el recelo pintado en la mirada.

—¿De qué estás hablando, Casio? —murmura.

Daniel desvía la mirada, incómodo de pronto. Sin embargo, yo me adelanto y le sujeto la barbilla con los dedos, obligándolo a mirarme fijamente a los ojos.

—Y, si tú, Aarón, o cualquiera de tus amigos, se atreve de nuevo a robarme la ropa, a obligarme a caminar desnudo en mitad de la lluvia, a empujarme, golpearme, o tocarme de una forma que no deseo, avisaré a la policía.

No sé si son mis palabras o el hecho de que las yemas de mis dedos están demasiado cerca de sus labios lo que le hace perder el control. Daniel ruge y levanta el brazo, con la mano cerrada en un puño.

Intenta golpearme, pero lo sujeto a tiempo, agarrando con fuerza sus muñecas, mientras él no deja de empujar todo su cuerpo contra mí. Trato de contenerlo con todas mis fuerzas, pero Daniel es más alto y más fuerte, y siento cómo mis rodillas se doblan, incapaces de aguantar más la presión.

Sin embargo, un fuerte empujón me aparta de él. Manoteo en el aire, mientras Daniel se precipita hacia adelante, perdiendo el equilibrio.

No llega a tocar el suelo. Las manos de Asier se enredan en el cuello de su camiseta y tiran de él, hacia arriba, casi a punto de separarle los pies del suelo.

—Explícame lo que acabo de escuchar —le sisea.

Daniel me mira, con una media sonrisa horrible alargando sus labios y yo respiro hondo, preparándome para lo que ocurrirá a continuación.

—Es maricón —dice, con el veneno palpitando en su voz—. Es un puto maricón de mierda.

Asier parpadea varias veces, pero no dice nada. Parece demasiado sorprendido como para mover los labios.

—¿Sabes lo que hizo? El hijo de puta me besó.

Aprieto los dientes, mientras un silencio denso y pegajoso se extiende por la habitación. Lo único que se escucha es la lluvia golpeando contra la ventana y la respiración enardecida de Daniel.

Las manos de Asier se aflojan, pero no lo sueltan. Me lanza una larga mirada antes de volver sus ojos negros hacia Daniel.

—Le quitaste la ropa a Casio e hiciste que caminara medio desnudo bajo la lluvia porque es…

—Maricón —contesta Daniel, sin vacilar—. El muy degenerado me besó, Asier. Te juro que estuve a punto de vomitar.

Él no lo escucha. Parece encontrarse en una especie de trance. Aunque su mirada está quieta en su cara, su cabeza parece estar muy, muy lejos de aquí.

—Le robaste. Lo abandonaste. A Casio. A tu amigo. —repite, esta vez con un tono que me provoca escalofríos—. A *mi* amigo.

Daniel palidece poco a poco, y traga saliva. Intenta apartarse de las manos de Asier, pero no lo consigue.

—¿Qué más? —sisea Asier, con una voz que no había escuchado en mi vida—. ¡¿Qué más le hiciste?!

—¿Es que no lo entiendes? —grita Daniel, esta vez revolviéndose con violencia.

—Sí.

Aunque Asier solo susurra ahora, su voz parece hacer eco en cada rincón de la habitación. Baja la barbilla y sus ojos oscuros parecen devorar por completo a Daniel.

—Claro que lo entiendo.

Antes de que pueda reaccionar, Daniel se encuentra contra la pared, de rodillas sobre el suelo, con las manos apretadas contra la cara. Gime sin parar y farfulla insultos, mientras entre los dedos, resbalan hilos de sangre.

Asier está a punto de abalanzarse de nuevo sobre él, pero esta vez, envuelvo su estómago con los brazos y tiro con todas mis fuerzas, intentando alejarlo de Daniel.

—Eh, chicos, ¿ocurre algo? —pregunta la voz de su madre, al otro lado de la puerta, justo antes de abrirla.

La mujer se queda sorprendida cuando me observa abrazando a Asier por la espalda, sujetándolo, mientras su hijo yace en el suelo, con la nariz convertida en una masa sanguinolenta e hinchada.

—¿Qué… qué ha pasado? —jadea, corriendo hacia Daniel.

Él no dice nada. Se limita a levantar sus dedos manchados y señalarnos.

—¡Fuera de aquí! —grita su madre—. Largo. Los dos.

—¡¿Qué?! —exclama Asier, dando un paso adelante—. No tiene ni idea de lo que…

—Déjalo —musito, tirando de nuevo de él.

—¡Como no se larguen, les juro que llamo a la policía!

Asier gruñe algo entre dientes, pero esta vez no protesta cuando lo sujeto del brazo y lo obligo a andar.

Yo no separo los labios. Me limito a observar a Daniel, que me devuelve la mirada desde el suelo, tan llena de rabia como al principio.

Somos como los personajes de esas novelas que tanto te gustan leer, retumba su voz en mi cabeza, llevándome de nuevo a aquella noche en la que él me observaba risueño, sin importarle que sus labios estuvieran a un suspiro de los míos. *Tú nunca me abandonarías.*

Pero ha llegado el momento de hacerlo.

Respiro hondo y separo los ojos por fin de él. Esta vez, es una despedida. Una despedida de lo que fue y de lo que significó para mí.

Vuelvo la mirada hacia Asier, que no deja de farfullar hasta que cerramos la puerta a nuestras espaldas.

Sin pronunciar palabra, sin intercambiar ni una mirada, tomamos el ascensor y bajamos hasta el portal. Allí, nos quedamos quietos, observando la lluvia tras la puerta de cristal.

—Mierda —exclamo de pronto, bajando la vista hasta mis manos vacías—. Olvidé el paraguas.

—No creo que sea una buena idea volver —contesta Asier, haciendo una mueca.

Un relámpago hace vibrar el suelo y él chasquea la lengua con fastidio.

—Mierda, me iban a invitar a comer. Su madre había hecho lasaña. Dios, ya sabes cuánto me gusta la lasaña.

—Puedes comer en mi casa, si quieres. Mis padres se alegrarán de verte.

—¿Sí?

—Sí. Aunque no creo que haya lasaña.

Esta vez nos miramos y, de pronto, estallamos en carcajadas. Nos reímos sin parar, descontroladamente, como no habíamos hecho en casi medio año. Poco a poco, las risas se apagan y no dejan más que el sonido que produce la lluvia.

—Casio, yo…

—Lo siento —lo interrumpo, antes de que llegue a decir nada más—. Tenía que habérselos contado. Tenía que haberles dicho todo. Pero estaba muerto de miedo.

Asier asiente y hunde la mirada en la calle gris que se extiende frente a nosotros.

—¿Laia lo sabía? —murmura, al cabo de unos segundos.

—Ya la conoces, es muy cabezota. Cuando vino a Aguablanca, ella…

—Mierda —chista él, dando una patada al suelo—. Yo también debería haber ido.

Dudo un momento, pero alzo la mano y me atrevo a darle un golpe suave en el brazo. Espero durante un instante a que se revuelva, a que me mire como lo hace Daniel. Sin embargo, lo único que hace es esbozar una media sonrisa.

—¿Sabes? Nunca me habría imaginado que te gustaban, bueno…

—Los chicos —completo por él.

—Sí, los chicos. Antes de que todo esto pasara, creía que te gustaba Laia. Como siempre estaban juntos, pensaba que… —Aprieta los labios, avergonzado.

—Asier, Laia está loca por ti.

—Qué va —contesta, enrojeciendo de golpe.

—Te comportas igual que ella.

—¿Qué?

—Nada, nada. —Miro hacia la puerta de cristal, y compruebo cómo la lluvia ha disminuido en intensidad—. Vamos, salgamos de aquí.

Me adelanto para abrirla, pero mi mano se queda levantada, flotando en el aire, sin tocar el hierro helado del picaporte.

Mis ojos se acaban de clavar en dos figuras que caminan por la acera de enfrente, a apenas unos cinco metros de distancia. Son Yago y Marc. Caminan muy juntos bajo un paraguas negro, demasiado pequeño para los dos, que apenas los cubre de la lluvia.

Yago mira la pantalla del móvil, que sujeta con una mano, y con la otra agarra el paraguas; casi no presta atención al camino. Mueve la boca sin parar, desviando la mirada de su hermano pequeño, al teléfono.

Marc no parece escucharlo. Lleva entre los brazos una pesada carpeta, repleta de papeles. Tiene la mirada perdida, clavada en algún punto inexistente entre la acera gris y el denso tráfico que puebla la calle.

Está a punto de pasar frente a la puerta de mi antiguo instituto.

Asier me habla, pronuncia mi nombre, pero yo soy incapaz de hacer otra cosa que no sea mirar a los dos hermanos.

De pronto, Marc se detiene en seco y Yago continúa varios pasos sin él, hasta que se percata de que su hermano se ha quedado atrás. Por cómo gesticula, adivino que lo está llamando, pero Marc no se mueve. Ni siquiera parece respirar.

La carpeta que lleva entre las manos se le está mojando y el pelo también, adquiriendo ese color rojo oscuro de las hojas otoñales. Pero a él no parece importarle. Permanece inmóvil, sobrecogido. Y entonces, muy lentamente, hace lo que nunca había hecho. Vuelve la cabeza y mira hacia la puerta de mi antiguo instituto.

La sangre cobra vida en mis venas de golpe. Toma velocidad y golpea con fuerza las paredes, haciéndome sentir una calidez que me hace olvidar la última mirada de Daniel y la herida tirante que tengo en la mejilla.

—Eh, ¿ese no es Marc Valls? —Asier se apoya en mi hombro, inclinándose para ver mejor—. ¿Qué hace ahí?

Yo no le respondo.

Me abalanzo hacia adelante y abro la puerta de un tirón. Y, en el momento en que lo hago, Marc gira la cabeza y me ve.

Da igual que termine el verano. Da igual que esté diluviando y que el agua me cale hasta los huesos. Da igual el ruido del tráfico y de los truenos. Porque cuando veo su sonrisa, siento cómo un suave viento, que huele a salitre y a flores, y suena como una melodía desgarrada de violonchelo, me empuja por la espalda y me lleva hasta él.

La sinfonía de otoño está a punto de comenzar.

Agradecimientos

Esta historia surgió durante un viaje a Peñíscola, allá por abril del 2016, en el que buscaba mar, aire, sol y un poco de libertad. En esos días, conocí la mansión de La Buganvilla Negra, a Víctor y a Ágata. Sí, mi historia, al igual que la de Casio, comenzó con ellos.

No obstante, hicieron falta muchas más experiencias y muchas más personas para que esta novela saliese a la luz. Y me gustaría darles las gracias una por una.

En primer lugar, gracias a mis padres, que tienen mucho de los padres de Casio, ¿o debería decirlo al revés? Mi padre siempre tiene la manía de contar anécdotas —históricas y literarias— siempre que puede, y mi madre es capaz de adivinar que algo ocurre con un solo pestañeo. Espero tener alguna vez ese superpoder.

Gracias también a ti, hermanita, por no importarte hablar por teléfono horas y horas sobre la historia, por darme tu opinión sin pelos en la lengua, por estar siempre ahí, pase lo que pase. Helena también tiene un poco de ti, también tiene tu fuerza.

Gracias a Jero, por aguantar mis largas jornadas de escritura y corrección, por cuidarme como nadie y arrancarme siempre una carcajada. No sé si conoces esa frase que dice: «Si un escritor se enamora de ti, nunca morirás, porque siempre quedarás reflejado de una forma u otra en sus historias». Así que ya sabes. Marc tiene una parte de ti.

Gracias a mis abuelos y a mis tíos, porque en cierta manera, Enea y Óscar también forman parte de ellos, y muchas de sus historias me han marcado. La mayoría son dignas de *Preludio de invierno*.

Gracias a Laura Ezquerra, mi editora, correctora, ilustradora, mánager... aunque oficialmente tenga el título de «matrona». Ha sido un tesoro encontrarte. Nunca me cansaré de darte las gracias por creer tanto en mí y en mis historias.

Gracias a Rocío, que me dio el último empujoncito que necesitaba. Quizás, si no me hubieras enviado ese correo, Casio y el resto de los personajes nunca habrían salido de estas páginas.

Gracias a Candela por darle siempre una oportunidad a mis historias y encontrar la mansión de La Buganvilla Negra en uno de sus viajes.

Gracias a Carlos, que entre incubadoras y llantos de recién nacidos siempre encuentra un hueco para leerme y darme su opinión.

Gracias también a Jerónimo, por animarse a leer a esta pequeña escritora y por sus anécdotas sobre la Grecia antigua y Roma.

Gracias a Tere, alias «Laia», porque si tú no existieses, Laia tampoco existiría. Tiene tus rizos negros y esa entrega por la amistad que el tiempo y los años no han podido aplacar.

Gracias a todo el equipo de Urano, por darme una oportunidad a mí y a mi sonata de verano, por elegir a ese chico albino e inseguro, entre tantos y tantos manuscritos. En especial, gracias a Mariola Ibarra, por cuidarme tan bien durante ese día de sueños y locura en Barcelona, y a Laia Soler, por acompañarme en esas horas tan especiales... y soportar mis *fangirleos*. Que fueron muchos.

Muchas gracias, Nancy, por tus sugerencias y tus comentarios sobre Helena, que siempre me arrancaban una sonrisa.

Gracias también a Leo, que es mucho más que un editor. Ya no me quedan palabras para agradecerte las oportunidades que me has dado, por toda la confianza depositada en mí. Espero, de verdad, no decepcionarte. Sin ti, esta aventura junto a Casio no habría sido lo mismo. Gracias por tu esfuerzo, por ser tan detallista, por tu interés. Gracias, gracias, gracias.

Y por último, aunque no por ello menos importante, gracias a ti, lector, lectora, por haber llegado hasta aquí. Gracias por acompañar a Casio durante todo ese mes de verano. Si has querido y odiado a los personajes de *Una sonata de verano*, con sus luces y sus sombras, siempre serás bienvenido a Aguablanca.

Y nunca te conformes con un preludio o una sonata. Haz de tu vida un concierto maravilloso.

31901064247754